W0090075

Luigi Pirandello
Das dritte Geschlecht

Luigi Pirandello
Das dritte Geschlecht

*Novellen von Frauen, Männern
und Ehefrauen*

Verlag Klaus Wagenbach   Berlin

Wagenbachs Taschenbuch 336

© Gustav Kiepenheuer Bühnenvertriebs-GmbH, Berlin
© 1999 für diese Ausgabe:
Verlag Klaus Wagenbach, Ahornstraße 4, 10787 Berlin
Umschlaggestaltung Groothuis+Malsy
unter Verwendung eines Photos von W.C.Rauhauser
© The Museum of Modern Art, New York
Die Karnickel auf Seite 1 zeichnete Horst Rudolph
Gesetzt aus der Borgis Walbaum Standard
von der Offizin Götz Gorissen, Berlin
Gedruckt auf chlor- und säurefreiem Papier und
gebunden von Wagner, Nördlingen
Printed in Germany. Alle Rechte vorbehalten
ISBN 3 8031 2336 4

Inhalt

Das dritte Geschlecht

Gewisse Pflichten

WENN DIE NOCH RÜCKSTÄNDIGE Zivilisation einen Menschen dazu verurteilt, mit einer langen Leiter um den Hals von einer Straßenlaterne zur andern zu ziehen und dreimal am Tage diese Leiter hinauf- und hinunterzusteigen – des Morgens, um sie auszulöschen, am Nachmittag, um sie zu füllen, und des Abends, um sie anzuzünden –, dann muß dieser Mensch, auch wenn er schwerfälligen Geistes und dem Weine ergeben ist, zwangsläufig die schlechte Gewohnheit annehmen, mit sich selbst zu räsonieren und bei seinen Betrachtungen mindestens die Höhe seiner Leiter zu erklimmen.

Quaquèo, der Laternenanzünder, stürzte eines Abends betrunken von dieser Höhe herunter. Er brach sich den Schädel und ein Bein. Wie durch ein Wunder war er am Leben geblieben und nach zwei Monaten Krankenhaus wieder so weit hergestellt, daß er mit einem kürzeren Bein und einer häßlichen Narbe auf der Stirn, mit zerzauster Mähne, unrasiert und in seinem langen dunkelblauen Kittel wieder mit der Leiter um den Hals von Laterne zu Laterne zog. Jedesmal, wenn er die Höhe erklommen hat, von der er heruntergestürzt ist, drängt sich ihm der Gedanke auf: Da ist nichts zu machen, gewisse Pflichten hat der Mensch. Er möchte sie zwar nicht haben, doch er hat sie eben. Ein Mann braucht sich beispielsweise in seinem Inneren gar nichts daraus zu machen, wenn ihm seine Frau einen Tort antut. Und dennoch, meine Herrschaften, er hat die Pflicht, sich etwas daraus zu machen. Denn wenn er sich nichts daraus macht, dann werden ihm alle anderen Männer und sogar die Buben auf der Straße Vorhaltungen machen und ihn zum besten halten.

»Quaquèo, der Hahnrei! Wann setzen sie dir Hörner auf, Quaquèo?«

»Hundeschnauze!« schreit Quaquèo von der Laterne herunter. »In diesem Moment sagst du mir das? Gerade jetzt, wo ich die Stadt beleuchten muß?«

Eine schöne Ausrede, die Stadtbeleuchtung, um sich der Pflicht zu entziehen, die Fehltritte seiner Frau zu überwachen! Aber kann er sie etwa sehen, bei diesen Petroleumfunzeln? Kann er da vielleicht sehen, wann sie Türen aufbrechen oder auf den einsamen, schmutzigen Gassen das Messer ziehen?

»Unverschämtes Diebsgesindel! Mörder!«

Dennoch begab sich Quaquèo aufs Rathaus und wurde beim Stadtrat Cavalier Bissi vorstellig, dem er seinen Posten sowie von Zeit zu Zeit eine kleine Zuwendung verdankt, weil er sein Amt mit so viel Pflichteifer ausübt. Und er setzte ihm den Fall auseinander: ob er während des Laternenanzündens nicht als Amtsperson bei der Ausübung seiner dienstlichen Pflichten anzusehen sei.

»Gewiß«, gab ihm der Stadtrat zur Antwort.

»Wer mich beleidigt«, folgerte Quaquèo, »der beleidigt also eine Amtsperson bei Ausübung ihrer dienstlichen Pflichten. Ist das richtig?«

Cavalier Bissi scheint das jedoch nicht richtig zu finden. Da er weiß, welcher Art die Beleidigungen sind, über die sich Quaquèo beklagen will, möchte er ihm auf gütliche Weise klarmachen, daß diese Art von Beleidigungen mit dem Amt eines Laternenanzünders als solchem nichts zu tun hat.

»O nein, Exzellenz!« widerspricht Quaquèo. »Glauben Sie mir, Exzellenz!«

Und wenn er ›Exzellenz‹ sagt, kneift Quaquèo die Augen zusammen, wie wenn er einen köstlichen Likör auf der Zunge zergehen läßt. Exzellenz betitelt er gefühlvoll jedermann, bei dem es irgendwie angebracht ist; doch besonders den Cavalier Bissi, der außer seinen Pflichten als Privatmann, die er vielleicht nicht haben möchte, aber doch eben hat, eine Reihe von anderen, höheren, seinem Amt als Stadtrat entsprechenden Pflichten übernommen hat. Quaquèo ist von all diesen persönlichen und gesellschaftlichen Verpflichtungen tief beeindruckt; und wenn er sich manchmal wegen eines vorwitzigen Tröpfchens mit dem Handrücken unter die Nase fahren muß, dann versäumt er nie, den Zipfel seines langen blauen Kittels zu Hilfe zu nehmen.

Auch er versucht, dem Cavaliere mit Anstand klarzumachen (wobei er freilich ein wenig aus dem Konzept gerät), daß, sofern die Beleidigung, deretwegen sich zu beklagen er gekommen ist, einen Kern von Wahrheit enthält, sie diesen nur während der Zeit enthalten kann, in der er sein Amt als Laternenanzünder versieht; denn wenn er später nicht mehr Laternenanzünder, sondern nur noch Ehemann ist, dann kann niemand das geringste über ihn oder seine Frau sagen. Seine Frau verhält sich ihm gegenüber verständig, nachgiebig und untadelig, und er hat bisher nie etwas bemerkt.

»Man beleidigt mich, Exzellenz, wenn ich dabei bin, die Stadt zu beleuchten, wenn ich auf der Leiter am Laternenpfahl stehe und das Streichholz an der Mauer reibe, um Licht anzuzünden, wenn man also weiß, daß ich die Stadt nicht im Dunkeln lassen, nach Hause laufen und nachschauen kann, was meine Frau treibt und wer bei ihr ist, um gegebenenfalls ein Blutbad anzurichten, Herr Cavaliere!«

Die Worte ›ein Blutbad anrichten‹ unterstreicht er mit einem wehmütig resignierten Lächeln, denn er ist sich bewußt, daß auch dies zu seinen Pflichten als beleidigter Ehemann gehören würde und daß er eine solche Verpflichtung nicht auf sich nehmen möchte, obwohl er sie hat.

»Wollen Sie einen weiteren Beweis, Exzellenz? An den Mondscheinabenden, wenn die Lampen nicht angezündet werden, sagt mir kein Mensch etwas. Und warum? Weil ich an diesen Abenden nicht im Dienst bin.«

Quaquèo überlegt richtig. Aber richtig überlegen genügt nicht. Man muß zum Kern der Sache vordringen. Und wenn man beim Kern der Sache angelangt ist, dann fallen oft die besten Überlegungen in sich zusammen, so wie er damals gefallen ist, als er in seiner sinnlosen Betrunkenheit von der Leiter stürzte.

Auf was er nun eigentlich hinauswolle? Das fragt ihn der Cavalier Bissi. Wenn er meine, sein eheliches Mißgeschick hänge von seinem Amt als Laternenanzünder ab – nun gut, so möge er eben auf dieses Amt verzichten; wenn er aber nicht verzichten wolle, so solle er still sein und die Leute reden lassen.

»Ist das Ihr letztes Wort?« fragt Quaquèo.

»Mein letztes Wort«, erwidert Cavalier Bissi.

Quaquèo grüßt militärisch:

»Gehorsamster Diener, Euer Exzellenz!«

Die Leiter drückt ihn von Tag zu Tag schwerer, und täglich bereitet es Quaquèo größere Mühe, mit seinem kürzer gewordenen Bein die durch langen Gebrauch abgenutzten Sprossen hochzuklettern.

Wenn er bei den letzten Laternen in den abschüssigsten Gäßchen oben auf dem Hügel angelangt ist, bleibt er nun immer einige Zeit auf der Leiter stehen, als lehnte oder vielmehr hinge er in den Achselhöhlen über dem Laternenarm, mit herabhängenden Armen, den Kopf auf eine Schulter gelehnt. Und in dieser hilflosen Haltung sinnt und grübelt er dort oben weiter.

Er denkt an merkwürdige, traurige Dinge.

Er denkt zum Beispiel darüber nach, daß die Sterne, so dicht sie dort oben auch stehen, in manchen Nächten den Himmel zwar weiter machen und durchbrechen, die Erde aber doch nicht zu erhellen vermögen.

»Sinnlose Festbeleuchtung!«

Aber was für eine schöne Beleuchtung! Und es fällt ihm ein, wie ihm eines Nachts träumte, er müsse die ganze festliche Beleuchtung am Himmel anzünden, auf einer Leiter, deren Ende nicht abzusehen war, die er auch nirgends anlehnen konnte und deren Holme in seinen Händen schwankten, welche nicht imstande waren, ein solches Gewicht zu meistern. Und wie sollte er immer höher und höher auf den endlosen Sprossen bis hinauf zu den Sternen klettern? Träume! Doch welche Pein und Gefühlsverwirrung im Traum!

Er denkt, daß sein Beruf als Laternenanzünder wirklich

traurig ist, mindestens für einen Laternenanzünder wie ihn, der die schlechte Gewohnheit angenommen hat zu grübeln, wenn er seine Laternen anzündet.

Doch ist es nicht möglich, daß die rein physische Tätigkeit, Licht anzuzünden, wo es finster ist, auf die Dauer auch im schwerfälligsten und dunkelsten Gehirn Gedankenfunken entzündet?

An manchem Abend kommt Quaquèo sogar auf die Idee, daß er, der Licht macht, auch die Schatten mache. Jawohl! Denn es gibt kein Ding ohne sein Gegenteil. Wer geboren wird, muß sterben. Und der Tod ist wie der Schatten, der einem Körper folgt. Daher seine geheimnisvolle Redensart, die wie eine Drohung klingt, wenn er sie oben von der Leiter beim Lampenanzünden hinausruft, und die doch nichts anderes ist als das Endergebnis seiner Grübelei:

»Warte, warte nur, daß ich dir den Tod anhänge!«

Schließlich denkt Quaquèo, daß seinem Beruf tatsächlich eine gewisse höhere Bedeutung zukommt, da er einem Mangel der Natur abhilft – und was für einem Mangel! Dem Mangel an Licht! Da gibt's wenig zu erklären: Er vertritt in seiner Stadt die Sonne. Es gibt zwei Vertreter: ihn und den Mond, und sie wechseln einander ab. Wenn der Mond scheint, hat er Pause. Und die ganze Bedeutung seines Berufs wird an den Abenden offenbar, wenn der Mond scheinen sollte und doch nicht scheint, weil die Wolken den Mond verdecken und dieser seiner Pflicht, die Erde zu erleuchten, nicht nachkommen kann – einer Pflicht, von welcher der Mond vielleicht nichts wissen will, die er aber dennoch hat. Und die Stadt bleibt in Dunkel gehüllt.

Wie schön sieht es aus, wenn hie und da aus der Ferne in dunkler Nacht das Licht aus ein paar kleinen Orten herüberleuchtet!

Quaquèo sieht jeden Abend einige solcher Orte, wenn er zu den letzten Laternen auf dem Hügel kommt; und er verweilt lange, sie zu betrachten, die herabhängenden Arme unter dem Laternenarm und den Kopf auf eine Schulter gelehnt. Und er seufzt auf.

Ja, die Lichter dort, wie eine Festversammlung von Glühwürmchen anzuschauen, spenden nur mit Mühe einen schwachen Schimmer, und in drückendem Schweigen bewachen sie die ganze Nacht hindurch unsaubere, steile Gäßchen und Elendshütten, die womöglich noch schlimmer sind als die Hütten in seiner Stadt; doch jedenfalls sehen sie von weitem hübsch aus und strahlen inmitten der großen Finsternis ihren süßen, wehmutsvollen Trost aus. Hin und wieder bricht in der Dunkelheit ein Windstoß auf, und all die Lichter dort drüben schwanken einen Augenblick, als ob auch sie aufseufzten.

Und wenn man so von fernher schaut, da sollte man meinen, die armen Menschen in ihrer Verlorenheit auf dem dunklen Erdenrund hätten sich hin und wieder zusammengetan, um einander zu trösten und zu helfen; doch nein, sie tun es nicht. Wenn sich irgendwo ein Haus erhebt, so stellt sich das andere nicht wie eine gute Schwester an seine Seite, sondern pflanzt sich ihm gegenüber auf wie ein Feind, um ihm Licht und Luft zu nehmen; und die Menschen vereinigen sich nicht, um einander Gesellschaft zu leisten, sondern die einen ziehen gegen die andern los, um Krieg miteinander zu führen. Oh, er weiß es recht gut, er, Quaquèo! Und in jedem einzelnen Haus herrscht Krieg zwischen den Menschen, die einander lieben und verstehen sollten, um sich gegen die andern zu wehren. Ist seine Frau etwa nicht seine Todfeindin?

Wenn Quaquèo trinkt, so trinkt er deswegen: Er trinkt, um nicht an gewisse Dinge denken zu müssen, welche ihn die vielen Verpflichtungen vergessen lassen würden, von denen er doch so tief durchdrungen ist. Aber es ist wahr, es gibt noch gewisse andere Pflichten, die man nicht haben möchte. Man möchte sie nicht haben, doch man hat sie eben.

»He, alte Maus?«

Quaquèo redet mit einer Fledermaus. Er nennt sie alte Maus, weil es eine Maus mit Flügeln ist. Manches liebe Mal unterhält er sich auch mit einer Katze, die an der Mauer entlangstreicht und plötzlich geduckt und mißtrauisch verharrt, um ihn anzuschauen, oder mit einem streunenden melancholischen Hund, der ihm von Laterne zu Laterne durch die verlassenen Gassen folgt und sich unter jeder Laterne niederlegt und wartet, bis er sie angezündet hat.

Doch was soll er anzünden, wenn kein Petroleum da ist?

Die Stadt wird heute abend vielleicht ohne Licht bleiben. Der Beleuchtungspächter hat Streit mit der Gemeinde: Seit Monaten zahlen sie ihm keinen Pfennig; er hat zwölftausend Lire vorgestreckt; auf mehr läßt er sich nicht ein. Quaquèo hat die Lampen am Nachmittag nicht füllen können. Als der Abend anbricht, hat er mit seiner Leiter die Runde gemacht, um zu versuchen, ob sich die Lampen mit dem Rest Petroleum von der letzten Nacht anstecken lassen. Eine Weile brennen sie, dann flackern sie auf und verpesten die Straße. Die Bürger murren und fangen Streit mit ihm an, als ob er daran schuld wäre. Zusammen mit den Gassenbuben rufen ihm die Rüdesten den alten Kehrreim noch gemeiner als sonst hinterher:

»Ihr müßt ihm Hörner aufsetzen! Hörner aufsetzen! Hörner, Quaquèo, Hörner!«

Und der Tumult schwillt an. Quaquèo kann nicht mehr. Um dem Gedränge seiner Peiniger zu entfliehen, verläßt er die Hauptstraße und schickt sich an, mit der Leiter um den Hals eine der Gassen hinaufzusteigen. Doch die Menge folgt ihm. Als Quaquèo sich müde und mutlos nach seiner Gewohnheit über einen Laternenarm lehnt, begnügen sie sich nicht mehr damit, ihn mit Worten zu verhöhnen, nein, sie ziehen ihm die Leiter unter den Füßen weg und lassen ihn dort, an den Achseln aufgehängt, mit den Beinen baumeln.

Ach so? Sie wollen also tatsächlich, daß er seine Pflicht als betrogener Ehemann erfüllt, weil er heute abend wegen Petroleummangel seinem Amt als Laternenanzünder nicht nachkommen kann? Sie haben ihn also genau an dem Abend beim Wickel gekriegt, wo er die Beleuchtung der Stadt nicht als Entschuldigung vorschieben kann? Nun wohl: Sollen sie ihm die Leiter zurückgeben, und ihr Wille geschehe. Die Leiter! Die Leiter! Sie sollen ihn, um Christi willen, heruntersteigen lassen, und sie werden sehen, wozu er imstande ist.

Drei, vier schieben ihm die Leiter lachend unter die Füße,

und alle wollen ihren Spaß mit ihm treiben und hetzen ihn im Chor auf:

»Hast du das Messer?«

»Das habe ich. Hier!«

Und Quaquèo streift seinen Kittel hoch, zieht aus der Hosentasche ein großes Messer, öffnet es und schließt die Faust um den Griff.

»Beim Blute der Madonna, ist das auch groß genug?«

»Erstichst du sie?«

»Ich ersteche sie, und ich ersteche ihn, wenn ich sie zusammen erwische! Ihr alle seid Zeugen! Kommt mit!«

Und er läuft voran, auf den Zehen des zu kurzen Beines hüpfend, und alles folgt ihm johlend auf dem Fuße über die krummen, abschüssigen Wege im Dunkel.

»Erstichst du sie wirklich?«

Quaquèo bleibt stehen, wendet sich um und packt einen der Hetzer an der Brust.

»Aha, ihr habt wohl Angst? Bei Gott, jetzt, wo ihr mich so weit habt und ich mit dem Messer in der Hand meine Pflicht tun will – bei Gott, jetzt habt ihr alle dabeizusein! Ohne Ausnahme!«

Und er rüttelt und schüttelt den Kerl und läuft weiter. Da bekommen es ein paar mit der Angst zu tun: Sie folgen ihm noch ein paar Schritte, unschlüssig und betreten; sie ziehen sich am Ärmel; sie bleiben zurück und machen sich davon. Nur vier von ihnen und zwei Gassenbuben laufen bis zu seiner Wohnung mit; doch auch sie sind unsicher geworden und hetzen nicht mehr, nein, ganz im Gegenteil, sie möchten ihn jetzt lieber zurückhalten. Und wirklich, vor der Tür packen sie ihn beim Arm und versuchen, ihn mit Scherzen in eine Kneipe zum Trinken zu locken. Doch Quaquèo, keuchend und mit verzerrtem Gesicht, macht sich frei und bedroht sie mit dem Messer in der Faust; er bearbeitet die Tür mit Fußtritten und schreit seiner Frau zu:

»Mach auf, Weibsstück, elendes! Mach auf! Diesmal büßt du für allemal! Laßt mich beim Blute der … laßt mich los! Laßt mich, oder ich schlage euch den Schädel ein!«

Bei dieser Drohung weichen sie zurück. Und er zieht aus der Brusttasche seines Kittels rasch den Schlüssel und öffnet die Tür, dringt ein und schließt sie mit Gepolter wieder ab. Die andern stemmen sich gegen die Türe, wollen sie mit Gewalt öffnen und rufen um Hilfe. Von innen ertönt lautes Schreien und Weinen.

»Du Teufel! Du Quälteufel!« brüllt Quaquèo mit dem Messer in der Hand, hat die Frau an den Haaren gepackt und sie zerzaust und mit zerfetzten Kleidern zu Boden geworfen. Und er sucht unterm Bett und wühlt durcheinander, was ihm zwischen die Füße gerät; er sucht in der Truhe, sucht in der Küche und schreit in einem fort:

»Wo ist er? Sag mir, wo er steckt! Wo hast du ihn versteckt?«

Und die Frau:

»Bist du verrückt geworden? Bist du betrunken? Was kommt dir in den Sinn, du blöder Kerl?«

Unten auf der Gasse schreien die vier, welche ihm gefolgt sind, und die Gassenbuben und andere, die sich auf den Lärm hin versammelt haben. Hie und da öffnen sich die Fenster, und alle fragen:

»Wer ist da? Was war los?« Und Schläge, Fußtritte und Stöße mit der Schulter gegen die Tür.

Quaquèo stürzt sich auf die Frau:

»Sag mir, wo er ist, oder ich bring dich um! Blut, Blut! Heute abend will ich Blut sehen! Blut!«

Er weiß nicht mehr, wo er suchen soll. Plötzlich fallen seine Augen auf das Küchenfenster, das an der gegenüberliegenden Seite der Gasse auf einen Abgrund führt. Es ist ein ziemlich hohes Fenster, das immer geschlossen bleibt; seine Läden sind rußgeschwärzt.

»Hol einen Stuhl und mach das Fenster auf! Was? Du willst nicht? Verdammte Hexe, dann mache ich's auf!«

Er steigt auf einen Schemel, öffnet es … Entsetzlich! Quaquèo prallt zurück, die Augen weit aufgerissen, die Hände in die gesträubten Haare gewühlt. Das Messer entgleitet seiner Hand.

Dort oben steht Cavalier Bissi in der Fensterhöhle über dem Abgrund und ist in Gefahr abzustürzen.

»Um Himmels willen, wenn Eure Exzellenz ausrutschen!« ruft Quaquèo, kaum daß er sich vom Schrecken erholt hat, und preßt die Fäuste an den Mund; und rasch läuft er, am ganzen Leibe zitternd, dienstbeflissen herbei, um ihm beim Heruntersteigen behilflich zu sein:

»Vorsicht… hier! Vorsicht, Exzellenz, stellen Sie einen Fuß hier auf meine Schulter … Aber wie haben sich Eure Exzellenz nur darauf einlassen können, sich da oben zu verstecken? Konnte ich das ahnen? Da oben, wo Sie sich den Hals hätten brechen können – und das wegen so einem Weibsbild, Sie als Cavaliere! Das kann doch nicht Ihr Ernst sein, Exzellenz!«

Er wendet sich der Frau zu und versetzt ihr einen Schlag ins Gesicht:

»Wie kann das angehen?« brüllt er sie an. »Da oben, gerade da oben mußtest du ihn verstecken? Hast du keinen Platz gefunden, wo es sauber ist? Hast du nicht gesehen, dummes Weib, daß ich überall gesucht habe, nur nicht im Wandschrank hinter dem Vorhang? Los, hol eine Bürste für den Herrn Cavaliere. Seien Sie so freundlich, Euer Exzellenz, für fünf Minuten in den Wandschrank! Hören Sie, wie die auf der Straße grölen! Es gibt gewisse Pflichten, Exzellenz, glauben Sie mir. Man möchte sie nicht haben, doch man hat sie eben. Nur fünf Minuten, seien Sie so gut! Unterdessen schicke ich die andern fort.«

Und nachdem er den Cavaliere in den Wandschrank geleitet hat, reißt er das Fenster zur Gasse weit auf und ruft der versammelten Menge zu:

»Kein Mensch ist da! Ich öffne die Tür… Wollt ihr herauf, so kommt, wenn ihr euch vergewissern wollt! Aber es ist niemand da!«

Die drei Gedanken des Buckelchens

BIS ZU NEUN JAHREN war es gutgegangen: gut zur Welt gekommen, gut gewachsen.

Mit neun Jahren hatte Clementina, wie wenn das Schicksal aus dem Schatten eine unsichtbare Tatze hervorgestreckt und sie ihr auf das Haupt gelegt hätte: – Bis hierher! –, plötzlich zu wachsen aufgehört. So einen Meter über der Erde oder wenig mehr.

Die Ärzte, ach, die hatten mit ihrer Wissenschaft gleich begriffen, daß sie nicht mehr wachsen würde. Lymphatisch! Kachexie, Rachitis ...

Kluge Leute! Aber macht es jetzt den Beinen, dem Körperchen der Clementina begreiflich, daß sie nicht mehr wachsen sollten! Rumpf und Beine, da sie nun einmal seit der Geburt damit begonnen hatten, wollten mit Gewalt weiterwachsen, ohne Vernunft anzunehmen. Und da sie das, unter der schrecklichen Gewalt dieser Tatze, die sie zu Boden drückte, nicht lange mehr konnten, hatten sie sich darauf versteift, krumm und quer zu wachsen: die Beine schief; der Rumpf mit einem Buckel vorne und hinten. Wenn sie nur wuchsen ...

Aber wachsen im übrigen nicht auch gewisse Bäumchen so, ganz voller Knoten und Knorren und verkrüppelter Gelenke? Gewiß. Nur mit dem Unterschied, daß das Bäumchen immerhin keine Augen hat, um sich zu sehen, kein Herz, um zu fühlen, keinen Verstand, um zu denken, aber ein armes Buckelchen wohl; daß das verkrüppelte Bäumchen nicht, soviel man weiß, von den gerade gewachsenen verspottet wird, aus Furcht vor dem bösen Blick gemieden, von den Vögelchen geflohen, aber ein armes Buckelchen wohl, gemieden von den Menschen und sogar von den Kindern; und daß schließlich das Bäumchen nicht zu lieben braucht, weil es im Mai, so krumm es ist, aus eigener Kraft und auf natürliche Weise blüht und im Herbst Früchte tragen wird; während ein armes Buckelchen ...

Na ja, es war ein mißlungener Versuch, den man auf keinen Fall mehr gutmachen konnte. Wer einen Brief schreibt, zerreißt ihn, wenn er nicht damit zuwege kommt, und fängt von vorne an. Aber ein Leben? Man kann es nicht zerreißen und wieder von vorne anfangen, das Leben.

Und dann will auch Gott das nicht.

Fast bekäme man Lust, nicht mehr an ihn zu glauben, wenn man gewisse Dinge sieht. Aber Clementina glaubte an ihn. Und sie glaubte gerade deshalb an ihn, weil sie sich so sah. Welche andere, bessere Erklärung hätte es gegeben für all das große Leid, das sie ohne Schuld fürs ganze Leben erdulden mußte, das man nur einmal hat und das sie ganz und gar so zubringen mußte, als sei es ein Schabernack, ein Scherz, den man eine Minute lang mitmacht, und dann genug!? Dann wieder gerade, aufrecht, schlank, flink, groß und weg mit allem, was drückt und lastet? Ja freilich! Immer so.

Gott, ach, Gott – das war klar – hatte es so gewollt, aus einer geheimen Absicht. Man mußte so tun, als glaube man daran, aus Mitleid; denn sonst wäre Clementina verzweifelt. Wenn man's ihr dagegen so erklärte, dann konnte sie ihr ganzes großes Leid auch als ein Gut betrachten: ein höchstes und glorreiches Gut. Dort droben, versteht sich. Im Himmel. Was für ein schönes Englein wird unsere Clementina im Himmel sein!

Und wirklich lächelt sie manchmal den Leuten zu, die sie auf der Straße ansehen. Sie scheint zu sagen: ›Lacht doch nicht über mich! Seht ihr denn nicht, daß ich die erste bin, die darüber lächelt? Ich bin eben so gemacht; es ist nicht meine Schuld; Gott hat es so gewollt; so seid nicht betrübt darüber, wie ich es nicht bin, denn wenn es Gott gewollt hat, so weiß ich bestimmt, daß er mich dann auch belohnen wird.‹

Die Beine übrigens – unter dem Kleid sieht man sie nicht einmal so.

Gott allein weiß, welche Not Clementina hat, diese Beine vorwärts zu bewegen. Und doch lächelt sie.

Die Pein wird noch vermehrt durch die Anstrengungen, die sie macht, um nicht so sehr zu schwanken, um nicht aufzufallen. Unbeachtet durchkommen könnte sie doch nicht. Bucklig ist sie nun einmal. Aber wenn sie mit einer gewissen Behendigkeit und bescheiden und lächelnd dahingeht ...

Doch ab und zu gibt es einen, der sich grausam zeigt: Er beobachtet sie, vielleicht sogar mit mitleidigem Gesichtsausdruck, und überholt sie bald darauf von der anderen Seite, fast als wolle er sich, koste es, was es wolle, Rechenschaft davon geben, wie sie mit diesen Beinen voranzukommen vermochte. Clementina sieht, daß sie mit ihrem üblichen Lächeln diese erbarmungslose Neugier nicht entwaffnen kann, wird rot vor Ärger, senkt den Kopf; manchmal verliert sie die Selbstbeherrschung, es fehlt nicht viel, daß sie strauchelt, zur Erde rollt; dann möchte sie voller Wut das Kleid hochziehen und diesem Grausamen zuschreien:

»Da! Siehst du es? Und jetzt laß mich in Ruhe ein Buckelchen sein.«

In diesem Viertel ist Clementina noch nicht bekannt. Sie hat seit wenigen Wochen die Wohnung gewechselt. Wo sie vorher gewohnt hatte, kannten sie alle; dort belästigte sie niemand mehr. Bald wird es auch hier so sein. Geduld braucht man! Sie ist sehr zufrieden mit dem neuen Haus, das an einem kleinen, ruhigen und reinlichen Platz steht. Sie arbeitet von morgens bis abends, mit leichter, geschickter Hand, an Schachteln und Säckchen für Hochzeiten und Geburten. Ihre Schwester (Clementina hat eine Schwester, die Lauretta heißt und fünf Jahre jünger ist: aber ... gerade gewachsen, und wie! und schlank und schön, blond, blühend) arbeitet als Modistin in einem Geschäft: Des Morgens um acht geht sie fort; am Abend um sieben kommt sie wieder nach Hause. Die beiden Schwestern haben sich gegenseitig bemuttert; zuerst Clementina Lauretta; jetzt dagegen sorgt, wenn sie auch jünger ist, Lauretta für Clementina. Warum nicht, wenn diese das Unglück gehabt hat, wie ein kleines Mädchen von zehn Jahren geblieben zu sein! ... Lauretta dagegen hat soviel Lebenserfahrung erworben! Wenn sie nicht wäre ...

Oft hört Clementina ihr offenen Mundes zu.

Jesus Maria! … Was alles vorkommt!

Und sie versteht jetzt, daß sie mit ihren armen, krummen Füßen niemals die geheimnisvolle Welt wird betreten können, in die Lauretta sie einen Blick tun läßt. Sie fühlt jedoch keinen Neid, wenn auch eine unbestimmte Furcht und eine ängstliche Rührung, Mitleid mit sich selbst. Lauretta wird sich eines Tages in jene Welt stürzen, die für sie gemacht ist; und was wird dann aus der armen Clementina werden? Aber Lauretta hat ihr versichert, hat ihr geschworen, sie nie zu verlassen, auch wenn sie sich verheiraten sollte.

Und Clementina denkt jetzt an diesen zukünftigen Mann ihrer Lauretta. Wer wird es sein? Wie werden sie sich kennenlernen? Auf der Straße vielleicht. Er wird sie ansehen, ihr folgen; eines Abends wird er sie ansprechen. Was werden sie sich sagen? Oh, wie muß es komisch sein, wenn zwei, die sich gern haben, beisammen sind.

So phantasiert Clementina am Tischchen beim Fenster vor sich hin, mit träumerischen Augen, und kann sich nicht entschließen, mit der Arbeit zu beginnen, die vor ihr bereit liegt. Sie schaut hinaus … was sieht sie denn?

Da ist ein junger Mann, ein schöner, blonder junger Mann mit langen Haaren und Nazarenerbart; er sitzt an einem Fenster des Hauses da drüben, die Ellbogen auf das Fensterbrett gestützt, den Kopf zwischen den Händen.

Ist es die Möglichkeit? Die Augen dieses jungen Mannes sind mit einer seltsamen Eindringlichkeit auf sie gerichtet. Wie blaß er ist … Gott, wie blaß! Er muß krank sein. Clementina gewahrt ihn jetzt zum ersten Male an jenem Fenster. Aber sieh doch, er fährt fort, sie anzuschauen … Clementina gerät in Verwirrung; dann seufzt sie und faßt sich wieder. Der erste Gedanke, der ihr kommt, ist dieser:

»Er schaut nicht mich an!«

Wenn Lauretta zu Hause wäre, würde sie denken, daß dieser junge Mann … Aber Lauretta ist am Tage nie zu Hause. Vielleicht steht am Fenster der Wohnung nebenan ein schönes Mädchen, mit dem der junge Mann eine Liebschaft hat. Aber man könnte wirklich meinen, daß er hierher sieht, daß er sie anschaut. Mit solchen Augen? Ach nein, unmöglich! Oder doch? Er hat ein Zeichen mit der Hand gemacht, der junge Mann: wie einen Gruß! Gilt er ihr? Nein, nicht doch! Bestimmt steht jemand am Fenster.

Und Clementina steigt auf das Schemelchen, das eigens für sie dort steht, und schaut unauffällig zum Fenster nebenan und dann zum nächsten ... sie schaut hinunter, zu den Fenstern des unteren Stocks, dann zu denen des oberen ...

Niemand!

Sie wendet einen schüchternen Blick zu dem jungen Mann, und da ... ein anderer Gruß, ihr, wirklich ihr ... oh, kein Zweifel mehr!

Clementina läuft vom Fenster fort, läuft aus dem Zimmer, das Herz in Aufruhr. Was für ein Dummerchen! Aber es ist ein Irrtum, ganz gewiß ... Der junge Mann dort muß kurzsichtig sein. Wer weiß, mit wem er sie verwechselt hat ... Vielleicht mit Lauretta? Aber ja! Vielleicht ist er Lauretta auf der Straße gefolgt; er wird erfahren haben, daß sie hier wohnt, ihm gegenüber ... Aber dann muß er mehr als kurzsichtig, dann muß er ja geradezu blind sein! ... Und doch trägt er keine Brille. Ja, ihr Gesicht ist nicht häßlich: Es gleicht allerdings ein wenig dem der Schwester; aber der Körper! Vielleicht – wer weiß! –, als er sie so vor ihrem Tischchen sitzen sah, mit dem Kissen drunter, mag er aus der Ferne die Illusion gehabt haben, Lauretta zu sehen.

Am selben Abend fragte sie die Schwester. Aber die fällt aus allen Wolken.

»Was für ein junger Mann?«

»Da, uns gegenüber! Hast du ihn noch nicht bemerkt?«

»Nein. Wer ist es denn?«

Clementina beschreibt ihn ihr genau; aber Lauretta erklärt, nichts von ihm zu wissen, ihn niemals getroffen, niemals gesehen zu haben, weder aus der Nähe noch aus der Ferne.

Am Tag darauf beginnt das Spiel von vorne. Da sitzt er, in der gleichen Haltung, mit dem Ellbogen auf dem Fensterbrett und dem schönen blonden Kopf zwischen den Händen; und schaut sie an, schaut sie an wie am Tag zuvor, mit jener seltsamen Eindringlichkeit im Blick.

Clementina kann nicht den Verdacht haben, daß dieser junge Mann, der so tieftraurig scheint, vielleicht Gefallen daran findet, seinen Spott mit ihr zu treiben. Zu welchem Zweck? Sie ist eine arme Unglückliche, die nie und nimmer den grausamen Schabernack ernst nehmen, anbeißen, sich schmeicheln lassen könnte ... Also? Oh, aber sieh doch: Er wiederholt das Zeichen von gestern, grüßt sie mit der Hand, neigt mehrere Male den Kopf, als wolle er sagen: – »Dich mein' ich, dich« –, und schmerzlich verbirgt er sein Gesicht in den Händen.

Clementina vermag nicht mehr, dort am Fenster zu bleiben; sie steigt in zitternder Erregung vom Stuhl herab, und wie ein gehetztes Tierchen späht sie hinter den heruntergelassenen Vorhängen aus dem Fenster des Nebenzimmers. Er hat sich vom Fensterbrett zurückgezogen, schaut nicht mehr hinaus, verharrt jetzt in zweifelnder und niedergeschlagener Haltung; und sieh! von Zeit zu Zeit wendet er sich gegen ihr Fenster, um zu sehen, ob sie wieder da ist. Er wartet auf sie!

Was soll Clementina davon halten? Da kommt ihr dieser andere Gedanke in den Sinn:

»Er wird nicht sehen, wie es mit mir bestellt ist.«

Und um in Ruhe gelassen zu werden, armes Buckelchen, verfällt sie plötzlich auf diesen Ausweg: sie nähert das Tischchen dem Fenster, nimmt einen Lappen, steigt mit Hilfe eines Stuhls unter viel Mühe auf das Tischchen und steht dort, wie um die Fensterscheibe zu putzen. So wird er sie gut sehen können!

Aber es fehlt wenig, daß Clementina nicht hinunter auf die Straße stürzt, als sie bemerkt, daß der junge Mann aufgestanden ist und wütend, erschrocken gestikuliert und ihr Zeichen macht, doch um Gottes willen herabzusteigen: Er kreuzt die Arme über der Brust, nimmt den Kopf zwischen die Hände und schreit, er schreit!

Clementina steigt, so schnell sie kann, von dem Tischchen

herunter, erschrocken, ja ganz außer Fassung; sie schaut ihn zitternd, mit aufgerissenen Augen an; er streckt die Arme nach ihr aus, wirft ihr Küsse zu.

»*Er ist verrückt* ...«, denkt nun Clementina und preßt die Hände zusammen. »Oh Gott, er ist verrückt! Er ist verrückt!«

Und wirklich bestätigt Lauretta es ihr am Abend.

Durch die Fragen Clementinas neugierig gemacht, hat sie über den jungen Mann Erkundigungen eingezogen, und man hat ihr gesagt, daß er vor Jahresfrist durch den Tod der Verlobten, die dort wohnte, wo sie, Lauretta und Clementina jetzt wohnen, den Verstand verloren hat.

Dieser Verlobten hatten sie, bevor sie starb, wegen eines Sarkoms, das sich erneuert hatte, zuerst das eine und dann das andere Bein amputieren müssen.

Ah, das war also der Grund! Clementina fühlt, während sie der Erzählung der Schwester zuhört, wie sich ihre Augen mit Tränen füllen. Um des jungen Mannes oder um ihrer selbst willen? Sie lächelt blaß und sagt dann mit zitternder Stimme zu Lauretta:

»Ich hatte mir's gedacht, weißt du! Er schaute *mich* an ...«

Limonen aus Sizilien

»Ist Teresina da?«

Der Diener, noch in Hemdsärmeln, aber schon in einem ganz hohen, steifen Kragen steckend, musterte den jungen Mann, der da auf dem Treppenabsatz vor ihm stand, von oben bis unten; er sah aus wie ein Bauer, den Kragen des groben Mantels bis zu den Ohren hochgeschlagen, mit rot angelaufenen Händen, die vor Kälte ganz steif waren und auf der einen Seite einen schmutzigen Reisesack, auf der anderen Seite, quasi als Gegengewicht, einen alten Koffer hielten.

»Teresina? Und wer ist das?« fragte er seinerseits, die engstehenden, dichten Augenbrauen hochziehend, die aussahen, als wären sie zwei Hälften eines Schnurrbarts, den er sich von der Oberlippe abrasiert und dann dort oben hingeklebt hatte, um ihn nicht zu verlieren.

Der junge Mann schüttelte erst den Kopf, um ein Tröpfchen von der Nasenspitze zu entfernen, das die Kälte dort hingezaubert hatte, dann antwortete er.

»Teresina, die Sängerin.«

»Ach!« rief da der Diener mit einem Lächeln ironischen Staunens. »So einfach Teresina heißt sie also jetzt? Und wer sind Sie denn überhaupt?«

»Ist sie jetzt da, oder ist sie nicht da?« fragte der junge Mann, runzelte die Stirn und zog durch die Nase auf. »Sagen Sie ihr doch einfach, Micuccio ist da, und lassen Sie mich hinein.«

»Aber um diese Zeit ist niemand zu Hause«, antwortete der Diener mit erstarrtem Lächeln auf den Lippen. »Frau Sina Marnis befinden sich noch im Theater, und ...«

»Zia Marta auch?« unterbrach ihn Micuccio.

»Zia? Ach, ist sie Ihre Tante?«

Und der Diener wurde sofort unterwürfig.

»Bitte, treten Sie doch näher, kommen Sie nur herein, mein Herr. Es ist niemand zu Hause. Auch die Frau Tante befinden sich im Theater. Vor ein Uhr werden die Herrschaften wohl kaum nach Hause kommen. Es ist nämlich der Galaabend Ihrer... was ist sie denn zu Ihnen, die gnädige Frau? Es müßte dann wohl Ihre Cousine sein?«

Micuccio wurde einen Augenblick lang verlegen.

»Nein, ich... ich bin eigentlich kein Cousin von ihr. Ich bin ... na, ich bin eben Micuccio Bonavino. Sie weiß schon. Ich komme eigens von zu Hause herauf.«

Auf diese Antwort hin hielt es der Diener zunächst einmal für angebracht, den Besucher wieder etwas distanzierter zu behandeln; er führte ihn in ein dunkles Kämmerchen neben der Küche, in dem jemand dröhnend schnarchte, und sagte zu ihm:

»Setzen Sie sich hierher. Ich bringe gleich ein Licht.«

Micuccio blickte zuerst nach der Seite, von der das Schnarchen kam, aber er konnte in der Dunkelheit nichts unterscheiden.

Dann spähte er in die Küche hinein, wo der Koch mit Hilfe eines Küchenjungen das Abendessen bereitete. Der Geruch der verschiedenen Speisen, die da zubereitet wurden, überwältigte ihn, er machte ihn fast schwindlig und trunken; schließlich war er mehr oder minder seit dem frühen Morgen nüchtern, er kam direkt aus der Provinz Messina und hatte eine Nacht und einen ganzen Tag Eisenbahnfahrt hinter sich.

Der Diener brachte das Licht, und die Person, die da in dem Zimmer ein Nickerchen machte, hinter einem Vorhang, der an einem von Wand zu Wand gespannten Seil aufgehängt war, murmelte im Halbschlaf:

»Wer ist da?«

»He, Dorina, aufgewacht!« rief der Diener. »Du siehst, Herr Bonvicino ist hier.«

»Bonavino«, verbesserte Micuccio, der in seine Hände blies.

»Bonavino, Bonavino; ein Bekannter der gnädigen Frau.

Du schläfst wie ein Mehlsack; es läutet an der Türe und du hörst gar nichts. Ich muß schließlich aufdecken, ich kann ja nicht alles zugleich machen, verstehst du? Mich um den Koch kümmern, der sich nicht auskennt, und um die Besucher dazu.«

Ein tiefes, lautes Gähnen, das ausgestoßen wurde, während die eben Erwachte sich streckte und dehnte, und in einen wiehernden Laut endete, weil sie ein plötzlicher Kälteschauer überfiel, war die Antwort auf die Moralpredigt des Dieners, der brummend fortging:

»Na, sei's drum!«

Micuccio lächelte und folgte ihm mit den Augen durch ein weiteres im Halbdunkel liegendes Zimmer bis zu dem geräumigen, hell erleuchteten Saal im Hintergrund, in dem ein prächtig gedeckter Tisch stand; er betrachtete diese Szene bewundernd, bis ihn endlich das Schnarchen neuerlich dazu bewegte, sich umzudrehen und den Vorhang anzusehen.

Der Diener huschte immer wieder vorbei, die Serviette unter den Arm geklemmt, murmelte bald Verwünschungen gegen Dorina, die schon wieder eingeschlafen war, bald gegen den Koch, der wohl ganz neu sein mußte, eigens zu dem heutigen Fest ins Haus gerufen, und der ihn deshalb in einem fort mit Fragen belästigte. Um ihn nicht seinerseits noch mehr aufzubringen, hielt Micuccio es für angebracht, alle Fragen, die er gerne an ihn gerichtet hätte, einstweilen bei sich zu behalten. Er hätte ihm freilich sagen oder wenigstens zu verstehen geben müssen, daß er Teresinas Verlobter war, und doch wollte er das nicht tun, ohne daß er selbst gewußt hätte, warum; es sei denn, es wäre deshalb gewesen, weil der Diener dann ihn, Micuccio, als Herrn hätte behandeln müssen, und wenn er ihn so selbstsicher und elegant auftreten sah – wenngleich er noch nicht einmal den Frack angezogen hatte –, dann vermochte er einfach nicht die Peinlichkeit zu überwinden, die er schon bei dem Gedanken daran empfand. Schließlich aber konnte er doch nicht mehr an sich halten und fragte ihn, als er wieder einmal vorübereilte:

»Entschuldigen Sie, wem gehört eigentlich dieses Haus?«

»Uns, seit wir hier eingezogen sind«, antwortete ihm der Diener in aller Eile.

Und Micuccio schüttelte bedächtig den Kopf.

Zum Donnerwetter, dann war es also wirklich wahr! Das Glück hatte sich beim Schopf packen lassen. Beste Geschäfte. Dieser Diener, der wirkte wie ein großer Herr, Koch und Küchenjunge, diese Dorina, die da drinnen schnarchte: Das waren lauter Dienstboten, die bei Teresina im Dienst standen. Wer hätte das je gedacht?

In Gedanken sah er wieder das düstere Dachstübchen vor sich, dort unten in Messina, wo Teresina mit der Mutter gewohnt hatte. Vor fünf Jahren wären in diesem fernen Dachstübchen ohne seine Hilfe Mutter und Tochter wohl Hungers gestorben. Und er hatte ihn entdeckt, jawohl er, diesen Schatz in Teresinas Kehle! Sie sang damals in einem fort, wie ein Spatz auf den Dächern, ohne daß sie geahnt hätte, welchen Schatz sie besaß; sie sang aus Mißmut, um nicht an das Elend denken zu müssen, das er so gut es ging zu lindern trachtete, trotz der Kämpfe, die er deswegen zu Hause mit den Eltern, vor allem mit seiner Mutter zu bestehen hatte. Aber konnte er denn Teresina in diesem Zustand verlassen, nachdem ihr Vater gestorben war? Konnte er sie verlassen, weil sie nichts besaß, während er sich wenigstens recht und schlecht als Flötenspieler im Gemeindeorchester durchbringen konnte? Na, das waren schöne Gründe! Und das Herz sollte gar nicht zählen?

Ach, es war eine wahre Eingebung des Himmels gewesen, eine Einflüsterung des Schicksals, sich doch um ihre Stimme zu kümmern, als noch niemand auf sie achtete, an einem wunderschönen Apriltag, in der Nähe der Dachluke, die den blauen Himmel so lebendig einrahmte. Teresina trällerte ein gefühlvolles sizilianisches Liedchen vor sich hin, an dessen zärtliche Worte Micuccio sich noch immer erinnerte. Sie war traurig an diesem Tag, die Teresina, traurig über den noch so kurz zurückliegenden Tod des Vaters und über den hartnäckigen Widerstand von Micuccios Familie gegen sie. Und auch er – daran erinnerte er sich noch gut –, auch er war traurig damals, so traurig, daß ihm die Tränen kamen, als er sie singen hörte. Er hatte es doch schon so viele andere Male singen gehört, dieses Liedchen, aber noch nie auf diese Weise. Er war so beeindruckt davon, daß er tags darauf, ohne es ihr oder ihrer Mutter zuvor anzukündigen, seinen Freund, den Kapellmeister, in das Dachstübchen mitbrachte. Und so hatten die ersten Gesangstunden begonnen, und zwei Jahre hindurch hatte er für sie beinahe sein ganzes Gehalt ausgegeben: Er hatte ihr ein Klavier gemietet, die Noten gekauft und auch dem Maestro dann und wann einen kleinen Betrag als freundschaftliche Anerkennung bezahlt. Schöne, längst vergangene Tage waren das! Teresina brannte vor Begierde, fortzugehen, der Zukunft entgegenzuschweben, die ihr der Maestro in so leuchtenden Farben malte; und unter diesen Plänen, da regnete es heiße Zärtlichkeiten für ihn, dem sie ihre ganze Dankbarkeit beweisen wollte, und da träumten sie die schönsten Träume von einem gemeinsamen Glück!

Zia Marta schüttelte unterdessen freilich bitter den Kopf; sie hatte so viel Schlimmes erlebt, die arme Alte, daß sie kein Vertrauen mehr in die Zukunft haben konnte. Sie hatte Angst um ihre Tochter und wollte nicht einmal, daß sie auch nur an die Möglichkeit dachte, aus diesem geduldig ertragenen Elend herauszukommen. Und zudem wußte sie, wußte sehr gut, was ihn der Wahn dieses gefährlichen Traumes kostete.

Aber weder er noch Teresina hörten auf sie, und sie wehrte sich vergeblich, als ein junger Komponist, der Teresina in einem Konzert gehört hatte, erklärte, es wäre ein wahres Verbrechen, ihr nicht bessere Lehrer und eine vollständige künstlerische Ausbildung zu verschaffen; kurz, nach Neapel, es galt, sie um jeden Preis nach Neapel zu schicken.

Und da hatte Micuccio nicht viel hin und her überlegt, sondern hatte mit seiner Familie gebrochen und das kleine Landgut verkauft, das ihm sein Onkel, der ein geistlicher Herr gewesen war, vermacht hatte; und mit dem Geld schickte er Teresina nach Neapel, damit sie ihre Studien abschließen konnte.

Seit damals hatte er sie nicht wiedergesehen. Ja, Briefe hatte er bekommen, das schon ... Briefe von ihr aus dem Konservatorium, und dann die von Zia Marta, als Teresina schon Karriere machte und von den bedeutendsten Opernhäusern umworben wurde, nach ihrem rauschenden Erfolg im San-Carlo-Theater. Am Schluß dieser Zeilen in einer zittrigen, unsicheren Handschrift, die die arme Alte, so gut sie es vermochte, auf das Papier gekritzelt hatte, waren immer noch ein paar Worte von ihr angefügt, von seiner Teresina, die doch nun nie mehr Zeit zum Briefschreiben hatte: »Lieber Micuccio, Mama hat Dir ja schon alles geschrieben. Bleib gesund und behalt mich lieb.« Sie hatten vereinbart, daß er ihr fünf oder sechs Jahre Zeit lassen würde, um ganz frei ihre Karriere aufbauen zu können: Sie waren ja beide noch jung und konnten warten. Und in den fünf Jahren, die seither vergangen waren, hatte er diese Briefe stets jedem gezeigt, der sie sehen wollte, um die Verleumdungen zu bekämpfen, die seine Familie gegen Teresina und ihre Mutter in Umlauf setzte. Dann war er krank geworden; beinahe wäre er gestorben; und bei dieser Gelegenheit hatten ohne sein Wissen Zia Marta und Teresina eine große Summe Geldes an seine Adresse geschickt. Ein Teil davon war während der Krankheit draufgegangen, aber den Rest hatte er später mit Gewalt den gierigen Händen seiner Verwandten entrissen und brachte ihn nun Teresina zurück. Denn Geld – das kam nicht in Frage! Geld wollte er keines annehmen. Nicht, weil es ihm als Almosen erschienen wäre, nachdem er schon soviel für sie ausgegeben hatte; aber ... es kam eben nicht in Frage! Er hätte selbst nicht zu sagen gewußt weshalb, und jetzt weniger denn je, dort, in diesem Haus ... Geld, das kam nicht in Frage! So wie er bisher so viele Jahre lang gewartet hatte, konnte er ruhig auch weiterhin warten. Und wenn Teresina tatsächlich Geld im Überfluß hatte, dann war das ein Zeichen, daß sich ihr die ersehnte Zukunft aufgetan hatte, und dann war es auch Zeit, das alte Versprechen einzulösen, zum Verdruß derer, die nicht daran glauben wollten.

Micuccio stand auf, die Brauen zusammengezogen, als wollte er sich selbst in diesem Schluß bestätigen; er blies auf seine eiskalten Hände und stampfte mit den Füßen auf.

»Ist Ihnen kalt?« fragte der Diener im Vorüberlaufen. »Jetzt wird es gleich so weit sein. Kommen Sie doch hier in die Küche, da werden Sie sich besser fühlen.«

Micuccio wollte der Aufforderung des Dieners, der ihn mit seiner herrschaftlichen Erscheinung unsicher machte und ärgerte, nicht Folge leisten. Er setzte sich wieder auf seinen alten Platz und hing weiter, ganz verunsichert, seinen Gedanken nach. Kurz darauf riß ihn ein lautes Klingeln aus seinem Nachdenken.

»Dorina, die gnädige Frau!« rief der Diener mit schriller Stimme, während er in höchster Eile in den Frack schlüpfte und zugleich zur Türe lief, um zu öffnen; als er sah, daß Micuccio ihm folgen wollte, blieb er abrupt stehen, um ihn zurechtzuweisen:

»Sie bleiben einstweilen hier; ich muß Sie erst anmelden.«

»Ach, ach, ach …«, klagte eine schläfrige Stimme hinter dem Vorhang; wenig später erschien ein unförmiges, plumpes Riesenweib, das ein Bein nachzog und die Augen noch immer nicht ganz aufbrachte, ein Wolltuch bis über die Nase hochgezogen und die Haare goldblond gefärbt.

Micuccio starrte sie sprachlos an. Auch sie riß überrascht die Augen auf, als sie den Fremden vor sich sah.

»Die gnädige Frau«, wiederholte Micuccio.

Da kam Dorina mit einem Mal wieder zu sich:

»Da bin ich schon, da bin ich schon …«, rief sie, riß sich das Wolltuch herunter und warf es hinter den Vorhang, dann setzte sie ihre ganze schwergewichtige Person in Richtung auf die Eingangstüre in Trab.

Die Erscheinung dieser angemalten Hexe, die Zurechtweisung durch den Diener, all das ließ in dem gekränkten Micuccio eine düstere Vorahnung aufsteigen. Da hörte er Zia Martas schrille Stimme:

»Dort hinein, in den Salon! In den Salon, Dorina!«

Und der Diener und Dorina liefen an ihm vorbei, ganze Körbe herrlicher Blumen im Arm. Er streckte den Kopf vor, um in den beleuchteten Salon im Hintergrund hineinzuspä-

hen: Da sah er viele Herren im Frack, die durcheinanderrede-
ten. Sein Blick verschleierte sich. Das Staunen, die Erregung
waren so groß, daß er selbst nicht bemerkt hatte, wie sich
seine Augen mit Tränen füllten. Nun schloß er sie und zog sich
in dieser Dunkelheit ganz in sich selbst zurück, als wollte er
sich so wappnen gegen den Schmerz, den ihm ein langes,
schrilles Lachen bereitete. War das Teresina? O Gott, und
warum lachte sie so, dort drüben?

Ein unterdrückter Schrei ließ ihn die Augen wieder öffnen,
und da sah er vor sich – nicht wiederzuerkennen – Zia Marta,
einen Hut auf dem Kopf, die Arme! – und ganz niederge-
drückt von einem prächtigen Samtumhang.

»Was! Micuccio ... du bist da?«

»Zia Marta ...«, rief Micuccio aus, während er, beinahe ein
bißchen eingeschüchtert, ihre Erscheinung musterte.

»Wie denn das?« fuhr die Alte ganz erschüttert fort. »Ohne
Vorankündigung? Was ist denn geschehen? Wann bist du an-
gekommen? Und ausgerechnet an diesem Abend ... O Gott, o
Gott ...«

»Ich bin gekommen, um ...«, stammelte Micuccio, aber er
wußte nicht weiter.

»Warte mal!« unterbrach ihn Zia Marta. »Wie machen wir
das nur? Wie machen wir das nur? Siehst du, wie viele Leute
da sind, mein Kind? Heute ist Teresinas Fest, ihr Galaabend ...
Warte, warte hier ein bißchen ...«

»Wenn Sie ...«, versuchte Micuccio zu entgegnen, aber eine
ängstliche Beklemmung schnürte ihm die Kehle zu, »wenn Sie
glauben, daß ich besser gehen sollte ...«

»Nein, warte einmal, sage ich«, antwortete die gute Alte
rasch, in großer Verlegenheit.

»Freilich«, begann Micuccio wieder, »freilich wüßte ich gar
nicht, wo ich hingehen sollte, hier in diesem großen Ort ...
um diese Zeit ...«

Zia Marta ließ ihn allein, indem sie ihm mit der behand-
schuhten Hand bedeutete, er solle ein bißchen warten, und
ging in den Salon, in dem sich wenig später für Micuccio so etwas wie ein Abgrund aufzutun schien: Plötzlich war da drin-

nen Totenstille. Dann hörte er klar und deutlich folgende Worte Teresinas:

»Einen Augenblick, meine Herrschaften.«

Und wiederum verschleierte sich sein Blick, als er auf ihr Erscheinen wartete. Aber Teresina erschien nicht, und die Konversation da drinnen im Salon ging weiter. Statt dessen kam nach wenigen Minuten, die ihm wie eine Ewigkeit vorkamen, Zia Marta zu ihm zurück, ohne Hut, ohne Umhang, ohne Handschuhe und viel weniger verlegen.

»Wir wollen hier ein bißchen warten, ist dir das recht?« fragte sie. »Ich bleibe bei dir... Jetzt findet das Abendessen statt... Wir bleiben miteinander hier. Dorina wird uns diesen Tisch decken, und dann essen wir beide miteinander zu Abend, hier drinnen; wir wollen ein bißchen von den schönen alten Zeiten reden, was?... Ich kann's gar nicht glauben, daß ich mit dir sein darf, mein Kind, hier mit dir; ein bißchen abgesondert... Dort drinnen, du verstehst, da sind so viele große Herren... Sie, die Arme, sie kann nicht anders, sie muß da mit... Die Karriere, verstehst du? Tja, was kann man da schon machen? Hast du die Zeitungen gelesen? Das ist eine große Sache, mein Kind! Aber ich... ich hab' da nie so recht festen Boden unter den Füßen... Ich kann's noch gar nicht glauben, daß ich heute abend hier mit dir sein darf.«

Und die gute Alte, die in einem fort geplappert hatte, ganz instinktiv, um Micuccio keine Zeit zum Nachdenken zu lassen, lächelte zu guter Letzt und rieb sich die Hände, wobei sie ihn gerührt ansah.

Dorina kam und deckte in großer Eile den Tisch, denn drinnen hatte das Mahl bereits begonnen.

»Wird sie kommen?« fragte Micuccio düster, mit banger Stimme. »Ich meine, damit ich sie wenigstens sehen kann.«

»Aber natürlich wird sie kommen«, antwortete die Alte schnell und zwang sich, ihre Beklemmung zu überwinden. »Sobald sie sich einen Augenblick freimachen kann; das hat sie mir gleich gesagt.«

Nun sahen die beiden sich an und lächelten einander zu, als würden sie einander jetzt erst wiedererkennen. Durch die ganze Beklemmung und Bewegung ihrer Seelen hindurch hatten sie endlich den Weg gefunden, einander zu begrüßen: mit diesem Lächeln. »Sie sind ja doch die Zia Marta geblieben«, sagten Micuccios Augen. »Und du bist Micuccio, mein lieber guter Junge, immer noch der Alte, armer Kerl!« sagten Zia Martas Augen. Aber gleich senkte die Alte ihren Blick wieder, damit Micuccio in ihren Augen nicht noch etwas anderes läse. Sie rieb sich wieder die Hände und sagte:

»Lassen wir's uns schmecken, hm?«

»Na, ich hab' vielleicht einen Hunger!« rief Micuccio ganz heiter und beruhigt aus.

»Erst aber das Kreuz; hier, vor dir, darf ich's ja machen«, fügte die Alte in schelmischem Ton hinzu, zwinkerte ihm zu und schlug ein Kreuz.

Der Diener servierte ihnen den ersten Gang. Micuccio sah genau zu, wie Zia Marta es anstellte, um ihre Portion vom Silbertablett herunterzubekommen. Aber als er an die Reihe kam und die Hände hob, fiel ihm ein, daß die ja noch schmutzig waren von der langen Reise; er lief rot an, wurde verlegen, hob die Augen, um den Kellner verstohlen anzusehen; der, nun überaus formvollendet, nickte ihm lächelnd zu, als wollte er ihn auffordern, er solle doch zugreifen. Glücklicherweise rettete ihn Zia Marta aus der Klemme.

»Komm, komm, Micuccio, darf ich dir geben?«

Am liebsten hätte er sie abgeküßt vor Dankbarkeit! Als er seine Portion auf den Teller bekommen hatte, schlug er schnell auch ein Kreuz, sobald der Diener fort war.

»Guter Junge!« sagte Zia Marta.

Und er fühlte sich selig und geborgen und begann zu essen, wie er noch nie in seinem Leben gegessen hatte, ohne weiter einen Gedanken an seine Hände oder an den Diener zu verschwenden.

Immer jedoch, wenn dieser den Salon betrat oder verließ und dabei die Glastüre öffnete, so daß ein Stimmengewirr oder da und dort Gelächter wie eine Woge an Micuccios Ohr brandete, wandte er sich beunruhigt um und sah dann die schmerzlichen, liebevollen Augen der Alten an, als wollte er dort eine Erklärung lesen. Aber statt dessen las er in ihnen nur die Bitte, für den Augenblick keine Fragen zu stellen, sich die Erklärungen für später aufzuheben. Und dann lächelten sie beide wieder und aßen weiter und sprachen aufs neue von ihrem fernen Heimatstädtchen, von Freunden und von Bekannten, von denen Zia Marta ohne Ende Neuigkeiten hören wollte.

»Trinkst du gar nichts?«

Micuccio streckte die Hand nach der Flasche aus; aber in diesem Augenblick öffnete sich wieder die Glastüre zum Salon; ein Seidenrauschen, drei rasche Schritte, ein Glitzern, als würde das Zimmer mit einem Mal hell erleuchtet, um ihn zu blenden.

»Teresina...«

Und vor Staunen erstarb ihm das Wort auf den Lippen. Was für eine Königin!

Mit gerötetem Gesicht, weit aufgerissenen Augen und Mund starrte er sie an, völlig verdattert. Wie war das denn möglich – so sah sie aus? Nackte Brust, nackte Schultern, nackte Arme... überall glitzernd von Edelsteinen und feinen Stoffen... Er sah sie gar nicht, er sah sie nicht mehr als lebende, als wirkliche Person vor sich. Was sagte sie zu ihm? Die Stimme nicht und auch nicht die Augen, nicht das Lachen: nichts mehr, gar nichts mehr erkannte er an ihr in dieser Traumerscheinung.

»Wie geht's? Geht's dir jetzt wieder gut, Micuccio? Na fein, sehr gut... Du warst doch krank, wenn ich mich nicht irre... Na, wir sehen uns gleich noch mal... Einstweilen leistet dir ja hier die Mama Gesellschaft... Abgemacht, ja?«

Und damit eilte Teresina rauschend wieder zurück in den Salon.

»Ißt du nicht mehr?« fragte wenig später ängstlich Zia Marta, um Micuccio aus seiner Erstarrung zu reißen.

Der wandte sich kaum zu ihr um.

»Iß doch«, wiederholte die Alte und deutete auf seinen Teller.

Micuccio fuhr sich mit zwei Fingern in den rußgeschwärzten, verdrückten Kragen und zog ihn gerade, wobei er versuchte, tief Atem zu holen.

»Essen?«

Und er fuchtelte einige Male mit den Fingern unter seinem Kinn herum, wie um zu grüßen, als wollte er sagen: Ich kann nicht mehr, ich habe genug. Noch eine ganze Weile verharrte er schweigend, niedergeschlagen, gefangen in der Vision von vorhin, dann murmelte er:

»Was aus ihr geworden ist...«

Und er sah Zia Marta bitter den Kopf schütteln; auch sie hatte zu essen aufgehört, als wartete sie auf etwas.

»Gar nicht mehr dran zu denken...«, fügte er dann wie zu sich selbst hinzu und schloß die Augen.

Nun, in dieser Dunkelheit, da sah er den Abgrund, der sich zwischen ihnen beiden aufgetan hatte. Nein, das war nicht mehr sie – diese da –, das war nicht mehr seine Teresina. Es war alles aus... schon seit langer Zeit, seit langer Zeit schon war es aus, und er Dummkopf, er Idiot, er merkte das erst jetzt. Zu Hause hatten sie es ihm längst gesagt, aber er hatte sich beharrlich geweigert, es zu glauben... Und jetzt, was gab er jetzt da für eine Figur ab, in diesem Haus? Wenn all diese großen Herren, wenn selbst der Diener gewußt hätten, daß er, Micuccio Bonavino, diese lange Reise auf sich genommen hatte, sechsunddreißig Stunden in der Bahn bis zur völligen Erschöpfung, weil er allen Ernstes noch immer geglaubt hatte, er wäre der Verlobte dieser Königin da drinnen, was hätte das dann für Gelächter gegeben, von diesen Herren, von dem Diener, vom Koch und dem Küchenjungen, von Dorina! Was für ein Gelächter, wenn Teresina ihn vor sie alle hingezerrt hätte, dort in den Salon, und verkündet hätte: »Seht her, dieser arme Kerl, ein Flötenspieler, der sagt, er möchte mich heiraten!« Ja freilich, sie selbst hatte ihm das einmal versprochen; aber wie hätte sie damals ahnen können, daß eines Tages das aus ihr werden würde? Und natürlich war es richtig, daß er ihr diesen Weg eröffnet und es ihr ermöglicht hatte, ihn einzuschlagen; aber nun war sie auf diesem Weg schon so weit gekommen, so weit... und er, der er dort unten geblieben war, immer noch derselbe, am Sonntag auf dem Marktplatz seine Flöte spielend, wie hätte er sie jetzt noch jemals erreichen können? Gar nicht daran zu denken … Und was bedeuteten jetzt noch die paar Groschen, die er einmal für sie ausgegeben hatte, nun, da sie eine große Dame geworden war? Er schämte sich nur bei dem Gedanken, irgend jemand könnte vermuten, er habe sich mit seinem Kommen wegen dieser elenden paar Groschen irgendwelche Rechte anmaßen wollen. In diesem Augenblick fiel ihm ein, daß er das Geld, das Teresina ihm während seiner Krankheit geschickt hatte, noch in der Tasche hate. Er lief rot an, er schämte sich dafür; schnell griff er mit seiner Hand in die Brusttasche der Jacke, wo die Brieftasche steckte.

»Ich bin eigentlich auch deshalb gekommen, Zia Marta«, sagte er schnell, »weil ich euch dieses Geld zurückgeben wollte, das ihr mir geschickt habt. Was sollte das denn sein? Bezahlung? Rückerstattung? Ich sehe ja, was aus Teresina geworden ist: eine … ja, wie eine Königin erscheint sie mir! Ich sehe, daß … Nichts! Gar nicht mehr dran zu denken! Aber dieses Geld hier, nein! Das habe ich von ihr nicht verdient … Die Geschichte ist aus, reden wir nicht mehr darüber … Aber Geld, nein, das kommt nicht in Frage … es tut mir nur leid, daß es nicht mehr die ganze Summe ist …«

»Was sagst du da, mein Kind?« versuchte ihn Zia Marta verzweifelt, mit Tränen in den Augen, zu unterbrechen.

Micuccio bedeutete ihr, still zu sein.

»Nicht ich hab' es ausgegeben, das war meine Familie, während ich krank war, ohne daß ich davon wußte. Aber das mag hingehen, im Austausch für das bißchen, was ich damals für euch aufgewendet habe … wissen Sie noch? Kein Wort mehr darüber. Hier ist der Rest. Und jetzt gehe ich.«

»Ja, wieso denn? So plötzlich?« rief Zia Marta aus und versuchte ihn zurückzuhalten. »Warte wenigstens, bis ich es Teresina gesagt habe. Hast du nicht gehört, daß sie dich noch einmal sehen will? Ich gehe schnell hinein und sage es ihr …«

»Nein, das ist sinnlos«, entgegnete Micuccio entschieden. »Lassen Sie sie da drinnen mit diesen Herren. Dort ist sie an

ihrem Platz, dort gehört sie hin. Ich armer Teufel ... ich hab'
sie gesehen; das hat mir genügt ... Gehen Sie lieber auch ... gehen Sie auch dort hinein ... Hören Sie das Gelächter? Ich will
nicht, daß man über mich lacht ... Ich gehe.«

Zia Marta deutete diesen plötzlichen Entschluß Micuccios
in der schlimmsten Weise: als eine Handlung der Empörung,
diktiert von der Eifersucht. Sie glaubte, die Arme, daß nun
schon in allen, wenn sie ihre Tochter sahen, sofort der
schlimmste Verdacht aufkeimen mußte, eben der Verdacht,
um dessentwillen sie untröstlich war und weinte, ruhelos
ihren heimlichen Kummer mit sich herumschleppte, inmitten
dieses lärmenden, schrecklichen Luxuslebens, das ihr müdes
Alter so grauenhaft entehrte.

»Aber ich«, entfuhr es ihr, »ich kann ja nicht mehr länger
auf sie aufpassen, mein Kind ...«

»Wieso?« fragte da Micuccio, und las plötzlich in ihren
Augen den Verdacht, der ihm noch gar nicht gekommen war;
dabei verfinsterte sich sein Gesicht.

Die Alte verlor sich ganz in ihrem Schmerz und verbarg
das Gesicht in den zitternden Händen, aber es gelang ihr nicht,
die Wucht der hervorbrechenden Tränen zurückzuhalten.

»Ja, ja, geh, mein Kind, geh ...«, stieß sie halberstickt unter
Schluchzen hervor. »Sie ist nichts mehr für dich, du hast ganz
recht ... Hättet ihr nur auf mich gehört!«

»Dann«, fuhr Micuccio auf, beugte sich über sie und riß ihr
mit Gewalt eine Hand vom Gesicht fort. Aber der Blick, mit
dem sie ihn um Erbarmen anflehte, während sie einen Finger
auf die Lippen legte, dieser Blick war so verzweifelt und be-
rührend, daß er sich bezähmte und in einem anderen Ton hin-
zufügte, wobei er sich bemühte, seine Stimme zu dämpfen:
»Dann ... dann ist sie also meiner gar nicht mehr würdig. Gut,
gut, ich gehe trotzdem ... im Gegenteil, jetzt gehe ich erst
recht ... Was war ich doch für ein Dummkopf, Zia Marta; ich
habe das alles nicht begriffen! Weinen Sie doch nicht ... Was
tut das schon ... Schicksal, sagen die Leute ... Schicksal ...«

Er hob das Köfferchen und den Sack unter dem Tisch auf
und wollte schon gehen, da fiel ihm ein, daß in dem Sack ja

die schönen Limonen waren, die er für Teresina von zu Hause mitgebracht hatte.

»Sehen Sie doch, Zia Marta«, sagte er.

Er schnürte den Sack auf, hielt einen Arm darunter und schüttete die frischen, duftenden Früchte auf den Tisch.

»Was wäre eigentlich, wenn ich alle diese Limonen den Ehrenmännern da drinnen an den Kopf würfe?«

»Um Himmels willen«, stöhnte die Alte unter Tränen und bat ihn wiederum mit einer Geste, er solle doch still sein.

»Nein, nein, gar nichts«, antwortete Micuccio bitter lachend und steckte den leeren Sack in die Tasche. »Ich hatte sie ihr mitbringen wollen; aber nun lasse ich sie Ihnen ganz allein, Zia Marta.«

Er nahm eine der Früchte und hielt sie Zia Marta unter die Nase.

»Riechen Sie, Zia Marta, riechen Sie den Duft unserer Heimat... auch noch Zoll bezahlt habe ich dafür... Genug davon. Nur für Sie allein sind die, das bitte ich mir aus... Und ihr sagen Sie in meinem Namen einfach ›Viel Glück!‹, sonst nichts.«

Damit nahm er seinen Koffer und ging. Aber als er auf der Treppe war, überfiel ihn eine bange Verzweiflung: Er war allein, verlassen, nachts, in einer großen, fremden Stadt, weit weg von seinem Heimatort; enttäuscht, erniedrigt, lächerlich gemacht. Beim Haustor merkte er, daß es draußen in Strömen regnete. Er hatte nicht den Mut, sich im Regen auf diese unbekannten Straßen hinauszuwagen. So ging er ganz leise wieder hinein, stieg einen Treppenabsatz hinauf, dann setzte er sich auf die erste Stufe, stützte die Ellbogen auf die Knie, nahm den Kopf in die Hände und begann stumm vor sich hinzuweinen.

Gegen Ende des Essens betrat Sina Marnis ein zweites Mal das Kämmerchen. Sie fand dort ihre Mutter, die ebenfalls weinte, ganz allein, während drinnen die Herren sich lärmend unterhielten und lachten.

»Ist er fortgegangen?« fragte sie überrascht.

Zia Marta nickte mit dem Kopf, ohne sie anzusehen. Sina starrte eine Weile ins Leere, dann seufzte sie:

»Armer Kerl…«

Aber gleich darauf mußte sie lächeln.

»Sieh her«, sagte die Mutter, ohne die Tränen weiter hinter der Serviette zu verbergen. »Er hatte dir Limonen mitgebracht…«

»Ach, sind die schön!« rief Sina jauchzend aus. Sie legte einen Arm um die Taille und nahm mit der anderen Hand so viele Früchte, wie sie tragen konnte.

»Nein, nicht dort hinein!« versuchte die Mutter abzuwehren.

Aber Sina zuckte die Achseln und lief in den Salon zurück, wobei sie jubelnd ausrief:

»Limonen aus Sizilien! Limonen aus Sizilien!«

Antwort

Na, du hast dich schön ausgetobt, mein Freund!

Es ist ja wirklich zu beklagen, daß du deine angeborene Neigung überwinden mußtest und dich nicht den Musen widmen konntest. Wieviel Wärme liegt doch in deinem Ausdruck, und mit welch durchsichtiger Klarheit stellst du einem mit wenigen Strichen Orte, Geschehnisse und Menschen lebendig vor Augen!

Du bist schmerzlich berührt, du bist gekränkt, mein armer Marino; und ich möchte nicht, daß diese meine Antwort deinen Kummer und deine Verärgerung noch steigert. Aber du willst, daß ich dir offen darlege, was ich von deinem Fall halte. Ich werde es tun, damit du zufrieden bist, obwohl ich weiß, daß du damit nicht zufrieden sein wirst.

Ich folge meiner eigenen Methode, wenn du gestattest. Ich werde zuerst kurz den Tatbestand darlegen, dann werde ich mit der von dir gewünschten Offenheit meine Meinung dazu sagen.

Also schön der Reihe nach.

I. Personen, Umstände und Hintergründe

a) *Fräulein Anita.* Sechsundzwanzig Jahre (sie sieht gerade wie zwanzig aus, na schön, aber es sind doch sechsundzwanzig und auch schon ein bißchen drüber). Braunhaarig, nachtschwarze Augen:

In ihren Augen fängt sich
die tiefe Nacht…

Korallenlippen, na sei's drum.

Aber die Nase, mein Freund? Du erzählst mir nichts von der Nase. Bei den Braunhaarigen gilt's zuallererst auf die Nase zu schauen. Ganz besonders auf die Nasenflügel.

Ich bin sicher, bei Fräulein Anita ist die Nase ein bißchen stupsig. Nein, ich sage nicht, daß sie häßlich ist; sprechen wir ruhig von einem Näschen. Aber es ist ein bißchen stupsig. Und die Nasenflügel sind eher fleischig, sie blähen sich stark, wenn sie die Zähne zusammenpreßt, wenn sie mit den Augen ins Leere starrt und aus der Nase einen langen, langen, leisen Seufzer herauspreßt.

Hast du gemerkt, wie ihre Augen sich verschleiern und die Farbe wechseln, wenn sie einen dieser leisen Seufzer herauspreßt?

Sie hat viel gelitten, Fräulein Anita, weil sie sehr klug ist. Sie war wohlhabend, solange ihr Vater lebte. Nun, da der Vater gestorben ist, ist sie arm. Und sechsundzwanzig Jahre. Stupsnase und nachtschwarze Augen.

Gehen wir weiter.

b) *Mein Freund Marino.* Vierundzwanzig Jahre, zwei Jahre weniger als Fräulein Anita, die freilich immerhin wie gerade zwanzig aussehen mag.

Arm ist auch er; auch er väterlicherseits ein Waisenkind. Das ist etwas recht Trauriges, aber Teures, wenn man es mit einer geliebten Person teilt. Zwei Schicksale, wie füreinander bestimmt.

Aber mein Freund Marino, arm und Waisenkind, wie er nun einmal ist, hat die Mutter und eine Schwester zu erhalten. Waisenkind und arm, wie sie ist, hat Fräulein Anita ebenfalls eine Mutter, aber sie muß sie nicht erhalten.

Um die Erhaltung der Mutter kümmert sich der Commendatore Ballesi.

Mein Freund Marino haßt natürlich diesen Commendatore Ballesi.

Ein Hitzkopf ist er freilich, und das Herz geht ihm leicht über. Reden kann er wie kein zweiter, und seine Sprache ist bildlich, faszinierend, wie der Blick seiner schönen blauen Augen. Sagen wir: Mein Freund Marino ist der Tag, das Fräulein Anita ist die Nacht. Er hat die Farbe der Sonne in seinem blonden Haar und das Blau des Himmels in den Augen; in ihren Augen stehen zwei Sterne, in ihren Haaren wohnt die Nacht. Na, ich meine, da ich schon einmal mit einem Dichter spreche, kann ich mich wohl nicht besser ausdrücken als auf diese Weise.

Gehen wir weiter.

Von der Not zur Klugheit gezwungen, kann mein Freund Marino es sich einfach nicht erlauben, sich unter den gegenwärtigen Umständen (die freilich noch eine geraume Weile andauern werden) die Last einer weiteren Frau aufzuhalsen, und muß deshalb gerade die Last liegen lassen, die ihn am wenigsten beschweren würde.

Es mag sogar sein, daß diese dritte Last ihm das Gewicht jener anderen beiden leichter erscheinen ließe, die er sich nicht vom Halse schaffen kann – aber daran würde er niemals auch nur zu denken wagen.

Manche Leute freilich meinen, zu dritt lebt sich's auf dem Rücken eines armen Menschen nicht so bequem und in gutem Einvernehmen. Und der gute Marino – von der Not zur Klugheit gezwungen – muß das anerkennen.

c) *Der Commendatore Ballesi*. Ein alter Freund des Seligen ist er; will sagen, von Anitas Vater. Sechsundsechzig Jahre. Zart und von kleinem Wuchs; spindeldürre Beinchen, aber mit mächtigen Absätzen bewehrt. Ein dicker Kopf, ein dicker, herabhängender Schnurrbart, unter dessen Vorhang nicht nur der Mund, sondern gleich auch das Kinn verschwindet, falls man sagen kann, daß der Commendatore Ballesi tatsächlich ein Kinn besitzt. Buschige, stets gerunzelte Augenbrauen und meistens einen Finger in der Nase. Dieser Finger denkt. Auch die Haare der Augenbrauen denken. Er ist überhaupt geradezu eine geladene Kanone aus Gedanken, der gute Commendatore Ballesi. Das finanzielle Schicksal des neuen Italien liegt in seinen winzigen, eisenharten Fäusten.

Nun, kein Mensch weiß wie oder warum, aber plötzlich ist der Commendatore Ballesi auf die Idee verfallen, er müsse seine väterliche Liebe zu Fräulein Anita in eine Liebe anderer Art verwandeln. Und er hat um ihre Hand angehalten.

Fräulein Anita hat mehrere Taschentücher zerrissen, mit den Händen und mit den Zähnen. Nein, das war nicht Ärger, das war Scham, Abscheu, Grauen. Die Mama hat geweint. Warum hat die Mama denn geweint? Nun, vor Freude, sagte sie. Vor Freude – gut, geben wir einmal zu, daß man auch vor Freude weinen kann –, aber vor Freude weint man ein bißchen, und dann lacht man wieder. Fräulein Anitas Mama jedoch hat sehr viel geweint, und sie lacht gar nicht mehr. *Honi soit qui mal y pense.*

Und damit gehen wir zur letzten Figur.

d) *Nicolino Respi*. Dreißig Jahre, muskulös und athletisch gebaut, ein berühmt guter Schwimmer und Reiter, Ruderer und Fechter; und dazu schamlos, unwissend wie ein Perlhuhn, ständiger Besucher von Spielhöllen und ein Mädchenheld ... Nur weiter, nur weiter, lieber Freund, ich gebe dir ja in allem recht. Ich kenne Nicolino Respi und teile deine Einschätzung und deine Entrüstung. Aber glaube deshalb bitte nicht, daß ich Respi unrecht gebe.

Ach, ich gebe also dir unrecht? Aber nein. Dem Fräulein Anita? Auch nicht. Ach Gott, so laß mich doch ausreden, laß mich weiter nach meiner Methode vorgehen. Glaub mir doch, lieber Freund, dein Fall ist uralt. Neu, originell, ist daran einzig meine Methode und die Erklärung, die ich dir geben werde.

Aber immer schön der Reihe nach.

II. Ort und Geschehensablauf

Der Strand von Anzio, im Sommer, in einer Mondnacht.

Du hast mir eine so wunderbare Beschreibung davon gegeben, daß ich mich nicht darauf einlasse, sie nun meinerseits zu beschreiben. Nur ein bißchen zu viele Sterne waren es, mein Lieber. Wenn der Mond fast voll ist, sieht man nur sehr wenige. Aber ein Dichter kann sich auch einmal über jene Dinge hinwegsetzen, die zum Bereich der Tatsachen gehören. Ein Dichter kann auch dann die Sterne sehen, wenn sie nicht zu sehen sind, und umgekehrt kann er viele andere Dinge nicht sehen, die alle anderen sehen können.

Der Commendatore Ballesi hat eine kleine Villa am Strand gemietet, und Fräulein Anita ist mit ihrer Mama ans Meer gefahren.

Der Commendatore hat viel in Rom zu tun, er fährt immer hin und her. Nicolino Respi ist ständig in Anzio, zum Baden und zum Spielen in den Casinos: Jeden Morgen stellt er im Wasser und jeden Abend am grünen Tisch seine Fähigkeiten zur Schau.

Fräulein Anita muß die Glut ihrer Entrüstung kühlen, und deshalb geht sie besonders oft ins Wasser. Sicherlich kann sie es nicht mit Nicolino Respi aufnehmen, aber dennoch ist sie eine tüchtige Schwimmerin, und so schwimmt sie eines Morgens mit ihm um die Wette immer weiter hinaus. Sie schwimmen und schwimmen. Alle Badegäste verfolgen gespannt vom Strand aus dieses Wettschwimmen, zuerst mit freiem Auge, dann mit Feldstechern.

Nach einer gewissen Zeit mag die gute Mama nicht mehr hinsehen; sie beginnt zu zittern und zu bangen. O Gott, o Gott, wie wird ihre Tochter es jetzt schaffen, von so weit draußen wieder zurückzuschwimmen? Sicher werden ihre Kräfte nicht ausreichen ... O Gott, o Gott! Wo ist sie nur? Mein Gott, so weit draußen ... man kann sie gar nicht mehr sehen ... man muß sofort Hilfe schicken, um Himmels willen! Ein Boot, ein Boot! Hilfe, Hilfe! Und sie erregt sich so sehr und redet so lang, bis schließlich zwei junge Burschen heldenhaft in ein Ruderboot springen und hinausrudern.

Ein glücklicher Einfall! Denn kaum sind die beiden losgerudert, da befällt Fräulein Anita ein Krampf im Bein, sie schreit auf, Nicolino Respi schwimmt mit zwei Stößen an ihre Seite und stützt sie; aber Fräulein Anita ist der Ohnmacht nahe und klammert sich verzweifelt an seinen Hals; Nicolino sieht sich verloren; gleich wird er mit ihr untergehen; und in seinem Zorn darüber beißt er sie wütend in den Hals, um sich zu befreien. Da läßt Fräulein Anita los und treibt unbeweglich auf den Wellen. Nun kann er sie über Wasser halten, aber auch seine Kräfte gehen zu Ende, als endlich das Boot eintrifft. Die Rettung ist gelungen.

Nur laboriert Fräulein Anita nun über eine Woche lang an den Folgen des Bisses von Nicolino Respi.

Ja, das sind eben bleibende Eindrücke, mein lieber Marino! Mehrere Tage hindurch kann Fräulein Anita bei jeder Bewegung des Halses nicht leugnen, daß Nicolino Respi einen kräftigen Biß hat. Und sie kann gegen diesen Biß nichts haben, denn sie verdankt ihm schließlich ihre Rettung.

Nun, all das ist tatsächlich nur die Vorgeschichte.

Obwohl – vielleicht auch nicht. Es ist Vorgeschichte und auch wieder nicht. Denn alles hängt davon ab, wie man die Tatsachen voneinander trennt.

Als du, mein lieber Marino, in dieser wundervollen Mondnacht in Anzio ankamst, im Herzen tiefste Verzweiflung, um noch ein letztes Mal unter vier Augen mit dem bereits offiziell mit dem Commendatore Ballesi verlobten Fräulein Anita zu sprechen, da trug sie am Hals noch die Bißspuren von Nicolino Respi.

Deiner eigenen Aussage nach folgte sie dir willig über den ganzen Strand, war bereit, sich mit dir in den menschenleeren Sandflächen zu verlieren, die sich bis zu dem großen sandverkrusteten Felsen dort ganz unten hinziehen. Ihr beide im Mondschein, Arm in Arm, berauscht von der Meeresbrise, eingelullt von dem ständigen gedämpften Rollen der silbrigglänzenden Gischtwellen.

Was hast du ihr da erzählt? Ja, ich weiß schon, von deiner ganzen Liebe und deiner ganzen Qual; und da hast du ihr vorgeschlagen, gegen den schamlosen Antrag dieses alten Ekels zu rebellieren und lieber deine Armut anzunehmen.

Sie aber, lieber Freund, von deinen Worten entflammt, verstört, zerrissen, sie konnte deine Armut nicht annehmen; dagegen wollte sie – das sehr wohl – deine Liebe annehmen und sich dadurch im vorhinein, noch an diesem selben Abend, für den schamlosen Übergriff des Alten rächen, der sich wie ein richtiger Wucherer für seine lange erwiesenen Wohltaten an ihr schadlos halten wollte.

Du aber warst ehrenhaft, du warst edel genug, diese Rache nicht zuzulassen.

Freilich, lieber Freund, ich glaube dir ja: Du wirst davongelaufen sein wie ein Verrückter. Aber dem Fräulein Anita, das an diesem Abend allein auf dem Strand, im Schatten des Felsens, zurückgeblieben war, dem Fräulein Anita erschienst du nicht als Verrückter, das kann ich dir versichern, als du da im Mondlicht haltlos den Strand entlang davonliefst. Anita erschienst du als Dummkopf und Feigling.

Und leider, lieber Marino, leider genoß an diesem Abend auf diesem Felsen still und leise – dank seiner leeren Taschen – diesen schönen Mondschein – und dann auch das Schauspiel deines Davonlaufens – noch einer: Nicolino Respi, der mit dem Biß und der Rettung aus dem Meer.

Und ihm genügten ein paar Worte und ein kurzes Lachen von dort oben:

»So ein Trottel, was, Signorina?«

Und damit sprang er von dem Felsen herunter.

Dir blieb wenig später die Befriedigung, zusammen mit dem Commendatore Ballesi, der spät mit dem Auto aus Rom eingetroffen war, im Mondschein Nicolino Respi Arm in Arm mit Fräulein Anita zu erwischen.

Auf dem Hinweg du, auf dem Rückweg er. Was ist süßer, der Hinweg oder der Rückweg?

Und nun, mein Freund, kommen wir zu dem originellen Punkt der Sache.

III. Erklärung

Du, mein lieber Marino, meinst, eine gräßliche Enttäuschung erlebt zu haben, weil du plötzlich Fräulein Anita als eine ganz andere erlebt hast, ganz anders als die, die du kanntest, als die, die sie für dich war. Nun bist du ganz sicher, Fräulein Anita sei doch eine ganz andere gewesen.

Na, sehr gut. Eine andere ist Fräulein Anita mit Sicherheit. Nicht nur eine; sie ist viele, sehr viele andere, mein Freund, wenigstens so viele, als Leute sie kennen und als sie Leute kennt. Weiß du, worin dein Grundirrtum besteht? Darin, daß du glaubst, wenn sie eine andere sei, wie du meinst – oder viele andere, wie ich meine –, dann könnte sie deshalb nicht auch weiterhin die sein, die du in ihr gekannt hast.

Fräulein Anita ist die, und eine andere, und auch viele andere, denn du wirst mir doch zugeben, daß die, die sie für mich ist, nicht dieselbe sein kann, die sie für dich ist, die sie für ihre Mutter ist, die sie für den Commendatore Ballesi ist und für all die anderen, die sie kennen, jeder auf seine Weise.

Nun sieh einmal: Jeder gibt ihr, so wie er sie kennt, eine Wirklichkeit – das stimmt doch? So viele Wirklichkeiten, daß sie »wirklich« – und nicht nur sozusagen – dafür sorgen, daß Fräulein Anita eine für dich, eine für mich, eine für ihre Mutter, eine für den Commendatore Ballesi und so weiter ist. Und dabei hat doch jeder von uns die Illusion, die wahre Anita sei die, die er kennt. Und auch sie hat natürlich diese Illusion, ja sie vor allem, die Illusion, sie wäre immer und für alle dieselbe.

Weißt du, woher diese Illusion stammt, lieber Freund? Nun, einfach daher, daß wir alle guten Glaubens davon überzeugt sind, in jeder unserer Handlungen wären wir stets ganz präsent; aber leider ist dem nicht so. Das merken wir freilich nur, wenn wir durch irgendeinen unglückseligen Zwischenfall plötzlich an einer unserer Handlungen hängenbleiben, festgenagelt an einer einzigen der vielen, die wir Tag für Tag vornehmen; dann merken wir sehr wohl, daß wir nicht zur Gänze in dieser einen Handlung stecken und daß es eine schreckliche Ungerechtigkeit wäre, uns nur nach dieser einen Handlung zu beurteilen, uns an ihr festzunageln, an ihr aufzuhängen, ihretwegen an den Pranger zu stellen, für unser ganzes Erdenleben, als ließe sich dieses in dieser einzigen Handlung zusammenfassen.

Nun, genau diese Ungerechtigkeit bist du eben im Begriff, Fräulein Anita gegenüber zu begehen, mein Lieber.

Du hast sie in einer anderen Wirklichkeit überrascht, als du sie ihr zu verleihen gewohnt warst, und nun bist du bereit zu glauben, ihre wahre Wirklichkeit sei nicht die schöne, die du ihr früher zugedacht hattest, sondern nur diese häßliche,

in der du sie gemeinsam mit dem Commendatore Ballesi er-
tappt hast, als sie mit Nicolino Respi von dem Felsen zurück-
spazierte.

Es ist kein Zufall, lieber Freund, daß du mir nichts von
dem Stupsnäschen des Fräulein Anita erzählt hast!

Dieses Näschen gehörte nicht dir. Das war nicht das Näschen deiner Anita. Dein waren die nachtschwarzen Augen,
das leidenschaftliche Herz, die feinsinnige Intelligenz dieses
Mädchens. Nicht aber dieses kühn aufstrebende Stupsnäschen mit den eher fleischigen Nasenflügeln.

Dieses Näschen erbebte noch immer, wenn es sich an den
Biß Nicolino Respis erinnerte. Dieses Näschen wollte seine Rache haben für den widerlichen Übergriff des alten Commendatore Ballesi. Du hast ihm nicht erlaubt, diese Rache mit dir zu
verwirklichen, also hat das Näschen sich dafür Nicolino geholt.

Wer weiß, wie viele Tränen nun diese nachtschwarzen Augen weinen, wie stark dieses leidenschaftliche Herz blutet,
wie sehr sich diese feinsinnige Intelligenz gegen ihr Schicksal
auflehnt – ich meine all das an ihr, was dir gehört.

Ach, glaube mir, lieber Marino, für sie war der Hinweg zum
Felsen mit dir viel süßer als der Rückweg von dort mit Nicolino Respi.

Du wirst dich wohl bereit finden müssen, nachzugeben
und es dem Commendatore gleichzutun, der – du wirst schon
sehen – Anita verzeihen und sie doch noch heiraten wird.

Aber verlange bitte nicht, daß sie nur eine einzige sein und
ganz dir gehören soll. Sie wird ganz und gar ehrlich eine einzige und ganz für dich sein; und zugleich eine andere für den
Commendatore Ballesi, und das nicht weniger ehrlich. Denn
es gibt nicht nur ein einziges Fräulein – oder nur eine einzige
Frau – Anita, lieber Freund.

Das ist vielleicht nicht schön, aber es ist nun einmal so.

Und bitte, sieh zu, daß Nicolino Respi mit seinen gefletsch-
ten Zähnen diesem Stupsnäschen keinen zweiten Besuch ab-
stattet.

Bitterwasser

WENIGE LEUTE waren an diesem Morgen in dem Park rund um die Thermen. Die Kursaison ging nun schon zu Ende.

Auf zwei benachbarten Bänken an einer Wegkreuzung unter den hohen Platanen saßen ein junger Mann mit blassem, ja gelblichem Gesicht, zum Erbarmen hager unter seinem neuen, hellen Anzug, dessen frischgebügelte Falten im Zickzack herunterfielen, weil er viel zu weit war, und ein häßlicher Kerl um die Fünfzig, in einem Anzug aus billigem Tuch, voller Falten, wo die enorme Fettleibigkeit ihn nicht bis zum Platzen aufblähte, und mit einem alten, verbeulten Panamahut auf dem kahlgeschorenen Kopf.

Beide hielten ihre Gläser voll lauen, trüben Alkaliwassers am Henkel, die sie eben an der Quelle gefüllt hatten.

Der dicke Mann erschien noch fast betäubt von dem donnernden Schnarchen, das er sicherlich in der Nacht von sich gegeben hatte; er schloß von Zeit zu Zeit halb die vom Schlaf noch verschleierten Augen in seinem feisten, zufriedenen Mönchsgesicht. Der hagere Junge dagegen spürte die Kälte der frischen Morgenluft; von Zeit zu Zeit lief ihm sogar ein Schauder über den Rücken.

Weder der eine noch der andere konnte sich zum Trinken entschließen, und es schien, als wartete jeder darauf, dem Beispiel des anderen folgen zu können. Schließlich, nach dem ersten Schluck, sahen sich beide mit von demselben Ausdruck des Ekels verzogenen Gesichtern an.

»Die Leber, was?« fragte plötzlich leise der dicke Mann den jungen und schüttelte sich. »So kleine Leberkoliken, was? Sie sind natürlich verheiratet, denke ich mir...«

»Nein, wieso?« fragte der junge Mann zurück, während er mühevoll sein Gesicht in Falten legte, die ein Lächeln ausdrücken wollten.

»Na, es schien mir so, so ins Blaue hinein geraten«, seufzte der andere. »Aber wenn Sie keine Frau haben, können Sie ganz ruhig sein. Dann werden Sie gesund!«

Der junge Mann lächelte wieder wie vorhin.

»Leiden Sie vielleicht an der Leber?« fragte er dann spitz.

»Nein, nein, keine Frau mehr, ich habe keine mehr!« beeilte sich der dicke Mann in höchstem Ernst zu antworten. »Ich war leberleidend; aber Gott sei Dank habe ich mich von meiner Frau befreit; ich bin geheilt. Ich komme nun schon seit dreizehn Jahren hierher, aus Dankbarkeit. Entschuldigen Sie, wann sind Sie angekommen?«

»Gestern abend um sechs«, sagte der junge Mann.

»Ach, deshalb«, rief der andere, während er die Augen halb schloß und den massigen Kopf hin und her wiegte. »Wären Sie am Morgen gekommen, würden Sie mich bereits kennen.«

»Ich ... ich würde Sie kennen?«

»Aber sicher, so wie mich alle hier kennen. Ich bin eine Berühmtheit! Sehen Sie, auf der Piazza dell'Arena, in allen Hotels, in allen Pensionen, im Club, im Caffè da Pedoca, in der Apotheke spricht man seit dreizehn Jahren hier Saison für Saison bloß von mir. Ich weiß es und habe meine Freude daran und komme ebendeshalb immer wieder her. Wo sind Sie abgestiegen? Bei Rori? Bravo. Nun, seien Sie ganz sicher, noch heute mittag bei Tisch werden sie Ihnen bei Rori meine Geschichte erzählen. Erlauben Sie, daß ich ihnen zuvorkomme und sie Ihnen selbst erzähle, in einem Stück.«

Während er das sagte, stemmte er sich mühevoll in die Höhe und ging hinüber zu der Bank des jungen Mannes mit seinem gelben, vor Freude ganz verzogenen Gesicht, der ihm Platz machte.

»Zuallererst, damit wir uns gleich verstehen, hier nennt man mich den *Gatten der Frau Doktor*. In Wirklichkeit heiße ich Cambiè. Mit Vornamen Bernardo. Bernardone, weil ich so dick bin. Trinken Sie. Ich trinke auch.«

Sie tranken, zogen wieder eine Grimasse des Ekels, die sie sofort in ein Lächeln zu verwandeln suchten, als sie einander freundlich ansahen. Dann fuhr Cambiè fort: »Sie sind noch ganz jung und ernstlich etwas leidend. Was ich Ihnen hier an grauenhaften Dingen erzählen werde, kann Ihnen mehr von Nutzen sein als dieses scheußliche Wasser hier, das zwar bitter ist, dafür aber – glauben Sie mir das – gar nichts bewirkt. Sie geben es uns in mehr als einem Sinn zu trinken, und wir trinken es, weil es scheußlich schmeckt. Würde es gut schmecken … Aber nein, genug; Sie machen ja eine Kur, Sie müssen Vertrauen haben.

Sie müssen nämlich wissen, wenn ich das Wort Ehe hörte, dann kam mir – mit Verlaub gesagt – der Magen hoch, mir war geradezu … geradezu zum … jawohl, mein Herr. Ich sah einen Hochzeitszug … ich erfuhr, daß ein Freund heiraten würde … derselbe Effekt. Aber was wollen sie schon von uns unglücklichen Sterblichen? Bildet sich ein Fleckchen in der Sonne: Zusammenbrüche und Katastrophen. Wacht ein König mit belegter Zunge auf: Kriege, Mord und Totschlag ohne Ende. Beginnt ein Vulkan kurz zu schluchzen: Erdbeben, Naturkatastrophen, Hekatomben von Blut…

In Neapel brach zu meiner Zeit die Cholera aus. Die große Choleraepidemie von vor rund zwanzig Jahren, von der Sie, wenn Sie sich auch nicht erinnern, wohl doch reden gehört haben.

Mein Vater, ein kleiner Angestellter, hatte sich – bei dem liebenswerten Schicksal, das ihn stets verfolgte – zu diesem Zeitpunkt natürlich gerade in Neapel angesiedelt. Ich war schon dreißig Jahre alt, hatte eine gute Anstellung gefunden und eine Junggesellenwohnung gemietet, nicht weit weg von zu Hause. Ich lebte bei der Familie, und dort hatte ich auch eine Freundin, die mir einfach so zugewachsen war, als wäre sie vom Himmel gefallen.

Carlotta. So hieß sie. Sie war die Tochter eines … na, es ist nichts Schlimmes dabei, wissen Sie! Ein Beruf wie jeder andere – die Tochter eines Wucherers. Ein ehemaliger Priester war er.

Sie war wegen Streitereien mit ihrer Stiefmutter und einem jüngeren Bruder, der bereits ein ausgewachsener Gauner war, von zu Hause weggelaufen; aber diese Geschichte werde ich Ihnen ersparen. Sie schien ein braves Mädchen zu sein, und vielleicht war sie das damals auch; aber Sie werden verstehen, da ich sie liebte, dachte ich da nicht viel drüber nach.

Entschuldigen Sie, sind Sie vielleicht religiös? Wohl eher nein als ja. Wie ich. Meine Mutter hingegen, mein lieber Herr, na, die war mehr als religiös. Die arme Frau, sie litt entsetzlich unter meiner Beziehung, die sie für sündhaft hielt. Sie wußte, daß dieses Mädchen, bevor sie die meine wurde, keine anderen Männer gehabt hatte. Als nun die Cholera ausbrach, war sie entsetzt über das Massensterben und fest überzeugt, wir seien alle dem Tod geweiht, ich zuallererst, da ich im Stand der Todsünde lebte. Und so verlangte sie mir das Opfer ab, dieses Mädchen zu heiraten, sei es auch nur in der Kirche, um so den göttlichen Zorn zu besänftigen.

Glauben Sie mir, ich hätte es trotzdem nicht getan, wenn Carlotta nicht von der Seuche befallen worden wäre. Ich mußte ihr doch wenigstens die Seele retten; so hatte ich es meiner Mutter versprochen. Ich lief also einen Priester holen und heiratete sie. Aber was war da im Spiel? Eine göttliche Hand? Ein Wunder? Sie schien schon halb hinüber, doch plötzlich wurde sie gesund.

Meine Mutter bestand darauf, obwohl ihr das große Zittern kam, aus Nächstenliebe, ja, aus Opfergeist an der Zeremonie teilzunehmen und dann am Bett der Kranken auszuharren.

Es schien, als wäre die Cholera nur meinetwegen nach Neapel gekommen, um mich für die Todsünde zu bestrafen, und als sollte sie mit Carlottas Genesung vorübergehen, so sehr bemühte sich meine Mutter, mit solcher Inbrunst widmete sie sich der Aufgabe, sie gesundzupflegen. Und kaum hatte sie sie gerettet und sah, daß dort in diesem Zimmerchen die Genesende jede Bequemlichkeit entbehren mußte, da bestand sie darauf, sie auch noch zu sich nach Hause zu nehmen, sosehr ich mich auch dagegen wehrte.

Sie werden verstehen, sobald sie einmal in mein Elternhaus gekommen war, konnte Carlotta es nur als meine legitime Ehefrau wieder verlassen, und das tat sie auch kurze Zeit später, kaum daß das große Sterben aufgehört hatte.

Na, dann wollen wir wieder einmal trinken, lieber Herr!

Gott sei Dank waren Carlotta während der Epidemie Vater, Mutter und Brüder gestorben. Ein Glück und ein Unglück zugleich, denn als einzige Überlebende der Familie erbte sie achtunddreißig- oder vierzigtausend Lire, die Frucht des edlen Handwerks, das ihr Vater betrieben hatte.

Jetzt als Ehefrau und mit einer Mitgift, wie sah sie da die Sache, lieber Herr? Sie war von einem Tag zum anderen wie ausgewechselt.

Nun hören Sie zu. Wissen Sie, daß ich einen gewissen boshaften Geist im Leibe habe... wie soll ich ihn nennen? Phi-... philosophenhaft ist er, das mag Ihnen seltsam erscheinen, aber lassen Sie mich erzählen.

Glauben Sie, daß es nur zwei Geschlechter gibt, das männliche und das weibliche?

Nein, mein Herr.

Die Ehefrauen sind ein Geschlecht für sich. Die Ehemänner auch.

Und was diese Geschlechter betrifft, da gewinnt immer die Frau durch die Ehe. Sie macht einen großen Schritt vorwärts! Sie erhält nämlich so viel Anteil am männlichen Geschlecht, wie der Mann notwendigerweise davon aufgeben muß. Und aufgeben muß er viel, glauben Sie mir das.

Wenn ich einmal auf die traurige Idee verfiele, eine vernünftige Grammatik zu erstellen, wie ich sie nenne, würde ich zur Regel erheben, daß es *der* Ehefrau und infolgedessen *die* Ehemann heißen muß.

Sie lachen? Aber für die Ehefrau, mein lieber Herr, für die Ehefrau ist der Ehemann wirklich kein Mann mehr. Sie bemüht sich ja nicht einmal mehr, ihm zu gefallen.

›Mit dir macht's keinen Spaß mehr‹, denkt die Ehefrau. ›Du kennst mich ja schon.‹

Und wenn der Ehemann wirklich so einfältig ist, sich wieder einmal zu ereifern, wenn er sie zum Beispiel wie eine Teufelin im Bett liegen sieht, mit Lockenwicklern in den Haaren und dick eingekremtem Gesicht, dann geht es gleich los: ›Aber das tue ich doch für dich!‹, ist sie imstande zu antworten.

›Für mich?‹

›Sicher. Damit du keinen schlechten Eindruck machst. Würdest du dich denn freuen, wenn die Leute auf der Straße sagen würden: »Ach, schau einmal, was für eine Frau sich dieser arme Kerl ausgesucht hat!«‹

Und der Ehemann, der – das versichere ich Ihnen – kein Mann mehr ist, der schweigt; und dabei müßte er ihr ins Gesicht schreien: ›Aber das frage ich mich doch selbst, meine Liebe, was für eine Frau ich mir ausgesucht habe, wenn ich dich so ansehe, jetzt, so wie du neben mir liegst! Ach, du zeigst dich mir also deshalb zu Hause und im Bett häßlich, damit die anderen dann auf der Straße ausrufen können: »Ach, schau einmal, was für eine hübsche Frau dieser arme Kerl da hat!«? Und darum sollten sie mich auch noch beneiden? Na, ich danke, ich danke vielmals, meine Liebe, für diesen Neid mir gegenüber, der sich natürlich in ein Begehren dir gegenüber verwandelt. Du willst begehrt sein, damit ich beneidet werde? Was du doch für ein guter Mensch bist! Aber ich bin ein noch besserer Mensch, weil ich dich geheiratet habe.‹

Und der Dialog ließe sich noch fortführen. Denn es könnte ja der Fall eintreten, daß die Ehefrau sogar die Unverfrorenheit besäße, den Ehemann ganz unschuldig zu fragen, ob sie, geschminkt und aufgeputzt zum Spaziergang, seiner Meinung nach gut aussähe.

Der Ehemann müßte ihr darauf antworten: ›Ja, weißt du, Liebe, die Geschmäcker sind doch sehr verschieden. Mir persönlich gefällt, wie ich dir schon gesagt habe, diese Frisur nicht besonders. Wem willst du nun gefallen? Das müßtest du mir sagen, damit ich dir eine Antwort geben kann. Keinem? Wirklich keinem? Ja, dann sei froh, wenn schon keinem, dann versuch doch wenigstens deinem Mann zu gefallen, das ist dann wenigstens einer und nicht keiner!‹

Mein lieber Herr, bei einer solchen Antwort würde die Ehefrau ihren Mann fast mitleidig anschauen, und dann würde sie verächtlich mit den Achseln zucken, als wollte sie sagen: ›Was verstehst du schon davon?‹

Und sie hätte recht. Die Frauen können nicht darauf verzichten: instinktiv wollen sie gefallen. Für sie ist es einfach eine Notwendigkeit, begehrt zu werden.

Nun, das werden Sie verstehen, ein Ehemann kann seine Ehefrau, die er Tag und Nacht um sich hat, nicht mehr begehren. Ich meine: Er kann sie nicht so begehren, wie sie begehrt werden möchte.

Denn so wie die Ehefrau im Ehemann nicht mehr den Mann sieht, so sieht auch der Ehemann in der Ehefrau nach einer gewissen Zeit nicht mehr die Frau.

Der Mann, der von Natur aus eher zum Philosophieren neigt, geht darüber hinweg; die Frau hingegen ist darüber gekränkt. Und deshalb wird ihr der Ehemann bald lästig und oft geradezu unerträglich.

Sie muß für das eigene Wohlergehen Sorge tragen, der Ehemann nicht.

Aber was immer er auch täte, glauben Sie mir, nichts wäre ihr je recht, denn die Liebe, diese besondere Liebe, die sie braucht, kann ihr der Ehemann, einfach weil er ihr Ehemann ist, nicht mehr geben. Außer von Liebe möchte sie von einer gewissen Aura der Bewunderung umgeben sein. Aber jetzt versuchen Sie sie einmal zu bewundern, wenn sie im Haus mit Lockenwicklern, ohne Mieder, in Pantoffeln und, sagen wir, heute mit Bauchweh und morgen mit Zahnweh herumläuft. Diese gewisse Aura entsteht aus den Blicken ahnungsloser Männer, deren Aufmerksamkeit sie – scheinbar unabsichtlich – mit besonders raffinierter List auf sich zu ziehen und festzuhalten verstanden hat, um sich an ihnen genußvoll zu berauschen. Wenn sie eine anständige Ehefrau ist, wird ihr das genügen. Ich spreche von den anständigen Ehefrauen, verstehen wir uns recht, ausschließlich von den makellosen Ehefrauen. Von den anderen zahlt sich's gar nicht mehr aus zu sprechen.

Erlauben Sie mir noch eine weitere kleine Überlegung. Wir Männer haben die Angewohnheit zu sagen, die Frau sei ein unbegreifliches Wesen. Mein lieber Herr, die Frau ist ganz im Gegenteil genauso wie wir, aber sie kann es weder zeigen noch aussprechen, denn sie weiß nur zu gut, daß es ihr die Gesellschaft nicht gestattet und ihr als Vergehen anrechnen würde, was sie beim Mann ganz natürlich findet. Und deshalb weiß sie auch, daß es den Männern keine Freude machen würde, würde sie es zeigen und aussprechen. Damit haben wir das Rätsel erklärt. Wer wie ich das Pech gehabt hat, an eine Frau zu geraten, die kein Blatt vor den Mund nimmt, der weiß das sehr gut.

Und jetzt wollen wir noch einen Schluck trinken. Nur Mut!

Am Beginn war sie anders, die Carlotta. Sie wurde erst nach der Hochzeit so, das heißt, sobald sie sich wohl etabliert fühlte und bemerkte, daß ich natürlich begann, in ihr nicht nur das Vergnügen, sondern auch dieses überaus häßliche Ding zu sehen, das wir Pflicht nennen.

Ich hatte sie zu achten, nicht wahr? Sie war schließlich meine Frau. Nun, vielleicht wollte sie nicht geachtet werden. Warum auch immer, es ging ihr jedenfalls schrecklich auf die Nerven, mich von einem Tag auf den anderen zum exemplarischen Ehemann werden zu sehen.

Für uns beide begann eine wahre Hölle. Sie ständig brummend, widerborstig, ruhelos, ich dagegen geduldig, ein wenig aus Angst, ein wenig aus dem Bewußtsein heraus, die schlimmste aller Eseleien begangen zu haben und deren Folgen beklagen zu müssen. Ich lief ihr nach wie ein Schoßhündchen. Und damit machte ich es noch schlimmer! Sosehr ich mir auch den Kopf zermarterte, es gelang mir nicht zu erraten, was zum Teufel meine Frau wollte. Aber ich hätte den sehen mögen, der es zu erraten vermochte! Wissen Sie, was sie wollte? Sie wäre gerne als Mann auf die Welt gekommen, meine Frau! Und sie ließ ihre Wut darüber an mir aus, daß sie statt dessen als Frau geboren war. ›Als Mann‹, sagte sie, ›und meinetwegen einäugig!‹

Eines Tages fragte ich sie: ›Na, laß mal hören, was aus dir geworden wäre, wenn du als Mann auf die Welt gekommen wärst?‹

Und sie antwortete, während sie die Augen weiß aufriß: ›Ein Verbrecher!‹

›Bravo!‹

›Und von wegen Ehefrau: nichts da, weißt du? Ich hätte nie eine Frau genommen.‹

›Danke, Liebe.‹

›Ach, da kannst du ganz sicher sein!‹

›Und du hättest dich bloß amüsiert? Glaubst du denn, daß man sich mit den Frauen einfach bloß amüsieren darf?‹

Meine Frau sah mir ganz tief in die Augen: ›Mich fragst du das?‹ sagte sie dann. ›Weißt du das denn nicht? Ich hätte schon deshalb nicht geheiratet, um nicht aus einer armen Frau eine Gefangene zu machen.‹

›Ach‹, rief ich. ›Fühlst du dich vielleicht als Gefangene?‹

Und sie: ›Ob ich mich als Gefangene fühle? Ja, was bin ich denn sonst? Bin ich es denn nicht immer schon gewesen, seit ich lebe? Ich kenne ja nur dich. Wann habe ich je mein Vergnügen gehabt?‹

›Hättest du gerne andere gekannt?‹

›Na sicher! Genauso wie du, der du so viele vorher und wer weiß wie viele nachher gekannt hast!‹

Mein lieber Herr, merken Sie sich also das eine sehr gut: eine Frau empfindet genauso wie wir Begierde. Sie sehen zum Beispiel eine schöne Frau, folgen ihr mit Ihren Blicken, stellen sie sich in ihrer ganzen Schönheit vor und umarmen sie in Gedanken, natürlich ohne Ihrer Frau etwas davon zu sagen, die neben Ihnen geht? Nun, in der Zwischenzeit sieht Ihre Frau einen schönen Mann, folgt ihm mit ihren Blicken, stellt ihn sich in seiner ganzen Schönheit vor und umarmt ihn in Gedanken, natürlich ohne Ihnen etwas davon zu sagen.

Da ist nichts Außergewöhnliches dabei; aber glauben Sie mir, es ist keine angenehme Vorstellung, daß diese leicht einsehbare und allgemein verbreitete Tatsache auch auf die eigene Frau zutrifft, die mit ihrem Körper, nicht aber mit der Seele Ihre Gefangene ist. Und erst der Körper! Sagen Sie selbst: Wissen wir Männer nicht, daß wir bei entsprechender Gelegenheit nicht widerstehen könnten? Nun denken Sie einmal, daß dasselbe auch auf die Frau zutrifft. Sie fallen, fallen um, daß es eine Freude ist, und mit derselben Leichtigkeit, wenn sich ein entschlossener Mann findet, zu dem sie Vertrauen haben können. Das hat mir meine Frau deutlich zu verstehen gegeben, natürlich indem sie von anderen Frauen sprach.

Und damit komme ich zu meinem Fall.

Natürlich wurde ich nach einem Jahr Ehe leberleidend.

Sechs Jahre hindurch sinnlose Behandlungen, die meinen armen Körper zerstörten, bis er sich in einem so erbarmungswürdigen Zustand befand, daß sogar die Leute, die an derselben Krankheit litten, ihn bemitleideten.

Das Heilmittel sollte ich hier finden.

Ich kam mit meiner Frau hierher, und in den ersten Tagen wohnte ich im Rori, so wie Sie jetzt. Ich bestellte mir gleich nach Ankunft einen Arzt, der mich untersuchen und verordnen sollte, wie viele Gläser am Tag ich zu trinken hätte, und ob ich Duschen oder lieber Bäder mit Schwefelwasser nehmen sollte.

Es erschien ein hübscher junger Mann, braunhaarig, groß und kräftig, mit zackigem Auftreten, ganz in Schwarz gekleidet. Wenig später erfuhr ich, daß er tatsächlich Militärarzt gewesen war, im Rang eines Oberleutnants; daß er in Rovigo ein Verhältnis mit der Tochter eines Druckers gehabt hatte; daß sie ihm eine Tochter geboren hatte und daß er, zur Heirat gezwungen, den Dienst quittiert hatte und als Gemeindearzt hierher gezogen war. Acht Monate nach diesem großen Opfer waren ihm, eine nach der anderen, Frau und Tochter gestorben. Nun waren schon an die drei Jahre seit diesem doppelten Unglück verstrichen, aber er kleidete sich immer noch in Schwarz wie ein wunderschöner Rabe.

Natürlich hatte er ungeheuren Erfolg mit dieser Geschichte, daß er seine Militärkarriere aus Liebe geopfert habe und vom Schicksal so schlecht dafür belohnt worden sei; mit diesen beiden schrecklichen Unglücksfällen, deren Spuren noch immer in seinem Gesicht eingegraben waren, und mit seiner stolzen Haltung, als wäre er Karl der Große persönlich. Alle

Frauen, hätte man sie gelassen, hätten es am liebsten selbst übernommen, den armen Mann zu trösten. Er wußte das und zeigte sich abweisend.

Er kam also zu mir, untersuchte mich sehr gründlich, klopfte mich überall ab, dann wiederholte er mehr oder minder das, was mir schon so viele andere Ärzte gesagt hatten, und zuletzt verschrieb er mir die Kur: drei halbe Gläser, diese halbgroßen, in den ersten Tagen, danach drei ganze und immer einen Tag ein Bad, einen Tag eine Dusche. Er war schon im Gehen, als er so tat, als bemerke er jetzt erst die Anwesenheit meiner Frau.

›Die gnädige Frau auch?‹ fragte er und betrachtete sie kühl.

›Nein, nein‹, wehrte meine Frau sofort ab, indem sie das Gesicht in die Länge und die Augenbrauen bis zum Haaransatz hinauf zog.

›Trotzdem, gestatten Sie?‹ erwiderte er.

Er trat zu ihr hin, hob ihr behutsam das Kinn mit einer Hand in die Höhe und strich ihr mit dem Zeigefinger der anderen über das Augenlid, fast ohne sie zu berühren.

›Ein bißchen anämisch‹, sagte er.

Meine Frau sah mich an, totenbleich, als hätte diese leichthin ausgesprochene Diagnose sie auf der Stelle tatsächlich anämisch gemacht. Und mit einem nervösen kleinen Lachen auf den Lippen zuckte sie die Achseln und sagte: ›Aber ich spüre doch gar nichts…‹

Der Arzt verbeugte sich mit großem Ernst: ›Um so besser.‹ Und er verließ würdevoll das Zimmer.

Ob es nun das Wasser war oder das Bad oder die Dusche oder vielmehr, wie ich glaube, die gute Luft hier und der herrliche Blick auf die toskanische Landschaft, jedenfalls fühlte ich mich sofort besser, und zwar so sehr, daß ich beschloß, einen Monat oder auch zwei zu bleiben. Um mehr Freiheit zu genießen, mietete ich eine kleine Wohnung in der Nähe der Pension, ein bißchen weiter unten, bei Coli, mit einem kleinen Balkon, von dem aus man das ganze Tal mit den zwei Seen von Chiusi und von Montepulciano überblickt.

Aber – ich weiß nicht, ob Sie das schon geahnt haben – nun begann meine Frau sich krank zu fühlen.

Sie redete nicht von Anämie, weil der Doktor davon gesprochen hatte; sie sagte, sie fühle eine gewisse Herzschwäche und so etwas wie ein Gewicht auf der Brust, das sie am Atmen hinderte.

Und daraufhin sagte ich, mit dem unschuldigsten Ausdruck, dessen ich fähig war: ›Willst du dich nicht auch untersuchen lassen, Liebe?‹

Sie verwahrte sich wütend dagegen, wie ich es erwartet hatte, und lehnte meinen Vorschlag ab.

Natürlich verschlimmerte sich ihre Krankheit von Tag zu Tag, je mehr sie sich in ihrer Ablehnung versteifte. Ich blieb hart und sprach zu ihr nicht mehr davon. Bis sie selbst eines Tages nicht mehr konnte und mir sagte, sie wolle sich untersuchen lassen, aber nicht von diesem Arzt, nein, ganz entschieden nein; von dem anderen Gemeindearzt wollte sie untersucht werden (damals gab es hier zwei), von Doktor Berri, einem mürrischen, asthmatischen alten Mann, fast blind, schon halb im Ruhestand – heute ist er ganz im Ruhestand –, nicht mehr von dieser Welt.

›Ach hör doch auf!‹, rief ich. ›Wer ruft denn noch den Doktor Berri? Und dann wäre es eine unangebrachte Taktlosigkeit gegenüber Doktor Loero, der sich immer so um uns bemüht hat und immer so höflich gewesen ist!‹

Tatsächlich kam Doktor Loero jeden Tag, wenn er mich mit meiner Frau hier bei den Thermen aus dem Wagen steigen sah, herbei, in dieser stolzen und kummervollen Haltung; er gratulierte mir zu der raschen Besserung, begleitete mich zum Brunnen und dann über diese Parkwege, wobei er es nicht an den pflichtschuldigen Aufmerksamkeiten meiner Frau gegenüber fehlen ließ, wenngleich er sich in den ersten Tagen wenig um sie kümmerte, die natürlich im stillen darüber vor Wut platzte.

Seit einer Woche hatten sie jedoch begonnen, miteinander über die ewige Frage der Männer und der Frauen zu streiten, über den anmaßenden Mann und die Frau, die stets das Opfer ist, über die ungerechte Gesellschaft und so weiter und so fort. Glauben sie mir, mein Herr, ich kann dieses Geschwätz schon nicht mehr hören. In sieben Jahren Ehe ist zwischen meiner Frau und mir über nichts anderes gesprochen worden.

Ich muß Ihnen jedoch gestehen, daß ich in dieser Woche innerlich frohlockte, als ich Doktor Loero genau dieselben Argumente vortragen hörte wie meine, und das mit dem Salz und Pfeffer der wissenschaftlichen Autorität. Mich pflegte meine Frau mit Beschimpfungen zu überschütten. Bei Doktor Loero mußte sie dagegen die Bremse des Anstands betätigen; aber die Galle, die sie nicht ausspucken konnte, die schmierte sie doch fein säuberlich auf ihre Worte.

Ich hoffte, daß ihr so ihre Herzschwäche vergehen würde. Aber woher denn! Wie ich Ihnen sagte: sie wurde von Tag zu Tag schlimmer. Und jetzt sehen Sie einmal, was für eine miese Rolle man bisweilen als Ehemann zu spielen hat. Ich wußte sehr gut, daß sie von Doktor Loero untersucht werden wollte und daß die Abneigung, die dieser ihr einflößte, ganz und gar Komödie war wie auch der Wunsch, von dem senilen, asthmatischen Alten untersucht zu werden; eine Komödie wie die ganze Herzkrankheit. Und doch mußte ich so tun, als würde ich ganz ernsthaft an alle drei Dinge glauben und ein ganzes Hemd durchschwitzen, um sie zu dem zu überreden, was sie sich im Grunde ihres Herzens wünschte.

Mein lieber Herr, als meine Frau sich – natürlich ohne Korsett – auf dem Bett ausstreckte und er, der Doktor, ihr in die Augen sah, als er sich herunterbeugte, um das Ohr auf ihre Brust zu legen, da sah ich, wie sie beinahe ohnmächtig wurde, beinahe zusammenbrach; ich sah in ihren Augen und auf ihrem Gesicht eine solche Erregung ... ein solches Zittern, daß ... Sie verstehen mich: ich wußte, woran ich war und konnte nicht fehlgehen.

Das mochte reichen, nicht wahr? Eine Ehefrau bleibt ganz und gar ehrbar, untadelig, rein, nach einer Visite wie dieser; eine ärztliche Untersuchung im Beisein ihres Mannes noch dazu, da kann man gar nichts sagen. Na also! Wozu, frage ich, hätte ich mir dann selbst ins Gesicht sagen sollen, was ich im

Grunde meines Herzens längst wußte, was ich mit eigenen Augen gesehen und fast mit den Händen gegriffen hatte?

Los, los. Nur Mut. Trinken wir wieder. Trinken wir.

Eines Abends stand ich auf dem Balkon und betrachtete das wunderbare Schauspiel des breiten Tales im Mondlicht.

Meine Frau war schon zu Bett gegangen.

Sie sehen mich jetzt so wohlbeleibt und glauben vielleicht, mich könnte ein Naturschauspiel nicht rühren. Aber glauben Sie mir, ich habe eine zerbrechliche, schwache und zarte Seele. Ein Seelchen mit blonden Haaren habe ich, mit einem ganz süßen Gesichtlein, durchscheinend und zugespitzt, mit himmelblauen Augen dazu. Mit einem Wort, ein Seelchen, das wie eine kleine Engländerin aussieht, wenn es sich in der Stille, in der Einsamkeit, aus den Fenstern dieser häßlichen Ochsenaugen in meinem Gesicht lehnt, und das sich vom Anblick des Mondes und dem Zirpen der unzähligen Grillen ringsumher unsäglich rühren läßt.

Wie die Menschen untertags in den Städten, so geben die Grillen des Nachts auf dem Lande keine Ruhe. Ein schöner Beruf muß das sein, der einer Grille!

›Was tust du?‹

›Ich singe.‹

›Und weshalb singst du?‹

Das weiß ja nicht einmal die Grille selbst. Und alle Sterne am Firmament beben. Muß auch ein schöner Beruf sein, der eines Sterns! Was machen die schon da oben? Nichts. Auch sie schauen ins Leere, und es sieht so aus, als würde ihnen darob ununterbrochen ein Schauer über die Haut laufen. Wenn Sie wüßten, wie mir da die Eule gefällt, die inmitten all dieser Süße in der Ferne plötzlich ängstlich zu schluchzen beginnt. Sie weint vor so viel Süße.

Genug. Ich betrachtete also voller Bewegung, wie ich Ihnen eben sagte, dieses Schauspiel, aber ich fühlte auch schon ein wenig die abendliche Kühle (es war elf Uhr vorbei) und war eben im Begriff, mich zurückzuziehen, als ich es laut und anhaltend am Eingangstor klopfen hörte. Wer konnte das sein, um diese Zeit?

Es war Doktor Loero.

In einem Zustand, mein Herr, daß sogar ein Stein mit ihm Mitleid hätte haben müssen.

Stockbesoffen.

Es waren nämlich aus Florenz, aus Perugia und aus Rom fünf oder sechs Ärzte der Wasserkur wegen in den Ort gekommen, und er hatte es für angezeigt gehalten, gemeinsam mit dem Apotheker ein Abendessen für die Kollegen zu geben, im Grünen-Kreuz-Krankenhaus hinter der Kollegienkirche, ganz in der Nähe von Rori.

Na, da ging's lustig zu, wie Sie sich vorstellen können, ein Abendessen im Spital! Und von Wasserkur war natürlich keine Rede! Sie hatten sich allesamt besoffen wie ... na, sagen wir nicht wie die Schweine, weil die armen Schweine gerade diese Gewohnheit nun tatsächlich nicht haben.

Was war ihm da in seiner Weinseligkeit nur für eine Idee gekommen, mich aufzusuchen und zu stören, der ich in dieser Nacht, wie ich Ihnen eben sagte, ganz Mondschein war?

Er schwankte, und ich mußte ihn bis zum Balkon stützen. Dort umarmte er mich ganz fest und sagte, daß er mich sehr gern habe, wie einen Bruder, und daß er den ganzen Abend hindurch mit seinen Kollegen von mir gesprochen habe, von meiner kaputten Leber und meinem kaputten Magen, die ihm am Herzen lägen, so sehr am Herzen, daß er, als er an meiner Türe vorüberkam, es nicht habe verabsäumen wollen, mir einen kleinen Besuch abzustatten, weil er fürchte, am Tag darauf nicht bei den Thermen erscheinen zu können, weil – das hätte man nicht geglaubt, hm? – weil er nämlich tatsächlich ein bißchen was getrunken hätte.

Natürlich dankte ich ihm von Herzen, was meinen Sie denn, und mahnte ihn, er solle doch nach Hause gehen, es wäre schon spät... Nichts! Er wollte einen Stuhl, um sich auf den Balkon zu setzen, und begann mir von meiner Frau zu sprechen, die ihm gar so gut gefiele, ich solle sie doch aufwecken gehen, damit sie ihm ein wenig Gesellschaft leiste, die Signora Carlottina, ach, die würde schon mitmachen! Und wie! Und wie! Eine hübsche, scheue Stute, die ausschlug, aber aus

Liebe, um sich Liebkosungen zu holen… Und in dieser Tonart ging es weiter, während er immer wieder grinste und mit den Augen, die ihm von selbst zufielen, versuchte, so ein gewisses überlegenes Zwinkern zustande zu bringen.

Sagen Sie mir selbst: Was sollte ich mit ihm tun, in diesem Zustand? Einen Betrunkenen, der nicht mehr stehen konnte, ohrfeigen? Meine Frau, die aufgewacht war, schrie mir drei- oder viermal aus dem Schlafzimmer heraus wütend zu, ich solle das tun. Auch mir zuckte es geradezu in den Händen, ihn zu ohrfeigen. Aber wer weiß, wie dieser arme junge Mann, der in seiner Weinseligkeit jeden Sinn für gesellschaftliche Umgangsformen und Erziehung verloren hatte und mir fröhlich die Wahrheit ins Gesicht schrie, auf eine Ohrfeige reagiert hätte. Ich packte ihn und zog ihn aus dem Stuhl hoch: ein wenig schütteln mußte ich ihn schon, aber er war drauf und dran, hinzufallen, und ich mußte mich bis zur Türe seines Zustandes erbarmen. Dort… ja, dort gab ich ihm dann einen kleinen Stoß, der ihn die Straße hinunterkollern ließ.

Als ich ins Schlafzimmer kam, fand ich meine Frau mit zu Berge stehenden Haaren, geradezu wie von Sinnen, vor. Sie war aufgestanden. Sie fiel mit den gräßlichsten Verwünschungen über mich her. Sie sagte, wäre ich ein anderer Mann gewesen, dann hätte ich auf diesem Verbrecher herumtrampeln und ihn vom Balkon hinunterstürzen müssen; ich aber sei nur ein papierener Wicht, der kein Blut in den Adern habe, der nicht einmal rot würde dabei, wenn er die Ehre seiner Frau nicht zu verteidigen vermöge, im Gegenteil, durchaus fähig zu katzbuckeln vor dem ersten, besten Dahergelaufenen, der…

Ich ließ sie nicht aussprechen. Ich hob eine Hand auf; ich schrie sie an, sie solle lieber achtgeben, die Ohrfeige, die ich dem Mann hätte geben müssen, wäre er nicht betrunken gewesen, die bekäme sie, wenn sie nicht gleich den Mund hielte. Natürlich hielt sie nicht den Mund, was glauben Sie? Von der Wut ging sie zum Hohn über. Ja, freilich sei es leicht für mich, bei ihr den starken Mann zu spielen, eine Frau zu ohrfeigen, nachdem ich einen, der mich in meinem eigenen Haus zu beleidigen gekommen war, freundlich empfangen und mit der gebührenden Höflichkeit bis zur Türe begleitet hatte. Aber warum hatte ich sie denn nicht gleich geweckt? Mehr noch, warum hatte ich den Mann denn nicht zu ihr ins Schlafzimmer geführt und ihn freundlich gebeten, sich zu ihr zu legen?

›Du wirst ihn fordern!‹ schrie sie schließlich außer sich. ›Morgen wirst du ihn fordern, und wehe dir, wenn du es nicht tust!‹

Wenn man sich gewisse Dinge von einer Frau sagen lassen muß, dann bäumt sich jeder Mann dagegen auf. Ich hatte mich bereits ausgekleidet und zu Bett gelegt. Ich sagte ihr, sie sollte endlich aufhören und mich in Ruhe schlafen lassen. Ich würde niemanden fordern, schon deshalb nicht, um ihr nicht diese Freude zu machen.

Aber in der Nacht dachte ich im stillen lange darüber nach. Ich verstand und ich verstehe bis heute nichts von Ehrensachen: ob zum Beispiel ein Ehrenmann die Beleidigung und Provokation von einem Betrunkenen, der nicht weiß, was er redet, tatsächlich aufgreifen muß. Am nächsten Morgen wollte ich schon darüber den Rat eines Majors im Ruhestand einholen, den ich bei den Thermen kennengelernt hatte, als derselbe Major in Begleitung eines anderen Herren aus dem Ort im Namen Doktor Loeros von mir Satisfaktion verlangte. Tatsächlich! Wegen der Form, in der ich ihn gestern abend vor die Tür gesetzt hatte. Es schien, als habe er sich bei meinem kleinen Stoß und dem darauffolgenden Fall die Nase aufgeschürft.

›Aber er war doch betrunken!‹ schrie ich diesen Herren ins Gesicht.

Na, um so ärger. Dann hätte ich doch besonders vorsichtig sein müssen. Ich, verstehen Sie? Und dabei war es geradezu ein Wunder, daß meine Frau mich nicht aufgefressen hat, weil ich ihn nicht vom Balkon geworfen habe!

Genug. Ich will sehen, daß ich rasch zu einem Ende komme. Ich nahm die Forderung an. Aber meine Frau lachte mir höhnisch ins Gesicht und begann auf der Stelle, ihre Sachen zu packen. Sie wollte sofort abreisen; abreisen, ohne den Ausgang des Duells abzuwarten, obwohl sie wußte, daß dafür die allerschwersten Bedingungen vereinbart worden waren.

Da ich mich nun schon einmal aufs Eis gewagt hatte, wollte ich tanzen. Er diktierte mir die Bedingungen: Pistolen. Sehr gut! Aber dafür verlangte ich, daß auf fünfzehn Schritt Entfernung geschossen würde. Und ich schrieb einen Brief am Vorabend des Duells: jedesmal, wenn ich den heute wieder lese, sterbe ich vor Lachen. Sie können sich nicht vorstellen, was für Blödheiten einem armen Menschen in einer solchen Lage durch den Kopf gehen.

Ich hatte nie mit Waffen zu tun gehabt. Ich schwöre Ihnen, ich schloß instinktiv die Augen, als ich schoß. Das Duell fand oben in dem Buchenwäldchen statt. Die ersten beiden Schüsse gingen ins Leere; es war beim dritten ... nein, der dritte ging auch daneben, es war beim vierten. Beim vierten Schuß also – Sie sehen, was der für einen harten Schädel hatte, der Doktor! – da sah die Kugel für mich hin und traf ihn genau in die Stirn, aber sie verletzte den Knochen nicht, sie fuhr unter der Kopfhaut hindurch und im Nacken wieder heraus.

Im ersten Augenblick dachten wir, er sei tot. Wir liefen alle hinzu, auch ich, aber einer der Sekundanten riet mir, mich zu entfernen, den Wagen zu nehmen und über die Straße nach Chiusi zu fliehen.

Ich floh.

Am Tag danach erfuhr ich, wie es wirklich um ihn stand; und noch etwas anderes erfuhr ich, was mich zugleich mit ungeheurer Freude und mit Kummer erfüllte: Freude um meinetwillen, Kummer um meines Gegners willen, der, nach einer Kugel im Kopf, wirklich nicht auch noch *das* verdient hatte, der arme Kerl.

Als er nämlich im Grünen-Kreuz-Krankenhaus die Augen wieder aufschlug, sah Doktor Loero ein wunderschönes Schauspiel vor sich: meine Frau, die an sein Bett geeilt war, um ihn zu pflegen!

Von der Verwundung war er in zwei Wochen wieder geheilt; von meiner Frau, lieber Herr, ist er bis heute nicht geheilt.

Gehen wir jetzt unser zweites Glas holen?«

Mitten hinein

ALS SIE ERFUHR, daß im Laufe des Vormittags wieder Studenten ins Spital kommen würden, bat Raffaella Òsimo die Oberschwester, sie für die Symptomatologievorlesung zu wählen, die im Zimmer des Primarius stattzufinden pflegte.

»Willst du, daß die Studenten dich so sehen?«

»Ja. Bitte nehmen Sie mich.«

»Weißt du denn nicht, daß du aussiehst wie ein armseliges Würmchen?«

»Ich weiß. Das ist mir gleich. Nehmen Sie mich.«

»Na, so was Freches! Was glaubst du denn, was sie da drinnen mit dir machen?«

»Dasselbe wie mit Nannina«, sagte die Òsimo. »Nicht wahr?«

Nannina, ihre Bettnachbarin, die tags zuvor aus dem Spital entlassen worden war, hatte ihr, gleich nachdem sie von der Vorlesung in dem Zimmer da hinten zurück in den Krankensaal gekommen war, den wie eine Landkarte vollgezeichneten Körper gezeigt; die Lungen waren eingezeichnet, das Herz, die Leber und die Milz – mit einem Hautfarbstift.

»Und du möchtest unbedingt?« sagte schließlich die Schwester. »Von mir aus sollst du deinen Willen haben. Aber gib acht, die Zeichnungen kriegst du dann tagelang nicht weg, auch nicht mit Seife.«

Die Òsimo zuckte die Achseln und sagte lächelnd: »Lassen Sie mich nur hin, machen Sie sich weiter keine Sorgen.«

Ihr Gesicht hatte wieder etwas Farbe bekommen, doch war sie noch sehr mager – sie schien nur aus Augen und Haaren zu bestehen. Die Augen aber, schwarz und wunderschön, leuchteten wieder ganz klar. Und in dem ärmlichen Bettchen verschwand ihr Körper, schmächtig wie der einer Halbwüchsigen, förmlich zwischen den Falten der Decke.

Für die Oberschwester wie auch für alle anderen Schwestern war Raffaella Òsimo eine alte Bekannte.

Zweimal war sie schon dagewesen, im Spital. Das erste Mal wegen ... Ach Gott, diese Mädchen! Erst lassen sie sich drankriegen, und dann, wer muß dann die Sache ausbaden? Ein armes, unschuldiges Würmchen, das dann im Findelhaus landet.

Die Òsimo hatte freilich, um ehrlich zu sein, bitter für ihren Fehltritt gebüßt. Etwa zwei Monate nach der Niederkunft war sie ins Spital zurückgekommen, mehr tot als lebendig – sie hatte drei Sublimattabletten geschluckt. Dieses Mal war sie wegen Anämie da, seit einem Monat schon. Dank der vielen Eiseninjektionen war sie wieder zu Kräften gekommen, und in drei Tagen sollte sie entlassen werden.

Sie hatten sie gern in diesem Krankensaal und hatten Erbarmen und Mitleid mit ihr, um ihrer scheuen, lächelnd anmutigen, und doch so verzagten Gutherzigkeit willen. Aber auch ihrer Verzweiflung gab sie weder durch eine düstere Miene noch durch Tränen Ausdruck.

Lächelnd hatte sie es gesagt, beim ersten Mal, daß ihr nunmehr nichts anderes übrigbleibe als zu sterben. Doch als Opfer eines Schicksals, das zu viele Mädchen mit ihr teilen, hatte sie mit dieser finsteren Drohung weder besonderes Mitgefühl noch ernste Besorgnis erregt. Es ist ja bekannt, daß alle Verführten und Betrogenen mit dem Selbstmord drohen – man darf da auch nicht alles glauben.

Raffaella Òsimo jedoch hatte es gesagt und hatte es getan.

Vergebens also hatten sich die guten Schwestern bemüht, sie mit dem Glauben zu trösten; so wie jetzt auch hatte sie damals zugehört, gelächelt, ja gesagt. Doch man merkte wohl, daß diese Ermunterungen den Knoten, der ihr das Herz zusammenschnürte, nicht lösen und auch nicht lockern konnten. Nichts mehr vermochte Hoffnungen in ihr zu wecken: Sie wußte sehr gut, daß sie einer Täuschung erlegen war und daß es im Grunde ihre Unerfahrenheit, ihr schwärmerisches Wesen waren, die sie getäuscht hatten, und nicht so sehr der junge Mann, der doch nie der ihre hätte sein können.

Aber sich damit abfinden, nein, das konnte sie nicht.

Und wenn für die anderen ihre Geschichte auch nichts Besonderes an sich hatte, so war sie für sie deshalb doch nicht weniger schmerzhaft. Sie hatte viel mitgemacht! Erst das furchtbare Leid, als man ihr den Vater heimtückisch umgebracht hatte; dann das unwiderrufliche Scheitern all ihrer Hoffnungen.

Eine arme Näherin war sie jetzt, betrogen wie viele andere, verlassen wie viele andere; aber früher einmal ... Ja, stimmt, auch die anderen sagten das: »Aber früher einmal...« und logen dabei. Denn die Unglücklichen, die Verlierer verspüren in ihrer bedrückten Brust nur allzuleicht den Drang zu lügen.

Aber sie log nicht.

Sie war noch jung und hätte ganz sicher bald ihr Diplom als Volksschullehrerin erworben, wenn sie ihren Vater, der sie mit so viel Liebe zum Studieren angehalten hatte, nicht so plötzlich verloren hätte: Umgebracht worden war er, unten in Kalabrien; nicht aus persönlichem Haß, sondern im Zuge des Wahlkampfs, durch die Hand eines unbekannten Mörders, ohne Zweifel bezahlt von den Gegnern Baron Barnis, dessen treuer und pflichtbewußter Sekretär er war.

Nachdem Barni zum Abgeordneten gewählt worden war, hatte er sie – da er wußte, daß sie auch keine Mutter mehr hatte und nun ganz allein dastand – in sein Haus aufgenommen, um vor den Wählern als Wohltäter dazustehen.

So war sie nach Rom gekommen, in eine ungewisse Stellung. Man behandelte sie, als gehöre sie zur Familie; eigentlich aber war sie als Hauslehrerin der kleineren Kinder des Barons beschäftigt und ein wenig auch als Gesellschaftsdame der Baronin – ohne Lohn, versteht sich.

Sie arbeitete, und Baron Barni heimste Anerkennung für seine Barmherzigkeit ein.

Aber was lag ihr schon daran, damals? Sie arbeitete voller Inbrunst, um sich das väterliche Wohlwollen jenes Mannes, der sie beherbergte, zu erwerben, mit einer heimlichen Hoffnung: daß, nachdem sie doch den Vater seinetwegen verloren hatte, ihre liebevollen Bemühungen, ihre völlig unentgeltlichen Dienste den Widerstand brechen würden, den der Baron womöglich entgegensetzen mochte, sobald ihm sein ältester Sohn Riccardo die Liebe, die er für sie empfand, gestand – wie er es ihr versprochen hatte. Nun ja, Riccardo war ganz sicher, daß der Vater einwilligen würde, aber er war eben erst neunzehn Jahre geworden und noch Gymnasiast; er brachte einfach nicht den Mut auf, den Eltern dieses Geständnis zu machen. Besser, man wartete noch das eine oder andere Jahr.

Gut, also warten ... Aber war das möglich, dort im selben Haus, immer in seiner Nähe, bei all den zärtlichen Worten, nach so vielen Versprechungen, unter so vielen Beteuerungen?

Die Leidenschaft hatte sie blind gemacht.

Als sich der Fehltritt schließlich nicht mehr verbergen ließ – fort mit ihr! Ja, richtig fortgejagt hatte man sie, ohne jedes Erbarmen. Ohne auch nur ein bißchen Rücksicht auf ihren Zustand. Der Baron hatte einer alten Tante von ihr geschrieben, sie sollte sofort kommen, um die Nichte abzuholen und wieder mitzunehmen, da hinunter nach Kalabrien, und er versprach einen monatlichen Scheck. Die Tante hatte den Baron jedoch angefleht, wenigstens zu warten, bis die Nichte sich in Rom von ihrer Bürde befreit hätte, um einen Skandal in dem kleinen Dorf zu vermeiden. Barni hatte nachgegeben, allerdings unter der Bedingung, daß sein Sohn nichts davon erfahren dürfe und glauben müsse, die beiden hätten Rom bereits verlassen. Nach der Niederkunft aber wollte sie nicht zurück nach Kalabrien gehen. Der Baron, rasend vor Wut, drohte, den Scheck zu widerrufen, und das tat er dann auch, nach dem Selbstmordversuch. Riccardo war mittlerweile in Florenz, und sie, wie durch ein Wunder gerettet, nahm eine Stelle als Näherin an, um sich und die Tante erhalten zu können. Ein Jahr war vergangen. Riccardo war nach Rom zurückgekehrt, aber sie hatte nicht einmal versucht, ihn wiederzusehen. Nachdem ihr gewaltsamer Selbstmordversuch gescheitert war, hatte sie sich in den Kopf gesetzt, ganz langsam zu sterben. Die Tante hatte eines schönen Tages die Geduld verloren und war heim nach Kalabrien gefahren. Vor einem Monat, als sie im Haus der Schneiderin, für die sie arbeitete, in Ohnmacht gefallen war, hatte man sie ins Spital gebracht und gleich dortbehalten, um sie von ihrer Anämie zu heilen.

Vor ein paar Tagen hatte nun Raffaella Òsimo von ihrem Bettchen aus die Gruppe von Medizinstudenten, die die Symptomatologievorlesung besuchten, beim Durchgehen beobachtet. Unter ihnen war Riccardo, den sie so nach beinahe zwei Jahren zum ersten Mal wiedersah, an seiner Seite ein junges Mädchen, wohl auch eine Studentin, blond und schön, offensichtlich eine Ausländerin, und so wie er sie ansah … nein, da konnte Raffaella sich nicht täuschen! Es war offensichtlich, daß er in sie verliebt war. Und wie sie ihm zulächelte, sie konnte den Blick gar nicht von ihm abwenden …

Bis zum Ende des Saals hatte sie ihnen nachgesehen; immer noch lag sie mit weit aufgerissenen Augen da, auf einen Ellbogen gestützt. Nannina, ihre Bettnachbarin, lachte laut auf.

»Was hast du gesehen?«

»Nichts.«

Und auch sie hatte gelächelt, als sie sich wieder ins Bett zurückfallen ließ, denn ihr Herz klopfte, als wolle es ihr aus der Brust springen.

Dann war die Oberschwester eingetreten und hatte Nannina aufgefordert, sich anzuziehen, der Professor brauche sie dort drüben für seine Vorlesung.

»Und was machen sie da mit mir?« fragte Nannina.

»Auffressen werden sie dich! Was sollen sie schon mit dir machen?« erwiderte die Schwester. »Diesmal bist du dran, die anderen werden auch noch drankommen. Du gehst morgen sowieso nach Hause.«

Raffaella hatte zuerst gezittert, bei dem Gedanken, daß auch sie drankommen könnte. Ach, so heruntergekommen, so erbärmlich, wie hätte sie ihm da unter die Augen treten können, noch dazu an diesem Ort? Wenn die Schönheit einmal dahin ist, gibt es für gewisse Fehltritte kein Mitleid, kein Erbarmen mehr.

Sicherlich wäre Riccardo von seinen Kollegen ausgelacht

worden, hätten sie Raffaella in so jämmerlichem Zustand gesehen.

»Was? Mit diesem Häufchen Elend hast du was angefangen?«

Das wäre keine Rache gewesen. Auch wollte sie sich ja gar nicht rächen.

Als etwa eine halbe Stunde später jedoch Nannina wieder zurück in ihr Bettchen gekommen war, ihr von dem, was die drüben mit ihr getan hatten, erzählt und dabei ihren vollgezeichneten Körper gezeigt hatte, da hatte sie es sich plötzlich anders überlegt. Und nun lag sie da und wartete, vor Ungeduld zitternd, auf die Studenten.

Gegen zehn Uhr kamen sie endlich. Da war Riccardo, wie auch das letzte Mal neben der Ausländerin. Die beiden sahen einander an und lächelten.

»Soll ich mich anziehen?« fragte Raffaella und schnellte vor Erregung glühend in ihrem Bett hoch, sobald das Grüppchen das Zimmer am Ende des Krankensaals betreten hatte.

»Warum denn so eilig? Hinlegen!« befahl die Oberschwester. »Warte, bis der Professor dich holen läßt.«

Doch als hätte sie »Zieh dich an« gesagt, begann Raffaella sich heimlich anzukleiden.

Sie lag bereits fix und fertig unter der Decke, als die Oberschwester sie holen kam.

Totenblaß, den armseligen kleinen Körper ganz verkrampft, betrat sie lächelnd mit glänzenden Augen und wirr nach allen Seiten hängendem Haar den Raum. Riccardo Barni sprach gerade mit der Studentin und bemerkte sie erst nicht, während sie, verloren unter so vielen jungen Leuten, nach ihm Ausschau hielt und nicht hörte, wie der Primarius, Dozent der Symptomatologie, nach ihr rief:

»Hierher, hierher, mein Kind!«

Bei diesen Worten des Professors drehte Barni sich um und erblickte Raffaella, die ihn mit tiefrotem Gesicht fixierte. Er erstarrte; er wurde leichenblaß; mit einem Mal war ihm schwarz vor den Augen.

»Ja, was ist denn?« rief der Professor. »Hierher!«

Raffaella hörte die Studenten lachen und zuckte verstört zusammen. Sie sah, wie sich Riccardo ans andere Ende des Raumes zurückzog, zum Fenster hin. Sie blickte um sich, lächelte nervös und fragte:

»Was soll ich machen?«

»Hier, hier, legen Sie sich hierher!« befahl der Professor, der vor einem schmalen Tisch stand, auf dem eine Art Steppdecke ausgebreitet war.

»Da bin ich schon, bitte sehr«, beeilte sich Raffaella zu folgen. Doch da sie Mühe hatte, auf den Tisch zu klettern, lächelte sie wieder und sagte: »Ich komm nicht rauf...«

Ein Student half ihr hinauf. Bevor sie sich hinlegte, sah sie den Professor an, einen gutaussehenden Mann, hochgewachsen, glattrasiert, mit goldener Brille, und sagte, während sie auf die ausländische Studentin zeigte:

»Vielleicht können Sie sie zum Zeichnen drannehmen ...«

Neuerliches Gelächter der Studenten. Jetzt lächelte auch der Professor.

»Warum? Schämst du dich?«

»Nein. Aber es wäre mir lieber.«

Und sie drehte sich wieder um und sah zum Fenster zurück, wo Riccardo sich verkrochen hatte, den anderen den Rücken zugewandt. Die blonde Studentin folgte unwillkürlich seinem Blick. Ihr war die plötzliche Verwirrung Barnis nicht entgangen, und als sie nun bemerkte, daß er sich zurückgezogen hatte, geriet auch sie in heftigste Verwirrung.

Aber da rief sie der Professor auf:

»Also gut, bitte, Fräulein Orlitz. Erfüllen wir der Patientin ihren Wunsch.«

Raffaella legte sich hin und sah zu der Studentin hin, die ihren Schleier von der Stirn hob. Oh, wie schön sie war, diese weiße zarte Haut und diese wunderbar sanften, hellblauen Augen. So, jetzt legte sie ihr Cape ab, nahm den Hautfarbstift, den ihr der Professor reichte, und beugte sich über sie, um mit unsicherer Hand Raffaellas Brust zu entblößen.

Raffaella Òsimo schloß die Augen aus Scham über ihre armselige Brust, die nun den Blicken all dieser jungen Männer preisgegeben war. Sie fühlte, wie sich eine kalte Hand auf ihr Herz legte.

»Es schlägt zu stark…«, sagte das Fräulein schnell, mit starkem ausländischem Akzent, und zog die Hand zurück.

»Wie lange bist du schon im Spital?« fragte der Professor.

»Seit zweiunddreißig Tagen. Ich bin schon so gut wie gesund.«

»Prüfen Sie, ob das typische Anämiegeräusch zu hören ist«, forderte der Professor die Studentin auf und reichte ihr das Stethoskop.

Raffaella fühlte auf der Brust die Kälte des Metalls und hörte die Stimme der Studentin.

»Geräusch keines, aber Palpitation, zu viel Palpitation …«

»Weiter, perkutieren Sie«, befahl der Professor nun.

Nach den ersten paar Klopfern legte Raffaella den Kopf auf die Seite, biß die Zähne zusammen und machte einen Versuch, die Augen zu öffnen; sofort schloß sie sie wieder und bemühte sich mit aller Kraft, ruhig zu bleiben. Von Zeit zu Zeit, wenn die Studentin das Abklopfen unterbrach, um unter dem Mittelfinger mit dem Stift, den sie in ein Wasserglas tauchte, das einer der umstehenden Studenten ihr hinhielt, einen kurzen Strich zu zeichnen, blies sie die zurückgehaltene Luft schmerzvoll durch die Nase aus.

Wie lange dauerte diese Tortur eigentlich? Und er war die ganze Zeit dort, beim Fenster… Warum rief ihn der Professor nicht zurück? Warum forderte er ihn nicht auf, ihr Herz anzuschauen, das seine blonde Freundin Strich für Strich auf diese durch seine Schuld so armselig gewordene Brust zeichnete?

Jetzt endlich war das Abklopfen zu Ende. Die Studentin verband nun alle Striche miteinander und führte die Zeichnung aus. Raffaella war versucht, es sich anzusehen, ihr aufgezeichnetes Herz; aber plötzlich wurde es ihr zuviel – sie brach in Schluchzen aus.

Der Professor schickte sie ungehalten in den Krankensaal zurück und trug der Oberschwester auf, ihm eine andere Patientin zu schicken, weniger hysterisch und nicht so dumm wie diese Person.

Die Òsimo ertrug geduldig die Rüffel der Oberschwester, legte sich wieder in ihr Bettchen und wartete, am ganzen Leibe zitternd, darauf, daß die Studenten aus dem Saal zurückkamen.

Würde er wenigstens nach ihr Ausschau halten, auf dem Weg durch den Krankensaal? Aber nein, nein – was kümmerte sie das noch – jetzt? Sie würde nicht einmal den Kopf heben, um sich zu erkennen zu geben. Er durfte sie nicht mehr sehen. Es genügte ihr, ihm gezeigt zu haben, was aus ihr geworden war, durch seine Schuld.

Mit zitternden Händen nahm sie den Rand des Lakens und zog es sich über den Kopf, als wäre sie tot.

Drei Tage lang wachte Raffaella Òsimo eifersüchtig darüber, daß das gezeichnete Herz nicht von ihrer Brust gelöscht wurde.

Als sie aus dem Spital entlassen war und vor einem Spiegel in ihrem ärmlichen Zimmerchen stand, bohrte sie einen Dolch hinein, da, genau in die Mitte der Zeichnung, die ihr die ahnungslose Rivalin aufgemalt hatte.

Einem oder keinem

I

WER WAR ES GEWESEN? Einer von den beiden sicherlich. Vielleicht auch ein Dritter, ein Unbekannter. Aber nein; im Vertrauen, keiner der beiden Freunde hatte irgendeinen Grund zum Verdacht. Melina war brav und bescheiden; und zudem war sie so angewidert von ihrem früheren Leben. In Rom kannte sie keinen Menschen. Sie lebte ziemlich abgeschieden und zeigte sich, wenn schon nicht glücklich, so doch wenigstens dankbar für das Auskommen, das sie ihr verschafft hatten, indem sie sie vor zwei Jahren aus Padua holten, wo sie sie während der Studienzeit kennengelernt hatten.

Nachdem sie beide mit ihren Bewerbungen um einen Posten im Kriegsministerium erfolgreich gewesen waren, hatten es Tito Morena und Carlino Sanni vor zwei Jahren, anläßlich der ersten Gehaltserhöhung, für vernünftig und umsichtig erachtet – da sie doch stets ihr Leben in allem und jedem miteinander verbunden hatten –, sich nun auch gemeinsam um die Befriedigung des unvermeidbaren Bedürfnisses nach einer Frau zu kümmern, einer Frau, die sie umsorgen und vor der Gefahr bewahren sollte, die auf sie gelauert hätte, wenn jeder für sich allein eine gewisse Stabilität der Liebe in einer tristen Bindung zu knüpfen versucht hätte, einer Bindung, die nicht weniger belastend wäre als eine Ehe; die freilich war ihnen für den Augenblick und vielleicht auf immer durch die finanzielle Enge und die Schwierigkeiten des Lebens verwehrt.

Und da hatten sie an Melina gedacht, die süße Seelenfreundin der Paduaner Studenten, die sie dort oben immer an den Winter- und Frühlingsabenden aufzusuchen pflegten. Ja, das war's: Melina wäre die Richtige für sie, sie würde aus Padua die ganzen fröhlichen Erinnerungen an die sorgenlosen Tage der frühen Jugend mitbringen. Sie hatten ihr geschrieben; sie hatte angenommen; und da hatten sie (umsichtig und vernünftig wie immer) verfügt, daß sie nicht bei ihnen wohnen sollte. Sie hatten ihr zwei bescheidene Zimmerchen in einem abgelegenen Stadtviertel außerhalb des alten Stadttores gemietet und gingen sie nun besuchen, einmal der eine, dann der andere, wie sie es vereinbart hatten, ohne Neid und ohne Eifersucht.

Zwei Jahre lang war alles gutgegangen, zur vollen Zufriedenheit beider.

Von überaus sanftem Wesen, wortkarg und zurückhaltend, hatte Melina sich beiden als gute Freundin erwiesen, ohne den einen oder anderen auch nur im geringsten zu bevorzugen. Beide waren sie ja zwei brave Jungen, wohlerzogen und herzensgut. Gewiß, Tito Moreno war ein bißchen hübscher; aber Carlino Sanni (der auch nicht wirklich häßlich zu nennen war, wenngleich sein Kopf ein bißchen seltsam geformt war) war dafür viel lebhafter und lustiger als der andere.

Die Nachricht von diesem unvorhergesehenen Zwischenfall stürzte nun beide Freunde in eine tiefe Betroffenheit.

Ein Kind!

Einer von ihnen mußte es gewesen sein, soviel war sicher; wer von den beiden, das konnte weder der eine noch der andere, noch Melina selbst wissen. Das war ein Unglück für sie alle drei; und keiner der beiden Freunde wagte es, als erster die Frage an die Frau zu richten: »Wer glaubst du, ist es gewesen?« – aus Angst, der andere könnte glauben, er wolle sich so seiner Verantwortung entledigen, um sie dem anderen allein aufzubürden. Und auch Melina versuchte in keiner Weise dem einen oder dem anderen zu verstehen zu geben, er könnte der Vater sein. Sie war in ihrer beider Händen, und sie wollte sich nur ihnen beiden gemeinsam, weder dem einen noch dem anderen allein, anvertrauen. Einer war es gewesen; aber wer von den beiden, das konnte sie nicht nur nicht sagen, das wollte sie nicht einmal vermuten.

Carlino Sanni und Tito Moreno, die ihren eigenen, fernen Familien noch stark verbunden waren und alle Erinnerungen an die häusliche Geborgenheit bewahrten, wußten recht gut, daß diese Geborgenheit ihnen nicht mehr gehören konnte, da sie sich auf immer davon gelöst hatten. Aber im Grunde waren sie zwei Vögelchen geblieben, die unter den bereits gewachsenen Federn, die sich durch die äußere Notwendigkeit ans Fliegen gewöhnt hatten, die Wärme des Nestes, das sie umfangen hatte, als sie noch nackt waren, bewahrt hatten und weiter bewahren wollten. Sie empfanden freilich fast so etwas wie Scham darüber, wie über eine Schwäche, deren Eingeständnis sie hätte lächerlich machen können.

Und vielleicht war es die Erkenntnis dieser Scham, die ihnen insgeheim Gewissensbisse verursachte. Und ohne daß sie es ahnten, bewirkten diese Gewissensbisse eine gewisse Bitterkeit in ihren Worten, in ihrem Lächeln, in ihrem Verhalten, die sie freilich auf dieses öde, einsame Leben ohne vertrauliche Geborgenheit zurückführten, in dem kein echtes Gefühl je mehr Wurzeln schlagen konnte; dieses Leben, das sie zu leben verdammt waren und an das sie sich von nun an zu gewöhnen hatten, wie so viele andere auch. Und in den hellen, beinahe kindhaften Augen Tito Morenas hätte der Blick am liebsten eisige Starre ausgestrahlt. Oft geschah das auch; aber ebenso verschleierte sich dieser Blick manchmal durch die plötzliche Rührung, die irgendeine ferne Erinnerung auslöste; und dann erschien diese verschleierte Eisesstarre so, als würde sich eine Fensterscheibe beschlagen durch die Wärme, die drinnen, und die Kälte, die draußen herrscht. Carlino Sanni seinerseits fuhr sich mit den Nägeln über die rasierten Wangen und durchbrach mit dem Kratzen der sprießenden Bartstoppeln immer wieder gewisse, bange Momente innerer Stille, um sich so die widerborstige Realität seiner männlichen Stärke zurückzurufen, die ihm, sei's drum, nunmehr befahl, ein Mann zu sein, mit einem Wort, ein bißchen hart und grausam.

Bei dieser unerwarteten Ankündigung der Frau wurde ihnen beiden klar, daß sie, ohne es zu bemerken oder zu wollen, sowohl den anderen als auch jegliche geplante Härte und Grausamkeit vergessend, in die Beziehung zu Melina ihr ganzes Herz hineingelegt hatten, weil sie insgeheim so sehr der familiären Geborgenheit bedurften. Und sie empfanden einen stummen Groll, eine gekränkte Bitterkeit, nicht so sehr gegen die Frau selbst, als vielmehr gegen ihren Körper, der in der Selbstvergessenheit der Hingabe offensichtlich mehr von dem einen als von dem anderen genommen hatte. Es war nicht Eifersucht, denn der Verrat war ja nicht willentlich geschehen. Der Verrat war ein Verrat der Natur; und es war ein fast spöttischer Verrat. Blind und heimtückisch hatte sich die Natur einen Spaß daraus gemacht, ihnen ihr Nestchen zu zerstören, das sie mehr durch ihre Klugheit als durch ihr Herz erbaut wähnten.

Was also jetzt tun?

Die Mutterschaft gewann im Herzen dieses Mädchens einen Sinn und einen Wert, der sie um so tiefer beunruhigte, als sie wußten, daß sie sich nicht im geringsten gewehrt hätte, wenn sie diese Mutterschaft nicht respektiert hätten; nur in ihrem Herzen hätte sie sie ungerecht und böse genannt.

Sie war ja so voll schmerzlicher und ergebener Sanftmut! Mit den Augen, deren Blick zuweilen das traurige Lächeln der unbeweglichen Lippen ausdrückte, sagte sie deutlich, daß sie sich trotz ihrer nun schon zwei Jahre währenden zweideutigen Situation durch sie beide wie neugeboren fühlte. Und gerade aus dieser Wiedergeburt zur Bescheidenheit der alten Gefühle, die sie ihnen und ihrer anständigen Behandlung verdankte, rührte ihre Mutterschaft her, aus ihr stammte diese neue Blüte einer Mutterschaft, die zuvor in den vielen Jahren der traurigen Glut eines ungeliebten Lasterlebens verdorrt war.

Nun, und in diesem Augenblick würden sie doch nicht plötzlich ihr eigenes Werk grausam im Stich lassen und Melina in die frühere Erniedrigung zurückstoßen, indem sie sie daran hinderten, die Frucht all des Guten, das sie ihr erwiesen hatten, zu genießen?

Das war es in etwa, was die beiden Freunde konfus im Aufruhr ihres Gewissens empfanden. Und vielleicht hätte jeder von ihnen, hätte er sicher sein können, daß das Kind das seine war, keinen Augenblick gezögert, den anderen zum Rückzug zu überreden, um diese Bürde und die Verantwortung dafür auf sich zu nehmen. Aber wer hätte schon dem einen oder dem anderen diese Gewißheit geben können?

In dem unausweichlichen Zweifel beschlossen die beiden Freunde, ohne Melina einstweilen noch etwas davon zu sagen, sie, wenn ihre Stunde gekommen sei, in ein Wöchnerinnenheim zu schicken, damit sie sich von ihrer Bürde befreien und dann allein zu ihnen zurückkehren könnte.

II

Melina stellte keine Fragen; sie erriet ihre Entscheidung; aber sie erriet auch, in welcher Gemütsverfassung die beiden diese getroffen hatten. Sie ließ einige Zeit verstreichen; als ihr der geeignete Moment gekommen zu sein schien, zeigte sie Carlino Sanni, der diesen Abend mit ihr verbrachte, mit niedergeschlagenen Augen und einem schüchternen Lächeln auf den Lippen ein Stück Stoff, das sie tags zuvor von ihren Ersparnissen gekauft hatte.

»Gefällt er dir?«

Der junge Mann tat zuerst, als verstünde er nicht. Er trat zum Licht, begutachtete den Stoff mit Blicken und mit den Händen. »Der ist gut«, sagte er. »Und ... wieviel hast du bezahlt?«

Melina hob die Augen auf, in denen die kleine List flehend lächelte: »Ach, ganz wenig«, antwortete sie. »Rate einmal.«

»Wieviel?«

»Nein ... ich meine, wofür ich ihn gekauft habe ...«

Carlino zuckte die Achseln und tat, als verstünde er immer noch nicht. »Na, warum schon! Weil du ihn gebraucht hast. Aber du hast ihn selbst gekauft, das hättest du nicht tun sollen. Du hättest uns doch sagen können, daß du so etwas brauchst.«

Da hob Melina den Stoff in die Höhe und verbarg das Gesicht darin. Eine ganze Weile verharrte sie so. Dann, die Augen voller Tränen, den Kopf bitter schüttelnd, sagte sie: »Also nein? Wirklich nicht? Ich darf... ich darf nichts vorbereiten?«

Und als sie sah, wie der junge Mann bei dieser flehentlichen Frage teils verwirrt, teils ärgerlich, teils gerührt dastand, nahm sie ihn bei der Hand, zog ihn zu sich heran und fügte schnell und mit glühender Begeisterung hinzu: »Hör mich an, Carlino, hör mich an, ich bitte dich! Ich will nichts mehr, ich verlange nichts mehr! So wie ich diesen Stoff gekauft habe, so kann ich mit anderen kleinen Ersparnissen für alles andere aufkommen. Nein, hör mich an, hör mich erst an, ohne die Achseln zu zucken, ohne mich so böse anzufunkeln. Sieh einmal, ich schwöre dir, ich schwöre dir, daß ihr nie auch nur die geringste Belästigung erfahren werdet, daß es nie für euch eine Belastung sein wird, nie! Laß mich aussprechen. Ich habe soviel Zeit zur Verfügung hier. Ich habe gelernt, für euch zu arbeiten. Ich werde immer weiter arbeiten. Ach, ihr könnt sicher sein, euch wird nie etwas abgehen! Aber siehst du, wenn ich mich so um euch kümmere, wie ich es jetzt tue, um eure Wäsche, eure Anzüge, dann bleibt mir noch so viel freie Zeit, so viel, daß ich – wie du weißt – lesen und schreiben gelernt habe, ganz allein! Nun, das werde ich von nun an sein lassen, und ich werde eine andere Arbeit suchen, die ich zu Hause erledigen kann; und ich werde glücklich sein, glaube mir! Glaube mir! Ich werde nie etwas von euch verlangen, Carlino, nie! Gewährt mir nur diese eine Gnade, ich flehe euch an! Ja? Ja?«

Carlino versuchte ihrem Blick auszuweichen, indem er den Kopf hierhin und dorthin drehte, mit einer Schulter zuckte, die Hände ineinanderlegte und wieder ausbreitete und dazwischen vor sich hin schnaubte.

Es gehörte doch wirklich nicht sehr viel dazu zu verstehen, daß er hier so mir nichts dir nichts, ohne sich mit dem anderen zu besprechen, keine Antwort geben konnte. Und dann – keine Belästigung, keine Belastung, das war schnell gesagt. Die Belastung, die Belästigung – das wäre doch das wenigste gewesen! Die Verantwortung, die Verantwortung für ein Leben, zum Donnerwetter, die einen von beiden mit Sicherheit traf, aber welchen, das konnte man nicht wissen! Das war es, jawohl! Das war es!

»Aber was ist mit mir, Carlino?« antwortete Melina sofort und voll innerer Glut. »Mich trifft sie doch ganz sicher! Und die Verantwortung… warum solltet ihr die übernehmen müssen? Ich übernehme sie, das sage ich dir, und zwar zur Gänze.«

»Wie denn?« schrie der junge Mann sie an.

»Wie? Na so, ich übernehme sie einfach! Hör mich doch an, um Himmels willen! Sieh einmal, Carlino, in zehn Jahren, was kann da alles mit euch beiden geschehen! In zehn Jahren … und selbst dann, wenn ihr weiterhin so leben wollt, beide miteinander, auch in zehn Jahren, was werde ich dann noch sein? Sicher bin ich dann nicht mehr gut genug für euch; sicherlich werdet ihr mich über haben. Nun: In zehn Jahren wird mein Kind noch ein kleiner Junge sein, und er wird euch weder Ausgaben noch Belästigungen verursachen, denn ich werde für alles aufkommen. Verstehst du denn nicht, daß ich ihn nun, wo ich zu arbeiten gelernt habe, nicht mehr einfach fortwerfen kann? Ich werde ihn bei mir behalten; er wird hier mein Trost und meine Gesellschaft sein. Und dann, wenn ihr mich einmal nicht mehr wollt, dann werde ich wenigstens ihn haben, ihn werde ich haben, verstehst du? Ich weiß schon, du darfst und kannst mir jetzt nicht ja sagen, da du allein bist. Weshalb ich es zuerst dir gesagt habe und nicht Tito? Ich weiß nicht. Mein Herz hat es mir so eingegeben. Er ist ja auch ein so guter Mensch, der Tito! Sprich du mit ihm, wie du glaubst und wann du glaubst. Ich bin hier, ich bin in euren Händen. Ich werde nichts mehr sagen. Ich werde tun, was ihr wollt.«

Carlino Sanni sprach am nächsten Tag mit Tito Morena.

Er zeigte sich überaus ärgerlich über Melina und glaubte wirklich, er sei böse auf sie. Aber kaum sah er, daß Tito ihm beipflichtete und Melinas Vorschlag ebenfalls verwarf, da bemerkte er, daß er nicht ihretwegen den Ärger im Leib hatte, sondern weil er Titos Widerstand vorausgesehen hatte. Er hatte den Widerstand vorausgesehen; oder vielleicht hatte er im Grunde seines Herzens gehofft, Tito würde gegen ihn die Meinung vertreten, man müsse Melinas Wunsch erfüllen, das heißt eben diese Rolle spielen, die er selbst nur zu gerne übernommen hätte, hätte er nicht fürchten müssen, es dadurch noch schlimmer zu machen. Er ärgerte sich über die sofortige Übereinstimmung, und Tito war ganz verdattert über diesen unerwarteten Ärger. Er sah ihn eine Weile lang an, dann fragte er: »Aber entschuldige, sagst du nicht dasselbe wie ich?«

Und Carlino: »Aber ja! Aber ja! Aber ja!«

Wenn sie vernünftig miteinander sprachen, konnten sie tatsächlich nur einer Meinung sein. Und auch in ihren Gefühlen stimmten sie ganz überein; bloß, daß dieses einheitliche Gefühl sie nicht nur nicht zur Übereinstimmung führte, sondern sie regelrecht zu Feinden machte.

Tito, der in diesem Augenblick der Ruhigere von beiden war, verstand recht wohl, daß es, hätten sie den Gefühlen freien Lauf gelassen, mit Sicherheit und unverzüglich zu einem unheilbaren Bruch zwischen ihnen beiden gekommen wäre; deshalb hätte er das Gespräch gerne an dieser Stelle, wo es zwischen seiner Vernunft und der seines Freundes kühl und von außen betrachtet zu einer Übereinstimmung kommen konnte, auf sich beruhen lassen.

Aber Carlino, vom Ärger verwirrt, konnte nicht mehr an sich halten. Er redete so lange, bis am Ende auch Tito seine Beherrschung verlor. Und plötzlich entdeckten die beiden, die sich bislang als die allerherzlichsten Freunde empfunden hatten, ein jeder in den Augen des anderen, daß sie eigentlich die allerherzlichsten Feinde waren.

»Ich wüßte ja einstweilen ganz gerne, warum sie zuerst zu dir und nicht zu mir davon gesprochen hat!«

»Weil gestern abend ich bei ihr war; so hat sie eben zu mir davon gesprochen.«

»Sie hätte doch sehr gut bis zum nächsten Tag warten können und es mir sagen! Wenn sie es gestern abend ausgesprochen hat, als du bei ihr warst, dann ist das ein Zeichen, daß sie dich für zartbesaitet und für geneigter hält, eine Abma-

chung zu brechen, die wir beide in vollstem Einvernehmen getroffen hatten!«

»Aber keine Spur! Denn ich habe ihr nein gesagt, nein,
nein, und noch einmal nein, genauso wie du! Aber – verstehst
du – natürlich hat sie gebettelt, geweint, mich angefleht, alle
nur möglichen Versprechen abgegeben und Eide geschworen;
und angesichts dieser Tränen und dieser Versprechungen, da
wußte ich eben nicht, da konnte ich ja gar nicht wissen, wie
du dich verhalten hättest, und ob auch du deinerseits ihr ein
Nein zur Antwort geben würdest!«

»Aber hatten wir nicht ein Nein vereinbart? Also ist es
nein!«

Carlino Sanni zitterte vor Wut. »Na gut! Dann geh du doch
hin und sag es ihr.«

»Na, du bist gut! Das gefällt mir!« kreischte Tito auf.
»Dann darf ich also die Rolle des Hartherzigen, des Tyrannen
spielen, und du bleibst für sie der, der weich geworden ist,
der sich rühren und erschüttern ließ.«

»Und wenn es so wäre?« fuhr Carlino auf und starrte ihm
aus nächster Nähe in die Augen. »Bist du sicher, daß du an
meiner Stelle nicht ›weich geworden wärest‹, dich nicht hättest ›rühren und erschüttern‹ lassen? Und hättest du dann den
Mut gehabt, solcherart erschüttert und gerührt nein zu sagen,
auch im Namen eines anderen, der vielleicht an deiner Stelle
ebenso wie du erschüttert und gerührt gewesen wäre? Antworte mir doch! Antworte!«

Solcherart herausgefordert, wollte Tito angesichts der Augen des anderen, die sich in die seinen bohrten, nicht klein
beigeben und log in hellem Entsetzen: »Ich, gerührt? Wer sagt
denn das?«

»Dann ist es also wahr«, rief Carlino darauf triumphierend
aus, »daß du der Hartherzige von uns beiden bist, und dann
kannst du also ruhig hingehen und es ihr sagen!«

»Hör mal, was ich dir statt dessen sagen werde«, stieß Tito,
am Ende seiner Geduld, aus: »Ich habe genug von dieser
ganzen Geschichte, und ich will damit endlich Schluß machen!«

Carlino trat wieder drohend auf ihn zu: »Das heißt ... das heißt ... das heißt ... nur immer mit der Ruhe, mein Lieber, warte einmal: Schluß machen, jetzt, wie stellst du dir das vor?«

»Na«, stieß Tito mit einem starren Lächeln hervor, während er ihn von oben bis unten musterte, »glaube ja nicht, ich wollte mich meinen Verpflichtungen entziehen! Ich werde weiterhin meinen Teil beitragen, solange sie in diesem Zustand ist; danach mag sie tun, was sie will: will sie das Kind behalten, soll sie es behalten, will sie es weggeben, soll sie es weggeben. Was mich betrifft, ich will nichts mehr davon wissen.«

»Und ich?« fragte Carlino.

»Na, du kannst auch tun, was du willst.«

»Das ist doch nicht wahr!«

»Warum nicht?«

»Du weißt sehr gut, warum nicht! Wenn du nicht mehr zu ihr gehst, kann ich auch nicht mehr hingehen!«

»Und warum nicht?«

»Weil ich allein, das weißt du sehr gut, nicht die ganzen Kosten für ihren Unterhalt tragen kann; ich kann nicht und ich darf übrigens auch gar nicht, weil ich nicht sicher weiß, ob das Kind von mir ist, und du kannst mir nicht die ganze Last eines Kindes aufbürden, das auch von dir sein kann.«

»Aber wenn ich dir doch sage, daß ich weiter für meinen Teil aufkommen werde!«

»Na, danke vielmals! Das kann ich nicht annehmen! Übrig bleibe bei der ganzen Sache ja doch immer ich.«

»Weil du übrigbleiben willst!«

»Aber entschuldige einmal, entschuldige, entschuldige, warum willst du nicht weiter zu den Abmachungen stehen? Was verlangt sie denn schon, das du ihr nicht gewähren könntest? Wenn sie uns nicht mit dem Kind belasten will! Sie wird es einfach für sich allein haben. Aber hör einmal ... hör mir zu ...«

Und Carlino verfolgte Tito, der achselzuckend fortging, durch das ganze Zimmer, um ihn zur Räson zu bringen. Und er begriff nicht, daß er alles nur noch schlimmer machte, indem er nun diesen Ton der Überredung, diese sanfte Verteidigung der Frau übernahm.

Tito selbst schrie ihn am Ende an: »Es mag ja ein ungerechter Verdacht sein, aber was willst du tun? Er ist mir nun einmal gekommen, ich kann ihn nicht mehr verjagen! Ich kann nicht mehr gemeinsam mit dir eine Beziehung fortsetzen, die nur unter der Bedingung möglich war, daß es zwischen uns beiden keine Meinungsverschiedenheiten gibt.«

»Aber dann gehen wir doch jetzt beide zusammen zu ihr«, schlug Carlino vor. »Gehen wir beide zusammen und sagen wir ihr nein. Ich meinerseits habe es ihr ohnedies bereits gesagt; jetzt gehen wir gemeinsam hin, um es zu wiederholen; wenn du willst, werde ich sogar lauter sprechen; ich werde ihr beweisen, daß es nicht möglich ist, ihr das zu gewähren, worum sie bittet.«

»Und dann?« gab Tito zurück. »Glaubst du, sie würde je wieder die sein, die sie bislang für uns gewesen ist? Wenn sie es sich doch so sehr wünscht, das Kind zu behalten! Wir würden sie auf ganz sinnlose Weise unglücklich machen, glaub mir, Carlino. Denn ... ich fühle es, ich fühle es genau, für mich ist die Geschichte zu Ende! Es mag ein dummer Verdacht sein, aber er geht mir nicht aus dem Kopf, ich fühle es, daß er mir nicht mehr aus dem Kopf gehen wird. Und was dann? Ich kann nicht, ich will nicht zu ihr zurück, das ist es!«

»Dann sollen wir sie also einfach sitzenlassen?« fragte Carlino mit hochgezogenen Augenbrauen.

»Aber keine Spur, was heißt denn sitzenlassen!« rief Tito aus. »Ich hab es dir doch schon oft gesagt und wiederhole es auch jetzt: Ich werde meinen Teil beitragen, solange sie in diesem Zustand ist und noch keine Möglichkeit gefunden hat, auf andere Weise für sich zu sorgen! Du kannst ja deinerseits tun, was du für richtig hältst. Ich sage es dir ohne jeden Groll, hörst du? Und mit der größtmöglichen Offenheit.« Carlino blieb stumm und schmollend stehen, und kratzte sich mit den Nägeln über die rasierten Wangen. Und für diesen Tag hatte das Gespräch damit ein Ende.

III

Es WURDE auch nicht wieder aufgenommen. Aber in der Seele der beiden blieb es wach und wurde immer gereizter, immer brutaler, je stärker die Gewalt wurde, die sie sich beide antun mußten, um zu schweigen.

Keiner der zwei ging mehr zu Melina. Und Carlino wollte Tito mit seinem Fortbleiben beweisen, daß er, Tito, es war, der dem anderen Gewalt antat, weil er ihn daran hinderte, zu ihr zu gehen; und Tito seinerseits bestand darauf, daß es Carlino war, der ihm Gewalt antat mit seinem Fortbleiben. Ja, natürlich! Denn so wollte Carlino ihn zwingen, von seinem Vorhaben abzusehen, damit er der Sieger wäre, obwohl er doch so plötzlich gegen die gemeinsamen Abmachungen verstoßen hatte.

Sollte er denn so einfach über alles hinweggehen? Das tun, was die beiden anderen wollten, beide gemeinsam gegen ihn? Genügte es denn noch nicht, daß er weiter zahlte und dem anderen die Freiheit ließ, die Frau weiter zu besuchen?

Nein, meine Herrschaften. Solche Freiheiten wollte Carlino nicht ausnützen, ja, er wollte sie ihm nicht einmal als Verdienst anrechnen. Er negierte sie einfach! Ohne zu begreifen, daß dann, wenn er nachgegeben hätte, wenn er wieder zu Melina gegangen wäre, damit auch der andere sich wieder dort einfände, der Sieg, der ganze Sieg, ihnen beiden zugefallen wäre, denn zu guter Letzt hätte Tito solcherart doch getan, was die beiden anderen wollten. Und hieß das vielleicht nicht dem anderen Gewalt antun? Nein, zum Donnerwetter, er zahlte weiter, und damit basta!

Sosehr er jedoch versuchte, sich mit diesen Argumenten in seinem Entschluß zu bestärken, auf keinen Fall nachzugeben und sich selbst zu beweisen, daß das Recht auf seiner Seite war, so fühlte Tito doch Tag für Tag in sich die Entrüstung über die hartnäckige Passivität Carlinos wachsen; er fühlte, wie das düstere Schweigen seines Gefährten zu einer Bürde für sein Gewissen wurde, die er nicht mehr allein ertragen wollte.

Wenn dieses Mädchen, das sie von Padua nach Rom geholt und das einer von ihnen beiden geschwängert hatte, nun in diesem Zustand unter einer bangen Ungewißheit zu leiden hatte, wer hatte schuld daran? Was verlangte sie denn letzten Endes, ohne Belästigung, ohne Belastung, ohne Verantwortung für sie beide? Nur, daß man nicht die Ungeheuerlichkeit beginge, das Kind fortzuwerfen, das doch mit Sicherheit entweder von dem einen oder von dem anderen stammte.

Und nun wollten sie ihn allein die Gewissensbisse dieser Ungeheuerlichkeit auskosten lassen.

Wäre Carlino weiter zu Melina gegangen, dann hätte er sich diese Gewissensbisse, wenigstens zum Teil, mit dem Gedanken vom Hals schaffen können, daß er zwar weiter bezahlte, daß er dafür aber keine Lust mehr von der Frau nahm.

Aber nein! Carlino ging auch nicht mehr hin, Carlino nahm auch keine Lust mehr, und so hinderte er ihn nicht nur daran, die Gewissensbisse mit Hilfe dieses Gedankens loszuwerden, im Gegenteil, er verschärfte sie auch noch.

Solange er sich allein der Lust beraubte und dennoch weiter seinen Teil beisteuerte, hätte er immerhin glauben können, ein dummes und vielleicht sogar überflüssiges Opfer zu bringen, denn natürlich war es ganz und gar nicht bewiesen, daß er Gewissensbisse über seine Absicht empfinden mußte, das eigene Kind fortzuwerfen, denn es konnte genausogut von dem anderen stammen. Ja, gut: aber wenn man so argumentierte, das heißt, wenn man die Möglichkeit zugab, daß das Kind von dem anderen stammte, konnte er dann wirklich verlangen, daß dieser andere die Verantwortung ganz auf sich nehmen sollte, das eigene Kind fortzuwerfen, nur um ihm eine Freude zu machen? Wenn er, Tito, die Sicherheit gehabt hätte, daß er der Vater war, und Carlino verlangt hätte, das Kind fortzuwerfen, hätte er sich dann nicht wütend dagegen gewehrt?

Und diese Sicherheit gab es eben nicht!

Aber Carlino wollte eben selbst im Zweifel nicht, daß diese Ungeheuerlichkeit geschehen sollte.

Dabei hätten sie jedoch alle drei einig darüber sein müssen, diese Ungeheuerlichkeit zu wollen und zu begehen. Geteilt wären die Gewissensbisse geringer gewesen. Und nun hatten sie ihm diesen Verrat angetan. Und er war um so erzürnter darüber, je mehr er sah, daß die Rache dafür, zu der er sich instinktiv aufgestachelt fühlte, ihn wider sein eigenes Gefühl grausam machte; und um so mehr, als er erkannte, daß dieser Verrat auch dann bestehen blieb, wenn er keine Rache dafür nahm, auch dann blieb es bestehen, das Einverständnis zwischen den beiden, als erste die bestehende Vereinbarung zu brechen, so daß immer an ihm allein die Rolle des Bösen hängenbleiben würde. Und deshalb nein, zum Donnerwetter, nein! Warum jetzt nachgeben? Es wäre ja ohnedies unnütz gewesen!

Unterdessen kam der Augenblick, in dem beide wieder mit Melina sprechen mußten: der Monat ging zu Ende, und man mußte ihr das Geld für ihren Unterhalt und für die Miete der beiden Zimmerchen zukommen lassen.

Tito hätte gerne das Gespräch vermieden. Er zog seinen Anteil aus der Brieftasche, legte ihn auf den Tisch und schwieg.

Carlino starrte eine Weile auf das Geld, bis er zu guter Letzt sagte: »Ich bringe es ihr nicht.«

Tito wandte sich zu ihm um und antwortete scharf: »Und ich auch nicht.«

Das Schweigen, in dem der eine wie der andere nach diesem kurzen Wortwechsel unter höchster Anstrengung verharrten, erbebte in dem ganzen inneren Aufruhr der beiden und machte ihnen das Warten, bis der andere zu sprechen beginnen würde, zur Qual.

Schließlich erklang zuerst auf den Lippen Carlinos eine stumpfe, ausdruckslose Stimme.

»Dann wird ihr eben geschrieben. Das Geld wird ihr per Post geschickt.«

»Schreib du«, sagte Tito.

»Wir werden gemeinsam schreiben.«

»Gemeinsam, na gut; da du ja so viel Freude daran hast, die Rolle des Opfers zu spielen und mir die des Tyrannen zuzuschanzen.«

»Ich tue«, entgegnete Carlino, während er sich erhob, »ganz genau das, was du tust, nicht mehr und nicht weniger.«

»Ist schon gut«, wiederholte Tito. »Dann kannst du ihr also schreiben, daß ich für meinen Teil bereit bin, ihre Gefühle zu respektieren und alles zu tun, was sie will; bereit zu zahlen, so lange, bis sie selbst mich wissen läßt, daß es genug ist.«

»Und was dann?« entfuhr es Carlino aus dem innersten Herzen.

Bei diesem Ausruf wußte Tito nicht mehr an sich zu halten und lief aus dem Zimmer, wobei er wütend die Achseln zuckte, mit den Armen in der Luft herumfuchtelte und schrie: »Was heißt da, was dann? Was denn, was dann? Was denn, was dann!«

Allein zurückgeblieben, dachte Carlino ein wenig darüber nach, welchen Sinn er diesem ersten Zugeständnis Titos beimessen sollte, dem dann so abrupt der Ausbruch gefolgt war, der in der offensten Weise seinen unumstößlichen Entschluß zeigte. Es schien, als wäre er nun nicht mehr böse auf Melina, wenn er bereit war, ihre Gefühle zu respektieren und zu tun, was sie wollte. War er also böse auf ihn? Das war doch klar! Und warum, wenn sie doch nun einer Meinung waren? Weil er nicht schon früher eingestanden hatte, daß er keinen Grund hatte, sich zu widersetzen? Ja, das war's wohl! Nun schien es ihm zu spät zu sein, und er wollte seine Niederlage nicht mehr eingestehen. Ach, was für ein Fehler war es doch von Melina gewesen, sich nicht zuerst an Tito zu wenden! Und einen anderen, noch schlimmeren Fehler hatte er selbst begangen, als er Tito von ihrem Vorschlag berichtet hatte. Er hätte ihm nicht davon erzählen dürfen; er hätte Melina sagen müssen, sie selbst solle direkt mit Tito darüber sprechen und ihn nicht merken lassen, daß sie zuvor schon mit ihm gesprochen hatte. So hätte man vorgehen müssen! Aber konnte er denn je ahnen, daß Tito die Sache so krumm nehmen würde?

Carlino war nun sicher: Hätte Melina zuerst mit dem anderen gesprochen, dann hätte er nichts einzuwenden gehabt.

Genug. Nun galt es den Brief zu schreiben. Was sollte man diesem armen Mädchen in ihrem Zustand jetzt sagen? Besser, man schrieb nichts von dem, was zwischen ihnen beiden vorgefallen war; eine plausible Entschuldigung dafür, daß keiner der beiden zu ihr gekommen war. Aber was für eine Entschuldigung? Die einzig mögliche, und das konnte nur die sein: daß sie sie in ihrem Zustand in Ruhe lassen wollten. In Ruhe? Ach, zuviel der Gnade für eine arme Frau wie sie, die von den Männern so wenig Rücksicht gewohnt war. Und dann: in Ruhe, na gut; aber warum kamen sie sie nicht einmal besuchen? Warum fragten sie sie nicht einmal, wie es ihr ging? Ob sie irgend etwas brauchte? Soviel Rücksicht auf der einen Seite und soviel Gleichgültigkeit auf der anderen, na, das hieß sie auf schöne Weise in Ruhe lassen!

Aber sei's drum, dieser Brief konnte ihr doch die beruhigendste Versicherung geben, daß der Scheck nicht ausbleiben würde und auch nicht die ganze Hilfe, die sie von ihnen erwarten konnte. Nur mußte sie sich einstweilen damit begnügen.

Und Carlino schrieb den Brief in diesem Sinn, mit großer Umsicht, damit Tito, wenn er ihn las (und er wollte ja, daß er ihn las) keinen weiteren Verdacht schöpfen sollte.

Wenige Tage später, wie zu erwarten war, erhielten sie beide Melinas Antwort. Wenige Zeilen, fast unleserlich; und da die lächerliche Weise, in der die Botschaft und die Verzweiflung der Schreiberin ausgedrückt waren, jede Rührung verhinderte, riefen sie eine seltsame, ärgerliche Wirkung in den beiden jungen Leuten hervor.

Das arme Mädchen beschwor die beiden, sie gemeinsam aufzusuchen, und wiederholte, sie wäre bereit zu tun, was die beiden von ihr verlangten.

»Siehst du? Deinetwegen!«

Beide fanden dieselben Worte auf ihren Lippen: Carlino wegen Titos hartnäckiger Weigerung nachzugeben, Tito wegen Carlinos hartnäckiger Weigerung, zu ihr zu gehen. Aber weder der eine noch der andere vermochten es, sie auszusprechen. Beide sahen einander an. Jeder las in den Augen des anderen die Aufforderung zu sprechen. Aber sie lasen auch deutlich den Haß, der sie nun anstelle der alten Freundschaft vereinte. Und sogleich begriffen sie, daß sie über dieses Thema nicht mehr sprechen konnten, nicht mehr sprechen durften.

Dieser Haß befahl ihnen nicht nur, die Wut, die sie innerlich auffraß, nicht ausbrechen zu lassen, sondern im Gegenteil, die jeweils eigenen Absichten in einer bleichen Kälte erstarren zu lassen.

Sie mußten nun zwangsläufig zusammenbleiben.

»Man schreibt ihr eben nochmals, daß sie ganz ruhig bleiben soll«, stieß Carlino zwischen den Zähnen hervor.

Tito sah sich kaum nach ihm um, während er mit hochgezogenen Augenbrauen antwortete: »Aber ja, das kannst du ihr sagen: Ganz und gar ruhig soll sie bleiben!«

IV

Nun gingen sie nicht mehr jeden Abend gemeinsam, wenn sie das Ministerium nach Dienstschluß verließen, miteinander spazieren oder in irgendein Kaffeehaus. Sie grüßten einander kühl, der eine ging dahin, der andere dorthin. Zum Abendessen kamen sie wieder zusammen. Aber oft geschah es, daß sie nicht zum selben Zeitpunkt in der Trattoria eintrafen und deshalb nicht nebeneinander Plätze fanden, und dann aß der eine an einem Tisch und der andere an einem anderen. Aber es war besser so. Tito bemerkte plötzlich, daß er sich immer ein bißchen des übermäßigen Appetits geschämt hatte, den Carlino beim Essen an den Tag legte. Auch nach dem Abendessen ging jeder seiner eigenen Wege, um die zwei oder drei Stunden vor dem Schlafengehen zu verbringen.

Sie verdüsterten sich immer mehr und brüteten in der Einsamkeit ihren Groll gegeneinander aus.

Aber einer wollte dem anderen nicht das Leid zeigen, das ihm diese Kette verursachte, die sie nun nicht mehr gemeinsam auf demselben Weg trugen, sondern jeder für sich achtlos nachschleiften in dieser Fiktion der Freiheit, die sie sich hatten schaffen wollen.

Sie wußten, daß die Kette, wenngleich sie so nachgeschleift wurde, nie reißen konnte und nie reißen durfte; aber sie schleiften sie dennoch weiter hinter sich nach, absichtlich, um sich noch mehr weh zu tun, so weh sie nur konnten. Vielleicht suchten sie in diesem Leiden ihre brennende Qual und die Gewissensbisse zu lindern, die sie um der Frau willen empfanden, die vergeblich bei ihnen Trost und Mitleid gesucht hatte.

Schon seit geraumer Zeit hatte sie sich in das ergeben, was sie für ihren Willen hielt. Aber nein: nun waren sie es, die absolut darauf bestanden, daß sie das Kind behielt. Weshalb hätten sie denn sonst so gelitten und sie so leiden lassen? Wieder zu dem Zustand von vorher zurückzukehren, das war jetzt unmöglich. Und also nein, nein: sie mußte das Kind behalten. Über diesen Punkt gab es keine Diskussion mehr.

Von demselben Gefühl geeint, das zu keiner gemeinsamen Handlung der Liebe führen konnte, konnten sie natürlich nicht zulassen, daß es verschwand; sie wollten vielmehr, daß es für immer dauern sollte, um sich notwendigerweise zu einer Handlung wechselseitigen Hasses auszuwachsen.

Und dieser Haß machte sie so blind, daß keiner der beiden auch nur einen Augenblick daran dachte, wie sie sich morgen diesem Kind gegenüber verhalten sollten, das sie gemeinsam hätten lieben können.

Es mußte leben; und da es weder für den einen noch für den anderen allein leben konnte, würde es für die Mutter leben, auf ihrer beider Kosten, ohne daß einer der beiden es auch nur zu Gesicht bekäme.

Und tatsächlich gab keiner der beiden, obwohl beide sich geradezu danach verzehrten, Melinas Bitten nach, das neugeborene Kind anzusehen.

In ihrer Lebensunerfahrenheit hatten sie nicht die entfernteste Ahnung, mit welch schrecklichen Schwierigkeiten die Arme zu kämpfen hatte, um so allein und verlassen ein Kind auf die Welt zu bringen. Diese böse Erfahrung machten sie erst, als eine alte Nachbarin des armen Mädchens sie an ihr Sterbebett holte.

Sie kamen und blieben entgeistert vor diesem Bett stehen, aus dem ein mit Haut bekleidetes Skelett mit riesigem, vertrocknetem Mund, der bereits in grauenhafter Weise die Zähne sehen ließ, und mit weit aufgerissenen Augen, deren Äpfel bereits vom Tod beschwert und verhärtet waren, ihnen einen freudigen Empfang zu bereiten versuchte.

Das sollte Melina sein?

»Nein, nein... dort«, sagte das arme Mädchen und deutete auf die Wiege: dort würden sie sie wiederfinden, die Melina, die sie kannten, wenn sie sie nur dort suchen wollten, in dieser Wiege, und in all den Dingen, die sie für ihr Kind vorbereitet hatte, und mit denen sie sich zerstört, oder besser, in die sie hineingeflossen war.

Hier auf dem Bett war sie schon längst nicht mehr; da waren nur noch die Überreste ihrer selbst, erbärmlich und unkenntlich; gerade noch ein Faden von Seele, an den ihr Leben sich mit Gewalt geklammert hatte, um sie ein letztes Mal wiederzusehen. Ihre ganze Seele, ihr ganzes Leben, ihre ganze Liebe waren in dieser Wiege, und dort, in den Laden der Kommode, in denen die ganze Ausstattung des Kindchens lag, voller Spitzen, Bändchen und Stickereien, die sie gefertigt hatte, mit ihren eigenen Händen.

»Auch... auch mit Monogramm bestickt, ja, in rot... alles... Stück für Stück...«

Stück für Stück wollte sie, daß die alte Nachbarin ihnen die Sachen zeigen sollte: die Häubchen, da waren sie, ja... das mit den roten Quasten... nein, das andere, das andere... und die Lätzchen, die Hemdchen, und das lange Kleidchen mit der Stickerei für die Taufe, mit dem Spitzengrund in roter Seide, jawohl rot, denn er war ja ein Bub, ihr kleiner Nillì, ein Bub... und...

Plötzlich sank sie in sich zusammen und blieb verkrümmt auf dem Bett liegen. In der Glut dieses wohl unerwarteten freudigen Augenblicks verbrannte dieser letzte dünne Lebensfaden, an den sie sich um ihretwillen noch verzweifelt geklammert hatte.

Entsetzt über diesen plötzlichen Zusammenbruch liefen die beiden hinzu, um sie aufzurichten.

Tot.

Sie sahen einander an. Und jeder stieß mit seinem Blick bis in den tiefsten Grund der Seele des anderen die Klinge eines unstillbaren Hasses hinein.

Nur für einen Augenblick.

Die Gewissenspein betäubte sie für den Augenblick. Sie würden noch ihr ganzes Leben lang Zeit haben, sich zu zerfleischen. Für den Moment galt es hier noch einmal gemeinsam zu handeln: für das Opfer zu sorgen, für das Kind.

Sie konnten nicht weinen, einer vor dem anderen. Sie spürten, wenn sie in der Erregung des Augenblicks ihrem Gefühl nachgegeben hätten, wäre der eine beim Schluchzen des anderen rasend geworden, wäre dem anderen an die Gurgel gesprungen, um das Weinen zu ersticken. Sie durften nicht weinen! Beide zitterten sie; sie durften einander nicht mehr ansehen. Sie fühlten es: so wie sie hier standen und mit gesenkten Augen die Tote betrachteten, so konnten sie nicht bleiben; aber wie sollten sie sich bewegen? Wie sollten sie miteinander sprechen? Wie sollten sie die Rollen aufteilen? Wer von beiden sollte sich um die Tote und ihr Begräbnis kümmern? Und wer von beiden um das Kind, um eine Amme?

Das Kind!

Dort lag es, in der Wiege. Wessen Kind war es? Nachdem die Mutter tot war, gehörte es ihnen beiden. Aber wie? Beide fühlten sie, daß keiner von ihnen mehr an diese Wiege treten konnte. Wäre einer hinzugetreten, hätte der andere ihn zurückgerissen.

Wie sollten sie vorgehen? Was sollten sie tun?

Sie hatten kaum einen Blick auf das Kind erhascht, dort unter den Schleiern, rosig und in friedlichem Schlaf versunken.

Die alte Nachbarin sagte: »Ach, was sie gelitten hat! Und nie ist ein Klagelaut über ihre Lippen gekommen! Ach, das arme Mädchen! Gott hätte ihr nicht den Trost dieses Kindes versagen dürfen, nach alledem, was sie dafür gelitten hat. Armes, armes Mädchen ... und was nun? Was mich betrifft, wenn Sie wollen ... ich stehe zur Verfügung ...«

Sie bekam den Auftrag, sich um den Leichnam zu kümmern, gemeinsam mit anderen Nachbarinnen. Was das Kind anging … also, sie kannte da eine Amme, eine Bäuerin aus Alatri, die gekommen war, um im San-Giovanni-Krankenhaus zu gebären. Vor ein paar Tagen war sie entlassen worden, das Kind war ihr gestorben, und sie wollte noch an diesem Abend zurück nach Alatri fahren. Ein braves, ein ordentliches Mädchen; verheiratet, ja; vor wenigen Monaten war ihr Mann nach Amerika gefahren. Gesund war sie und stark. Das Kind war ihr durch einen Unglücksfall gestorben, bei der Geburt, nicht durch irgendeine Krankheit. Im übrigen konnten sie sie gerne von einem Arzt untersuchen lassen; aber das stand nicht dafür. Außerdem hatte sie das Kind ohnedies schon seit zwei Tagen gesäugt, weil die arme Mama es ja doch nicht ernähren konnte, in ihrem Zustand.

Die beiden ließen die Alte reden und nickten zu jedem Vorschlag mit dem Kopf, nachdem sie einander einen Moment lang aus den Augenwinkeln düster angeblickt hatten. Eine bessere Gelegenheit konnte sich gar nicht bieten. Und besser, ja, besser, wenn das Kind weit weg käme, einer Amme anvertraut würde. Sie würden nach Alatri fahren, in dem einen Monat der eine, im anderen der andere, denn gemeinsam konnten sie es nicht tun.

»Nein! Nein!« schrien sie die Alte unisono an, um zu verhindern, daß sie ihnen das Kind zeigte.

Sie vereinbarten mit ihr die Maßnahmen, die für den Transport und das Begräbnis der Leiche zu treffen waren. Die Alte stellte eine ungefähre Rechnung an; sie ließen ihr genügend Geld da und entfernten sich zusammen ohne ein Wort.

Drei Tage später, als das Kind mit der Amme und mit der gesamten von Melina genähten Ausstattung nach Alatri aufbrach, trennten sie sich auf ewig.

V

IN DER ERSTEN ZEIT war es eine Zerstreuung, diese Tagesreise nach Alatri jeden zweiten Monat. Sie fuhren Samstag abends ab und kamen Montag morgens zurück.

Das Kind besuchten sie, als erfüllten sie damit eine Pflicht. Dieses Kind, das noch kaum für sich selbst existierte, existierte im eigentlichen Sinne auch für sie beide nicht, es sei denn als Pflicht; aber keine sehr drückende; immerhin schnappten sie auf diese Weise ein bißchen Luft; sie unternahmen, wenn auch allein, eine kleine Landpartie: von der Höhe der Akropolis des kleinen Ortes hatte man über die majestätischen Zyklopenmauern hinweg einen wunderbaren Ausblick. Und dieser monatliche Ausflug hatte ja im Grunde keinen anderen Zweck als den, zu überprüfen, ob die Amme auch gut für das Kind sorgte.

Instinktiv empfanden sie ein vages Mißtrauen, wenn nicht geradewegs eine entschiedene Abscheu für das Kind. Jeder der beiden dachte bei sich, daß dieses Fleischbündel ja auch nicht ihm gehören mochte, sondern dem anderen. Und bei diesem Gedanken empfanden sie angesichts des glühenden Hasses, den jeder dem anderen entgegenbrachte, einen unüberwindlichen Ekel nicht nur vor der Berührung, sondern sogar vor dem Anblick des Kindes. Nach und nach jedoch, kaum daß Nillì zu lächeln, zu laufen, die ersten Laute zu stammeln begann, fühlte sich jeder der beiden instinktiv dazu hingezogen, in diesen ersten Anzeichen sich selbst wiederzuerkennen und jeden Zweifel auszuschließen, daß das Kind doch von dem anderen stammen könnte.

In diesem Augenblick wandelte sich das erste Gefühl von Abscheu in eine wütende Eifersucht gegen den anderen. Bei dem Gedanken, daß der andere auch dorthin fuhr, mit demselben Recht, das Kind in den Arm zu nehmen und es zu küssen, es einen ganzen Tag lang zu liebkosen, es für das seine zu halten, fühlte jeder der beiden, wie sich ihm die Finger unwillkürlich zur Faust ballten, und er krümmte sich wie unter einer unbeschreiblichen Folter. Hätten sie sich einmal durch Zufall im Haus der Amme getroffen, so hätte wohl einer den anderen umgebracht, oder das Kind getötet, um der grauenhaften Freude willen, es damit der unerträglichen Liebkosung des anderen zu entziehen.

Wie sollte man diese Situation lange ertragen? Einstweilen

war Nillì ja noch ganz klein und konnte bei seiner Amme wohnen bleiben, die versicherte, sie wolle ihn bei sich behalten, wie einen eigenen Sohn, wenigstens bis zur Rückkehr ihres Mannes aus Amerika. Aber er konnte ja nicht für immer dort bleiben! Wenn er heranwuchs, mußte man ihm doch eine gewisse Erziehung geben.

Nun, es war sinnlos, sich jetzt schon das Hirn zu zermartern wegen der Zukunft. Die Folter der Gegenwart war schon genug.

Der eine wie der andere hatte sich insgeheim der Amme anvertraut, die sich wunderte, daß diese beiden Onkel nie gemeinsam ihren kleinen Neffen besuchen kamen und ganz unschuldig nach dem Grund gefragt hatte. Jeder der beiden hatte der Amme versichert, es wäre sein Sohn, und er wäre dessen durch den einen oder anderen Zug im Gesicht des Kindes sicher, das allerdings weder mit dem einen noch mit dem anderen eine ausgesprochene Ähnlichkeit aufwies, sondern viel von seiner Mutter hatte; aber da, zum Beispiel der Kopf ... war dessen Form nicht ein wenig so wie bei Carlino? Ein wenig, ja ... gerade so ein bißchen ... eine Idee ... aber es war doch ein Zeichen, nicht wahr! Dagegen waren die blauen Augen des Kindes ein aufschlußreiches Merkmal für Tito Morena, der ebenfalls blaue Augen hatte; ja, aber auch die Mutter hatte blaue Augen gehabt, um der Wahrheit die Ehre zu geben, natürlich, blau waren sie schon gewesen, aber doch nicht so hellblau und mit einem Stich ins Grüne, nicht wahr.

»Ja, es scheint so ...«, entgegnete die Amme dem einen wie dem anderen, zunächst bestürzt und verängstigt über diesen erbitterten Streit, dann aber beruhigter nach dem Rat, den ihr Verwandte und Nachbarn gegeben hatten: daß es nämlich für sie und das Kind das beste sei, die beiden miteinander wetteifern zu lassen, ohne je eindeutig ja oder nein zu sagen. Es war tatsächlich ein Wettbewerb zwischen den beiden, an Liebenswürdigkeiten, an besonderen Einfällen, an Geschenken, um sich möglichst das Herz des Jungen zu erobern, dem sie einstweilen – nun, nicht aus Hinterlist, aber doch aus Klugheit – Instruktionen gab, wie er sich zu verhalten hatte: wenn

Onkel Carlo kam, durfte er nicht von Onkel Tito sprechen und umgekehrt; wenn der eine ihn nach dem anderen fragte, sollte er einsilbig antworten, ja oder nein, und damit Schluß; und wenn sie wissen wollten, wen von den beiden er lieber habe, dann sollte er jedem von beiden antworten: »Dich habe ich lieber!« – nur um sie glücklich zu machen, jawohl, denn natürlich mußte er sie beide gleich liebhaben.

Und tatsächlich kostete es Nillì nicht die geringste Anstrengung, den Ratschlägen der Amme folgend, dem einen wie dem anderen Onkel zu antworten: »Dich habe ich lieber!«, denn beim Zusammensein mit dem einen wie dem anderen schien es ihm jedes Mal, als könnte man es gar nicht besser haben, mit soviel Liebe und Aufmerksamkeiten überhäuften ihn die beiden, die stets bereit waren, jeder Laune des Kindes nachzugeben und mit den Augen noch an der geringsten seiner Gesten hingen.

Ganz plötzlich, als Carlino Sanni und Tito Morena mehr denn je bis zum Hals in der Sorge um die Maßnahmen steckten, die für die zukünftige Erziehung des nun schon fünfjährigen Nillì zu treffen waren, bekam die Amme einen Brief ihres Mannes, mit dem er sie zu sich nach Amerika rief.

Auf diese Nachricht hin gingen Carlino Sanni und Tito Morena, ohne daß einer von dem anderen wußte, zu einem jungen Rechtsanwalt, einem gemeinsamen Freund, den sie vor langer Zeit in der Trattoria kennengelernt hatten, in der sie früher gemeinsam zu essen pflegten.

Der Rechtsanwalt hörte erst den einen, dann den anderen an, ohne dem einen zu sagen, daß der andere kurz zuvor bei ihm gewesen war und machte jedem denselben Vorschlag, nämlich den Unterhalt für den Jungen, sei es nun seiner oder auch nicht, ganz ihm aufzubürden (keiner der beiden sprach von seiner Zuneigung), um nur aus dieser unerträglichen Lage herauszukommen.

Aber da gab es keinen Ausweg, konnte es gar keinen geben, solange keiner der beiden den Jungen ganz dem anderen abtreten wollte. Nicht einmal Salomos Lösung war hier anwendbar. Salomo hatte sich einem viel einfacheren Fall ge-

genübergesehen, denn es handelte sich bei ihm um zwei Mütter, und eine der beiden konnte sicher sein, daß das Kind das ihre war. Hier hätte der eine wie der andere, da sie diese Sicherheit nicht haben konnten und von einem so unbändigen Haß gegeneinander beseelt waren, lieber den Jungen in der Mitte auseinandergerissen, um jeder die Hälfte mitzunehmen. Das konnte man nicht tun, was? Nun, dann blieb nur ein Mittel. Das einzige für den Augenblick war, den Jungen in ein Internat zu stecken und eine Abmachung zu treffen, daß ihn an einem Sonntag der eine, am anderen der andere besuchen und er die Feiertage teils mit dem einen, teils mit dem anderen verbringen würde. Das war eine Lösung für den Augenblick. Wenn sie jedoch eine endgültige Lösung finden wollten, dann sah der junge Anwalt kein anderes Mittel, als daß der Junge, da er nicht einem allein gehören konnte, keinem der beiden mehr gehören durfte. Wie? Indem man jemanden suchte, der ihn adoptierte. Wenn die beiden damit einverstanden wären, könnte er diese Aufgabe übernehmen.

Keiner der beiden wollte das. Sie wehrten sich nach Leibeskräften, sie begehrten wütend auf gegen diesen Vorschlag. Der eine zog über den anderen mit den wüstesten Beschimpfungen her, angesichts dieses ungeheuerlichen Übergriffes, den dieser plante: Schließlich war es sein Kind! Und es konnte und durfte nur das seine sein! Dafür sprach dieses Anzeichen und jenes auch! Und Carlino Sanni glaubte auch, ein größeres Anrecht auf den Jungen zu haben, weil er, jener Tito, die arme Frau in den Tod getrieben hatte, während er, Carlino, stets Mitleid gehabt hatte! Aber auch Tito Morena glaubte, ein größeres Anrecht zu besitzen, weil er nicht weniger unter der Härte gelitten hatte, die er Carlinos wegen Melina gegenüber an den Tag hatte legen müssen.

Es war also vergebliche Mühe, sie zu einem Einverständnis bewegen zu wollen. Nillì wurde ins Internat gesperrt. Und mit der Nähe begann die Qual von neuem, noch unerträglicher und schmerzvoller. Und sie dauerte ungefähr ein Jahr. Dann bot sich endlich von selbst eine Gelegenheit, die den

Vorschlag des jungen Anwalts verwirklichbar machte und ihn den beiden annehmbar erscheinen ließ.

Nillì hatte in diesem Jahr im Internat mit einem kleinen Schulkameraden Freundschaft geschlossen, mit dem einzigen Sohn eines Obersten, mit dem Carlino Sanni und Tito Morena sich zwangsläufig hatten bekannt machen müssen, denn die beiden Kleinen (die kleinsten Jungen des ganzen Internats) betraten den Sonntagsbesuchsraum stets Hand in Hand und wollten einander partout nicht loslassen. Der Oberst und seine Frau waren Nillì sehr dankbar für seine Liebe und den Schutz, den er seinem kleinen Freund angedeihen ließ, der, wenngleich ebenso alt wie Nillì, doch aufgrund seiner blonden, fast weiblichen Zartheit und Schüchternheit jünger wirkte. Der auf dem Lande aufgewachsene Nillì dagegen war braungebrannt, kräftig, temperamentvoll und überaus lebhaft. Die Liebe dieses zarten Kleinen zu Nillì hatte etwas Kränkliches an sich; und sie rührte die Frau des Obersten zu Tränen. Am Ende des Schuljahres starb der Kleine ganz plötzlich eines Nachts im Internat, wie ein Vögelchen, nachdem er einen Schluck Wasser getrunken hatte.

Der Oberst, der vom Direktor des Internats erfahren hatte, daß Nillì ein Waisenkind war und daß die beiden Herren, die ihn jeden Sonntag besuchen kamen, seine Onkel waren, wollte seiner untröstlichen Frau eine Freude machen und ließ ihnen durch den Direktor den Vorschlag machen, den Jungen zu adoptieren, dem der kleine Verblichene in so inniger Liebe zugetan gewesen war.

Carlino Sanni und Tito Morena erbaten sich Bedenkzeit; sie erwogen, daß ihre Situation und die Nillìs mit den Jahren immer schwieriger und trauriger werden würde; sie bedachten, daß dieser Oberst und seine Frau hochanständige Leute waren; daß die Frau sehr reich war und die Adoption daher für Nillì ein außerordentliches Glück bedeutete; sie fragten Nillì, ob es ihm Freude machen würde, den Platz seines kleinen Freundes im Herzen und im Hause dieser beiden armen Eltern einzunehmen; und Nillì, der durch die Reden und die Ratschläge der Amme einiges mitgekriegt haben mußte, sagte ja, aber nur unter der Bedingung, daß die beiden Onkel ihn oft besuchen kämen, aber gemeinsam, immer gemeinsam, im Haus der Adoptiveltern.

Und so wurden Carlino Sanni und Tito Morena, da der Junge nun weder dem einen noch dem anderen mehr gehören konnte, nach und nach wieder Freunde wie zuvor.

Eine Stimme

Wenige Tage vor ihrem Tod hatte die Marchesa, mehr um ihr Gewissen zu beruhigen als aus einem sonstigen Grund, auch den Doktor Giunio Falci wegen ihres seit einem Jahr erblindeten Sohnes Silvio konsultieren wollen. Sie hatte Silvio von den bedeutendsten Augenärzten Italiens und des Auslands untersuchen lassen, und alle hatten diagnostiziert, er leide am unheilbaren grünen Star.

Doktor Giunio Falci war vor kurzem zum Vorstand der Augenklinik berufen worden; aber sei es wegen seiner müden, immer ein wenig geistesabwesenden Erscheinung, sei es wegen seines unvorteilhaften Äußeren oder wegen dieses stets lässigen und schlaksigen Ganges: es gelang ihm einfach nicht, Sympathien oder gar Vertrauen zu erwerben. Er wußte das, ja, es schien, als freue er sich sogar darüber. An die Schüler, an die Patienten, richtete er neugierige, scharfe Fragen, die den Gesprächspartner erstarren ließen und aus der Fassung brachten; und allzu deutlich ließ er erkennen, was für ein Bild er sich vom Leben gemacht hatte: nackt und entblößt von all den geheimen und beinahe notwendigen Heucheleien, von diesen spontanen, unumgänglichen Illusionen, die jeder sich unwillkürlich schafft und aufbaut, aus einem instinktiven Bedürfnis heraus, fast aus einer Art sozialen Schamgefühls. Auf diese Weise wurde seine Gesellschaft auf die Dauer unerträglich.

Auf Bitten der Marchesa hatte er die Augen des jungen Mannes bedächtig und sorgfältig untersucht, ohne – wenigstens nach außen hin – all dem Beachtung zu schenken, was ihm die Marchesa unterdessen über die Krankheit, das Urteil der anderen Ärzte und die verschiedenen versuchten Behandlungsmethoden erzählte. Grüner Star? Nein. Es schien ihm nicht so, als wären in diesen Augen die charakteristischen Zeichen dieser Krankheit, der bläuliche oder grünliche Schimmer der undurchsichtigen Stelle, und so weiter und so fort, zu erkennen; es schien ihm vielmehr, als hätte er es mit einer seltenen und seltsamen Abart jener Krankheit zu tun, die man üblicherweise Katarakta oder grauer Star nennt. Aber so im ersten Augenblick hatte er der Mutter nichts von seinem Zweifel erzählen wollen, um nicht in ihr plötzlich eine auch noch so zarte Hoffnung aufkeimen zu lassen. So hatte er das lebhafte Interesse unterdrückt, das dieser seltsame Fall in ihm auslöste, und ihr statt dessen bloß seinen Wunsch mitgeteilt, den Kranken in ein paar Monaten noch einmal zu untersuchen.

Und er war tatsächlich wiedergekommen; aber merkwürdigerweise fand er da in dieser neuen, stets ausgestorbenen Straße am Ende der Prati di Castello, in der die Villa der Marchesa Borghi stand, vor dem offenstehenden Gartentor eine Traube von Neugierigen vor: Die Marchesa Borghi war in dieser Nacht plötzlich verstorben.

Was sollte er tun? Umkehren? Für einen Augenblick dachte er, wenn er dieser armen Mutter bei seiner ersten Visite von seinem Zweifel erzählt hätte, daß es sich bei der Krankheit des jungen Mannes tatsächlich um grünen Star handle, dann wäre sie nicht mit dem verzweifelten Gedanken gestorben, ihren Sohn als unheilbar Blinden zurückzulassen. Nun, wenn es ihm schon nicht mehr gegeben war, die Mutter mit dieser Hoffnung zu trösten, konnte er dann nicht wenigstens versuchen, damit dem armen Hinterbliebenen, der so plötzlich einen neuen, schweren Schicksalsschlag erlitten hatte, Trost zu bringen?

Und er hatte die Villa betreten.

Nach einer langen Wartezeit trat in dem dort herrschenden Gewühl eine junge Dame vor ihn hin, schwarzgekleidet, blond, mit steifem, ja strengem Ausdruck: die Gesellschaftsdame der verblichenen Marchesa. Doktor Falci legte ihr den besonderen Grund seines Besuches dar, der ansonsten ja sehr zur Unzeit erfolgt wäre. An einer bestimmten Stelle fragte ihn die junge Dame mit einem Ausdruck leichter Verwunderung, der ihr Mißtrauen verriet: »Ja, tritt denn der graue Star auch bei jungen Menschen auf?«

Falci hatte ihr eine Zeitlang in die Augen gesehen, dann hatte er ihr mit einem ironischen Lächeln, das mehr im Blick als auf den Lippen zu erkennen war, geantwortet: »Und warum nicht? Moralisch immer, Signorina: Dann, wenn sie sich verlieben. Aber auch physisch, leider Gottes.«

Die Signorina hatte sich daraufhin noch mehr versteift und das Gespräch abgebrochen, indem sie sagte, der augenblickliche Zustand des Marchese ließe es nicht zu, ihm von irgend etwas zu sprechen; aber sie würde ihm, sobald er sich ein wenig beruhigt hätte, von diesem Besuch erzählen, und er würde ihn dann sicherlich bald holen lassen.

Mehr als drei Monate waren vergangen; Doktor Giunio Falci war nicht wieder geholt worden.

Um ehrlich zu sein, bei seinem ersten Besuch hatte der Doktor bei der verstorbenen Marchesa einen sehr schlechten Eindruck hinterlassen. Signorina Lydia Venturi, die als Gesellschafterin und Vorleserin des jungen Marchese im Hause geblieben war, erinnerte sich noch sehr gut daran. Aufgrund einer instinktiven Abneigung gegen diesen überaus unsympathischen Doktor kam ihr unterdessen die Frage gar nicht in den Sinn, ob der Eindruck der Marchesa nicht am Ende ein ganz anderer gewesen wäre, wenn Falci ihr Hoffnungen gemacht hätte, daß die Genesung ihres Sohnes nicht völlig unwahrscheinlich sei. Aus ihrer Perspektive erschien der zweite Besuch noch schlimmer und erst recht als der eines Scharlatans: dieses Kommen ausgerechnet an dem Tag, an dem die Marchesa gestorben war, um einen Zweifel zu äußern, eine Hoffnung zu entzünden. Um so mehr, als der junge Marchese sich allmählich mit seinem Schicksal abzufinden schien. Als ihm so plötzlich die Mutter gestorben war, da hatte er neben dem Dunkel seiner Blindheit noch ein anderes Dunkel sich auftun gefühlt, mehr in sich drinnen als draußen, ein schreckliches Dunkel, dem gegenüber freilich alle Menschen blind sind. Aber wer gesunde Augen hat, der kann sich von diesem Dunkel mit dem Anblick der Dinge ringsumher ablenken, er jedoch konnte das nicht: blind für das Leben, war er nun auch blind für den Tod. Und in diesem anderen Dunkel, das noch kälter und finsterer war, war nun seine Mutter verschwunden, schweigend, und hatte ihn allein zurückgelassen, in einer entsetzlichen Leere.

Ganz plötzlich – er wußte nicht so recht, von wem – war eine Stimme von unendlicher Sanftheit zu ihm gedrungen, wie ein zarter Lichtschimmer. Und an diese Stimme hatte sich seine ganze in dieser entsetzlichen Leere verlorene Seele geklammert.

Nichts anderes als eine Stimme war für ihn Signorina Lydia. Aber dennoch war sie es, die mehr als alle anderen in den letzten Monaten seiner Mutter nahegestanden hatte. Und seine Mutter – er erinnerte sich daran – hatte, wenn sie ihm von ihr erzählte, immer gesagt, daß sie brav sei und aufmerksam, von ausgezeichneten Manieren, gebildet, klug; und genauso empfand er sie nun in den Aufmerksamkeiten, die sie ihm angedeihen ließ, in dem Trost, den sie ihm spendete.

Lydia hatte seit den ersten Tagen den Verdacht gehabt, daß die Marchesa Borghi, als sie sie einstellte, es nicht ungern gesehen hätte, wenn der unglückliche Sohn sich in irgendeiner Form mit ihr getröstet hätte; sie war darüber bitter gekränkt und hatte ihren natürlichen Stolz gezwungen, sich zu einer geradezu strengen Unnahbarkeit zu versteifen. Aber nach dem Unglück, als er da unter verzweifeltem Schluchzen einer ihrer Hände ergriffen hatte, um sein schönes, bleiches Gesicht darauf zu drücken, wobei er stöhnte: »Verlassen Sie mich nicht!… verlassen Sie mich nicht!«, da fühlte sie, wie sie das Mitleid, die Rührung überwältigten, und sie hatte sich ihm gewidmet, ohne weiter Verdacht zu nähren.

Bald hatte er begonnen, sie mit der schüchternen, aber hartnäckigen und zermürbenden Neugier der Blinden zu quälen. Er wollte sie in seinem Dunkel »sehen«; er wollte, daß ihre Stimme in ihm zum Bild würde.

Zuerst waren es vage, kurze Sätze. Er wollte ihr erzählen, wie er sie sich vorstellte, wenn er sie vorlesen oder sprechen hörte.

»Sie sind blond, nicht wahr?«

»Ja.«

Blond war sie freilich; aber die ein wenig groben, eher schütteren Haare kontrastierten in seltsamer Weise mit der ein bißchen trüben Farbe der Haut. Wie sollte sie ihm das sagen? Und warum?

»Und Ihre Augen sind blau?«

»Ja.«

Blau, jawohl; aber düster, traurig, zu tief eingegraben unter der ernsten, traurigen, vorspringenden Stirn. Wie sollte sie ihm das sagen? Und warum?

Schön war sie nicht, was das Gesicht betraf, aber sie hatte eine sehr elegante Figur. Schön, wahrhaft schön, waren ihre Hände und ihre Stimme. Ihre Stimme ganz besonders. Von einer unfaßbaren Sanftheit, die im Gegensatz zu dem düsteren, stolzen und traurigen Ausdruck des Gesichtes stand.

Sie wußte, wie er sie aufgrund des Zaubers dieser Stimme und der schüchternen Antworten, die er auf seine insistenten Fragen erhielt, sah; und sie mühte sich vor dem Spiegel ab, diesem fiktiven Bild ihrer selbst ähnlich zu sehen, sie bemühte sich, sich selbst so zu sehen, wie er in seinem Dunkel sie sah. Und längst kam ihre Stimme für sie selbst nicht mehr aus ihren eigenen Lippen, sondern aus denen, die er sich für sie vorstellte; und wenn sie lachte, hatte sie sofort den Eindruck, nicht selbst gelacht zu haben, sondern viel eher ein Lächeln nachgeahmt zu haben, das nicht ihr gehörte, das Lächeln dieser anderen, die in ihm lebte.

All das verursachte ihr so etwas wie eine taube Qual, es bedrückte sie. Es schien ihr, sie wäre nicht mehr sie, sie würde sich nach und nach selbst aufgeben durch das Mitleid, das dieser junge Mann in ihr hervorrief. War es nur Mitleid? Nein; es war jetzt auch Liebe. Sie vermochte ihre Hand nicht mehr von der seinen zurückzuziehen, ihr Gesicht von seinem abzuwenden, wenn er sie zu nahe an sich heranzog.

»Nein! So nicht... so nicht...«

Es galt nun schnell zu einer Entscheidung zu kommen, zu einer Entscheidung, die Signorina Lydia einen langen und harten Kampf mit sich selbst bescherte. Der junge Marchese hatte keine Verwandten, er war sein eigener Herr und konnte also tun und lassen, was ihm gefiel. Aber würden nicht die Leute sagen, sie nütze sein Unglück aus, um geheiratet zu werden, um sich zur reichen Marchesa aufzuschwingen? Na freilich, das und noch vieles andere mehr würden sie sagen. Aber andererseits: wie sollte sie länger in diesem Haus bleiben, wenn nicht um diesen Preis? Und wäre es nicht eine Grausamkeit gewesen, diesen Blinden zu verlassen, ihm nur aus Angst vor der Böswilligkeit der anderen ihre liebevolle Pflege zu entziehen? Sicherlich, es war für sie ein großes Glück; aber sie fühlte ehrlichen Herzens auch, daß sie es verdiente, denn sie liebte ihn wirklich; ja, das größte Glück wäre für sie sogar, ihn offen lieben zu dürfen, sich die Seine nennen zu dürfen, ganz und für immer die Seine, sich ganz und für immer, mit Seele und Körper ihm widmen zu können. Er konnte sich nicht sehen: er sah nichts anderes in sich als sein Unglück; und dabei war er doch so schön! Und zart war er, wie ein Mädchen; und sie konnte, wenn sie ihn ansah, sich an ihm erfreute, ohne daß er es merkte, denken: »Nun bist du ganz mein, weil du dich nicht siehst und kein Bewußtsein von dir hast; denn deine Seele ist wie gefangen in deinem Unglück und bedarf meiner, um sehen und fühlen zu können.« Aber galt es nicht zuerst, ihm zu gestehen, daß sie nicht so aussah, wie er sie sich vorstellte? Wäre ihr Schweigen nicht Betrug? Jawohl, ein Betrug. Aber er war ja doch blind, und für ihn mochte daher ein Herz wie das ihre, ergeben und glühend, und die Illusion ihrer Schönheit genug sein. Häßlich war sie ja im übrigen auch nicht. Und dann eine Schöne, eine wirklich Schöne, na, wer weiß? Die hätte ihn vielleicht noch ganz anders getäuscht, sein Unglück ausnützend, während er doch eigentlich statt eines schönen Gesichtes, das er doch nie würde sehen können, ein liebendes Herz nötig hatte.

Nach einigen Tagen bangen Ringens wurde die Hochzeit festgesetzt. Sie sollte ohne jeden Pomp stattfinden und bald, sofort nach Ende der Trauerzeit von einem halben Jahr.

Sie hatte also noch ungefähr anderthalb Monate Zeit, um das Notwendige so gut es ging vorzubereiten. Es waren Tage intensiven Glücks. Die Stunden flogen nur so dahin zwischen den fröhlichen, hastigen Besorgungen für das Nestchen, das sie sich bauen wollten, und den Liebkosungen, denen sie sich ein wenig trunken entwand, mit zarter Gewalt, um aus dieser Freiheit, die das Zusammenleben ihrer Liebe gewährte, ein Stückchen Seligkeit, das allerstärkste, für den Hochzeitstag aufzubewahren.

Es fehlte noch wenig mehr als eine Woche zum Hochzeitstag, als Lydia plötzlich der Besuch von Doktor Giunio Falci gemeldet wurde.

In der ersten Regung wollte sie schon sagen: »Ich bin nicht zu Hause!«

Aber der Blinde, der das Flüstern gehört hatte, fragte: »Wer ist da?«

»Doktor Falci«, antwortete der Diener.

»Weißt du«, ergänzte Lydia, »dieser Arzt, den deine arme Mama wenige Tage vor dem Unglück rufen ließ.«

»Ach ja!« rief Borghi, sich erinnernd. »Er hat mich ja lange untersucht... sehr lange, ich erinnere mich gut, und er sagte, er wolle wiederkommen, um...«

»Warte«, unterbrach ihn Lydia eilig in höchster Erregung. »Ich werde mit ihm sprechen.«

Doktor Giunio Falci stand mitten im Salon, den dicken, kahlen Kopf zurückgeworfen, die Augen halb geschlossen, und zupfte zerstreut mit einer Hand an seinem stacheligen Kinnbart.

»Nehmen Sie doch Platz, Herr Doktor«, sagte Signorina Lydia, die eingetreten war, ohne daß er es bemerkt hatte.

Falci zuckte zusammen, verneigte sich und hob an: »Sie werden verzeihen, wenn...«

Aber sie wollte ihm in ihrer Verwirrung und Erregung zuvorkommen: »Wir haben Sie bislang nicht rufen lassen, weil...«

»Auch jener andere Besuch von mir erfolgte vielleicht nicht gerade im richtigen Moment«, sagte Falci, ein leichtes, sarkastisches Lächeln auf den Lippen. »Aber Sie werden mir vergeben, Signorina.«

»Nein ... warum denn? Im Gegenteil ...«, erwiderte Lydia errötend.

»Sie wissen ja nicht«, fuhr Falci fort, »was für ein unbändiges Interesse in einem armen Menschen, der sich der Wissenschaft verschrieben hat, gewisse Krankheitsfälle hervorrufen können ... Aber ich will Ihnen die Wahrheit gestehen, Signorina: ich hatte diesen Fall, wenn er auch meiner Meinung nach sehr selten und merkwürdig sein mag, einfach vergessen. Gestern jedoch, als ich mit ein paar Freunden über dies und das plauderte, habe ich von der bevorstehenden Hochzeit des Marchese Borghi mit Ihnen erfahren, Signorina: ist es wahr?«

Lydia erbleichte und bejahte mit einem abweisenden Kopfnicken.

»Erlauben Sie, daß ich meine Glückwünsche zum Ausdruck bringe«, fuhr Falci fort. »Aber sehen Sie, da habe ich mich mit einem Schlag erinnert. Ich habe mich an die Diagnose grüner Star erinnert, die von so vielen meiner hochgeschätzten Herren Kollegen vertreten wurde, wenn ich mich nicht täusche. Eine im Prinzip überaus verständliche Diagnose, glauben Sie mir. Ich bin jedoch sicher, hätte die Frau Marchesa ihren Sohn von diesen Kollegen zu dem Zeitpunkt untersuchen lassen, zu dem ich ihn sah, so hätten auch diese leicht erkannt, daß man von einem grünen Star im eigentlichen Sinn hier nicht sprechen kann. Na gut. Ich habe mich auch an meinen zweiten, überaus mißglückten Besuch erinnert und habe gedacht, daß Sie, Signorina, zuerst in der Aufregung über den plötzlichen Tod der Marchesa, dann in der Freude über dieses neue Ereignis sicherlich vergessen hatten, nicht wahr? Vergessen hatten ...«

»Nein!« schleuderte ihm Lydia an dieser Stelle entgegen, als wollte sie sich gegen die Qualen wehren, die ihr die lange, giftige Rede des Doktors bereitet hatte.

»Ach, nein?« fragte Falci.

»Nein«, wiederholte sie hartnäckig und fest. »Ich habe mich vielmehr daran erinnert, wie wenig Vertrauen, um nicht zu sagen gar keines, die Marchesa – Sie entschuldigen schon – auch nach Ihrem Besuch in die Heilungsmöglichkeiten für ihren Sohn setzte.«

»Aber ich habe ja nicht zur Marchesa davon gesprochen«, gab Falci sofort zurück, »daß die Krankheit ihres Sohnes meiner Ansicht nach...«

»Das stimmt, Sie haben zu mir davon gesprochen«, schnitt ihm Lydia erneut das Wort ab. »Aber auch ich, wie die Marchesa,...«

»Auch Sie haben wenig Vertrauen, um nicht zu sagen gar keines?« unterbrach sie nun Falci seinerseits. »Das macht nichts. Aber haben Sie dem Herrn Marchese demnach nichts von meinem Besuch und seinem Grund erzählt?«

»In jenem Augenblick nicht.«

»Und nachher?«

»Auch nicht. Denn...«

Doktor Falci hob eine Hand auf: »Ich verstehe. Wenn einmal die Liebe erwacht ist... Aber bitte entschuldigen Sie, Signorina, ich weiß, man sagt, die Liebe ist blind; doch wollen Sie sie nun wirklich so blind haben, die Liebe des Herrn Marchese? Auch physisch blind?«

Lydia fühlte, daß gegen die sichere, bissige Kälte dieses Mannes die stolze und abweisende Haltung nicht ausreichte, in der sie sich nach und nach immer mehr versteifte, um ihre Würde gegen einen gemeinen Verdacht zu verteidigen. Sie bemühte sich jedoch, ihre Beherrschung zu wahren und fragte mit scheinbarer Ruhe: »Sie beharren also darauf, daß der Marchese mit Ihrer Hilfe das Augenlicht zurückbekommen könnte?«

»Langsam, langsam, Signorina«, antwortete Falci, indem er wiederum die Hand aufhob. »Ich bin nicht allmächtig wie der liebe Herrgott. Ich habe die Augen des Herrn Marchese ein einziges Mal untersucht, und es schien mir, als könnte man mit völliger Sicherheit einen Fall von grünem Star ausschließen. Nun, das, was wie ein Zweifel erscheinen mag oder auch wie eine Hoffnung, das sollte Ihnen doch genügen, meine ich, wenn Ihnen, wie ich annehmen will, tatsächlich das Wohl Ihres Verlobten am Herzen liegt.«

»Und wenn der Zweifel«, erwiderte Lydia schnell in herausforderndem Ton, »nach Ihrer Visite nicht mehr bestehen bliebe, und die Hoffnung enttäuscht würde? Hätten Sie dann nicht grundlos, ja grausam, eine Seele aufgestört, die sich bereits mit ihrem Schicksal abgefunden hatte?«

»Nein, Signorina«, entgegnete Falci mit ruhiger und ernster Härte. »Immerhin habe ich es als meine ärztliche Pflicht erachtet, auch ohne Aufforderung zu Ihnen zu kommen. Denn, das sollen Sie wissen, hier glaube ich es nicht nur mit einem Krankheitsfall, sondern auch mit einem – viel schwerer wiegenden – Gewissensproblem zu tun zu haben.«

»Sie verdächtigen mich also...«, versuchte Lydia ihn zu unterbrechen, aber Falci gab ihr keine Gelegenheit weiterzusprechen.

»Sie selbst«, fuhr er fort, »haben mir eben gesagt, Sie hätten dem Marchese meinen Besuch verschwiegen, und zwar mit einer Entschuldigung, die ich nicht akzeptieren kann, nicht, weil sie mich beleidigen könnte, sondern weil Vertrauen oder Mißtrauen in meine Kunst nicht Ihnen obliegt, sondern dem Marchese. Sehen Sie, Signorina: es mag auch so etwas wie Eigensinn von meiner Seite sein, ich leugne das gar nicht; ja, ich verspreche Ihnen sogar, daß ich von dem Herrn Marchese keine Bezahlung annehmen werde, wenn er zu mir in die Klinik kommt, wo er jede Behandlung und jede Hilfe erhalten wird, die die Wissenschaft zu geben vermag, ohne jegliches materielle Interesse. Ist es nach dieser Erklärung zuviel verlangt, wenn ich Sie bitte, dem Herrn Marchese meinen Besuch anzukündigen?«

Lydia stand auf.

»Warten Sie«, sagte Falci daraufhin, indem er gleichfalls aufstand und seine gewohnte Haltung wieder einnahm. »Ich verspreche Ihnen, ich werde dem Marchese gegenüber nicht erwähnen, daß ich damals gekommen bin. Ich werde ihm vielmehr sagen, wenn Sie das wollen, daß Sie mich aus Sorge vor der Hochzeit rufen ließen.«

Lydia sah ihm stolz in die Augen.

»Sie werden die Wahrheit sagen. Vielmehr, ich werde sie sagen.«

»Daß Sie mir nicht geglaubt haben?«

»Genau das.«

Falci zuckte die Achseln und lächelte.

»Das könnte Ihnen schaden. Und das möchte ich nicht. Wenn Sie lieber meinen Besuch bis nach der Hochzeit aufschieben wollen, wäre ich auch durchaus bereit, später wiederzukommen.«

»Nein«, sagte Lydia, mehr mit einer Geste als mit der Stimme, erstickt von einem inneren Aufruhr, mit vor Scham glühendem Gesicht angesichts der scheinbaren Großzügigkeit des Arztes; mit der Hand bedeutete sie ihm einzutreten.

Silvio Borghi wartete schon ungeduldig in seinem Zimmer.

»Hier ist Doktor Falci«, sagte Lydia, als sie steif und verkrampft ins Zimmer trat. »Wir haben drüben ein Mißverständnis ausgeräumt. Du erinnerst dich doch daran, daß der Doktor bei seinem ersten Besuch gesagt hatte, er wollte wiederkommen, nicht wahr?«

»Ja«, antwortete Borghi. »Ich erinnere mich sehr gut, Herr Doktor!«

»Du weißt noch nicht«, setzte Lydia fort, »daß er tatsächlich wiederkam, und zwar an demselben Morgen, an dem das Unglück mit deiner Mutter geschehen war. Und damals hat er mit mir gesprochen. Er sagte, er sei der Ansicht, deine Krankheit wäre nicht genau diejenige, die von den vielen anderen Ärzten festgestellt worden war; daher wäre deine Heilung seiner Meinung nach nicht ganz unmöglich. Ich habe dir nichts davon gesagt.«

»Weil die Signorina, verstehen Sie«, beeilte sich Doktor Falci anzufügen, »da es sich ja nur um einen Zweifel handelte, den ich in diesem Augenblick und in sehr vager Form ausgesprochen hatte, der Meinung war, es handle sich um eine Art Trost, den ich in dieser Stunde hätte bringen wollen, und der Sache daher keine große Bedeutung beimaß.«

»Das ist es, was ich gesagt habe, nicht das, was Sie denken«, entgegnete Lydia rasch und stolz. »Doktor Falci hat vermutet, was im übrigen wahr ist, nämlich daß ich dir nichts von seinem zweiten Besuch gesagt hätte; und so ist er von sich aus noch vor der Hochzeit zu uns gekommen, um dir unentgeltlich seine Behandlung anzubieten. Und nun kannst du mit ihm glauben, Silvio, ich wollte dich lieber blind lassen, damit du mich heiratest.«

»Was sagst du da, Lydia?« fuhr der Blinde auf.

»Aber freilich«, setzte sie schnell hinzu, mit einem seltsamen Lachen. »Und das kann sogar stimmen, denn tatsächlich könnte ich nur unter dieser Bedingung die Deine werden...«

»Was sagst du da?« wiederholte Borghi, ihr ins Wort fallend.

»Du wirst es noch merken, Silvio, wenn es dem Doktor Falci gelingt, dir das Augenlicht zurückzugeben. Ich lasse euch allein.«

»Lydia! Lydia!« schrie Borghi.

Aber sie war bereits hinausgegangen und hatte die Türe ins Schloß geworfen.

Sie warf sich aufs Bett, biß voller Wut in ein Kissen und brach zunächst in unstillbares Schluchzen aus. Als die erste Wut des Weinens vorüber war, überkam sie eine große Bestürzung und abgrundtiefe Scham vor ihrem Gewissen. Es schien ihr, als hätte sie sich all das, was der Arzt ihr in seiner kalten, beißenden Art an den Kopf geworfen hatte, längst schon selbst gesagt, oder besser, als hätte jemand in ihr es gesagt; und sie hatte getan, als höre sie es nicht. Ja, freilich, ständig, in einem fort hatte sie an Doktor Falci gedacht, und immer, wenn sein Bild in ihr aufgestiegen war, wie das Gespenst eines Gewissensbisses, hatte sie es mit einem Schimpfwort verscheucht: »Scharlatan!« Denn – wie hätte sie das jetzt noch leugnen können? – sie wollte, sie wollte wirklich, daß ihr Silvio blind bleiben sollte. Seine Blindheit war die unverzichtbare Voraussetzung seiner Liebe. Denn wenn er morgen das Sehvermögen wiedererlangt hätte, schön wie er war, jung, reich, ein adeliger Herr, weshalb hätte er sie dann noch heiraten sollen? Aus Dankbarkeit? Aus Mitleid? Ach, nur aus diesem Grund! Und also nicht... nein! Selbst wenn er es gewollt hätte: sie nicht! Wie hätte sie das annehmen können, sie, die sie ihn liebte und ihn nur um dieser Liebe willen wollte? Sie, die sie in seinem Unglück den Grund seiner Liebe, ja, beinahe die Entschuldigung dafür sah gegenüber der Böswilligkeit der anderen? Kann man also so nachgeben, ohne es zu merken, mit dem eigenen Gewissen Kompromisse schließen, bis man ein Verbrechen begeht? Bis man das eigene Glück auf dem Unglück eines anderen aufbaut? Nein, sie hatte ja wirklich nie daran geglaubt, daß jener drüben, ihr Feind, da Wunder vollbringen und ihrem Silvio das Augenlicht zurückgeben könnte; sie glaubte es nicht einmal jetzt; aber warum hatte sie geschwiegen? Wirklich deshalb, weil sie nicht geglaubt hatte, daß man diesem Arzt Vertrauen schenken dürfe? Oder nicht vielleicht doch deshalb, weil der Zweifel, den der Arzt ausgesprochen hatte, und der für Silvio wie ein Hoffnungsschimmer sein wüde, für sie dagegen den Tod bedeutet hätte, den Tod seiner Liebe, wenn er zur Gewißheit geworden wäre? Auch jetzt noch konnte sie glauben, daß ihre Liebe genügen würde, um den Blinden für das verlorene Augenlicht zu entschädigen, ja, daß ihm, wenn er nun durch ein Wunder sein Sehvermögen zurückgewänne, weder dieses höchste Glück, noch alle Vergnügungen, die er sich mit seinem Reichtum kaufen könnte, noch die Liebe einer anderen Frau Ersatz für den Verlust ihrer Liebe bieten könnte. Aber das waren Gründe, die für sie selbst zählten, nicht für ihn. Wenn sie nun vor ihn hingetreten wäre, um ihm zu sagen: »Silvio, du mußt wählen zwischen dem Augenlicht und meiner Liebe.« – »Aber warum willst du mich denn blind lassen?« hätte er ihr sicher geantwortet. Ja, weil eben nur so, um den Preis seines Unglücks, ihr Glück möglich war.

Plötzlich sprang sie auf, als hätte sie jemand gerufen. War die Untersuchung dort drüben denn noch immer nicht zu Ende? Was mochte der Arzt wohl sagen? Was würde er denken? Sie verspürte die Versuchung, auf Zehenspitzen zu dieser Tür zu schleichen, die sie selbst geschlossen hatte, und zu lauschen; aber sie hielt sich zurück. Ja, das war's: Sie war draußen vor der Tür geblieben. Sie selbst hatte sie sich zugeschlagen, mit ihren eigenen Händen, auf immer. Aber hätte sie vielleicht die giftigen Angebote dieses Menschen annehmen sollen? Er hatte sich ja sogar dazu verstiegen, ihr vorzuschlagen, man könnte seinen Besuch bis nach der Hochzeit aufschieben. Wenn sie das angenommen hätte… Nein! Nein! Sie krampfte sich zusammen vor Abscheu und Ekel. Was für ein infamer Tauschhandel wäre das gewesen! Der häßlichste Betrug, den man sich denken konnte! Und danach? Verachtung, aber keine Liebe mehr…

Sie hörte, wie die Türe aufging, sie zuckte zusammen. Instinktiv lief sie in den Korridor hinaus, durch den Falci kommen mußte.

»Ich habe versucht, das wiedergutzumachen, was Ihre übermäßige Offenheit bewirkt hat, Signorina«, sagte er kalt. »Meine Diagnose hat sich erhärtet. Der Marchese kommt morgen früh zu mir in die Klinik. Gehen Sie, gehen Sie einstweilen zu ihm, er erwartet Sie. Auf Wiedersehen.«

Wie vernichtet, leer, blieb sie stehen und folgte ihm mit den Augen bis an das Ende des Korridors. Dann hörte sie Silvios Stimme, der von dort drinnen nach ihr rief. Sie fühlte, wie ein Aufruhr in ihr zu toben begann; sie empfand etwas wie Schwindel; sie fiel beinahe zu Boden; sie schlug die Hände vors Gesicht, um die Tränen zurückzuhalten; dann lief sie zu ihm.

Er erwartete sie sitzend, mit ausgebreiteten Armen; dann drückte er sie an sich, fest, ganz fest, und schrie sein Glück heraus: daß er für sie allein sein Augenlicht zurückhaben wollte, um sie zu sehen, seine liebe, schöne, süße Braut.

»Du weinst? Warum? Ach, ich weine ja auch, siehst du? Ach, welche Freude! Ich werde dich sehen… ich werde dich sehen! Ich werde sehen!«

Jedes Wort war für sie ein Tod; so sehr, daß er mitten in seiner Freude begriff, daß ihr Weinen nicht so war, wie das seine. Da begann er ihr zu sagen, daß er freilich, ach! na freilich, auch er, an einem Tag wie damals den Worten des Arztes nicht geglaubt hätte, und also Schluß damit, kein Wort mehr! Was dachte sie denn noch darüber nach? Heute war ein Festtag! Fort mit all der Betrübnis! Fort mit allen Gedanken, mit einer Ausnahme: daß sein Glück nun endlich vollständig sein würde, denn er würde seine Braut sehen. Nun hätte sie ein bißchen mehr Muße, mehr Zeit, um das gemeinsame Nestchen zu bauen; und schön sollte es sein, wie ein Traum, dieses Nestchen, das er als erstes auf der Welt sehen würde. Ja, er verspreche es, er würde mit verbundenen Augen aus der Klinik kommen und sie hier zum ersten Mal aufschlagen, in seinem Nestchen.

»Sag doch was! Sprich zu mir! Laß mich doch nicht allein reden!«

»Strengt es dich an?«

»Nein ... Frag mich noch einmal: ›Strengt es dich an?‹ mit dieser deiner Stimme. Laß sie mich küssen, hier, auf deinen Lippen, diese deine Stimme ...«

»Ja ...«

»Und jetzt sprich; erzähl mir, wie du es mir bauen wirst, unser Nestchen.«

»Wie?«

»Ja, bis jetzt habe ich dich nichts darüber gefragt. Aber nein, ich will nichts darüber wissen, auch jetzt noch nicht. Du sollst alles allein machen. Es wird für mich ein Wunder sein, ein Zauber ... aber zuerst werde ich gar nichts sehen: nur dich allein!«

Sie unterdrückte entschlossen das verzweifelte Weinen, ihr Gesicht begann zu strahlen, und dort, vor ihm kniend, er über sie gebeugt, sie umarmend, begann sie, ihm von ihrer Liebe zu sprechen, beinahe ins Ohr flüsternd, mit ihrer Stimme, die mehr denn je süß und zauberhaft klang. Aber als er sie dann trunken an sich zog und drohte, sie nicht mehr loslassen zu wollen, in diesem Augenblick entwand sie sich ihm, richtete sich auf, stolz, wie bei einem Sieg über sich selbst. Ja, sie hätte es in der Hand gehabt, auch jetzt noch, ihn unauflöslich an sich zu binden. Aber nein! Denn sie liebte ihn.

Diesen ganzen Tag lang, bis spät in die Nacht hinein, machte sie ihn mit ihrer Stimme trunken; sie war sicher, denn er war ja noch dort im Dunkel und gehörte ihr; im Dunkel, in dem bereits die Hoffnung aufflackerte, schön wie das Bild, das er sich von ihr ausgemalt hatte.

Am nächsten Morgen bestand sie darauf, ihn im Wagen bis zur Klinik zu begleiten, und beim Abschied sagte sie ihm, sie würde nun gleich ans Werk gehen, wie eine eilige Schwalbe.

»Du wirst sehen!«

Sie wartete zwei Tage in schrecklichem Bangen auf den Ausgang der Operation. Als sie erfuhr, daß sie gelungen war, wartete sie noch ein bißchen in dem leeren Haus; sie richtete es liebevoll für ihn her und ließ ihm, der sie überglücklich an seiner Seite haben wollte, sei es auch nur für eine Minute, bestellen, er solle noch ein paar Tage warten; sie käme ihn nicht besuchen, um ihn nicht aufzuregen; der Arzt erlaube es nicht…

»Doch?« Nun gut, dann würde sie kommen…

Sie packte ihre Sachen zusammen, und am Vortag des Tages, an dem er das Krankenhaus verlassen sollte, reiste sie heimlich ab, um wenigstens in seiner Erinnerung eine Stimme zu bleiben, die er nun vielleicht, da er jetzt aus seinem Dunkel herausgetreten war, auf vielen Lippen suchen würde, aber vergebens.

Das ist doch nichts Ernstes

PERAZZETTI? Nein. Der war nun wirklich eine Rasse für sich. Da sprach er manchmal todernst, als wäre er nicht er selbst, den Blick auf seine langen, gekrümmten Fingernägel gerichtet, die er mit allergrößter Sorgfalt pflegte.

Und dann auf einmal, ohne ersichtlichen Grund ... wie eine Ente, jawohl, ganz genau so! Er brach in so gewisse Lachanfälle aus, die hörten sich an wie das Schnattern einer Ente, und darin erklang ein Plätschern, genauso wie bei einer Ente im Wasser.

Viele wollten gerade in diesen Lachanfällen den schlagendsten Beweis für Perazzettis Wahnsinn sehen. Wenn er sich so mit Tränen in den Augen wand, pflegten seine Freunde zu fragen: »Aber warum denn?«

Und er antwortete: »Nichts. Ich kann es euch nicht sagen.«

Wenn man jemand so lachen sieht, ohne daß er den Grund dafür verraten will, dann macht einen das schon etwas stutzig, man bleibt zurück mit einem gewissen dummen Gesicht und einer gereizten Empfindung im Körper, die bei den sogenannten Nervenbündeln leicht zu einer wilden Erregung und zu dem Wunsch werden kann, dem anderen das Gesicht zu zerkratzen.

Da sie ihm das Gesicht nicht zerkratzen konnten, pflegten sich die sogenannten Nervenbündel (die heutzutage immer häufiger werden) wütend zu schütteln und von Perazzetti zu behaupten: »Der ist verrückt!«

Hätte Perazzetti ihnen jedoch den Grund dieses entenartigen Lachanfalls verraten ... Aber er konnte ihn oft nicht nennen, nein, wirklich, er konnte es nicht tun.

Er hatte nämlich eine äußerst bewegliche und unerhört launenreiche Phantasie, die sich beim Anblick anderer Leute damit vergnügte, ihm ungewollt in seinem Inneren die ausgefallensten Bilder und das Aufblitzen überaus komischer, unbeschreiblicher Ansichten vor Augen zu führen; ihm mit einem Mal gewisse seltsame, versteckte Analogien zu enthüllen, ihm ganz unvorhergesehenermaßen so groteske und komische Kontraste vorzuführen, daß er das Gelächter einfach nicht mehr zurückhalten konnte.

Wie hätte er anderen das augenblickliche Spiel dieser flüchtigen, nicht einmal gedachten Bilder erklären sollen?

Perazzetti wußte sehr gut aus eigener Erfahrung, wie sehr bei jedem Menschen der Grund seines Wesens sich von den trügerischen Auslegungen unterscheidet, die jeder spontan oder aufgrund einer unbewußten Täuschung davon gibt, wegen des Bedürfnisses, uns für andere zu halten oder für andere gehalten zu werden, als wir tatsächlich sind, oder aufgrund der Nachahmung anderer, oder auch einfach aus Not und sozialem Zwang.

Über diesen Grund des Wesens hatte er besondere Studien angestellt. Er nannte ihn »die Höhle des Viehs«. Und er meinte damit das ursprüngliche Tier in jedem von uns, versteckt unter vielen Schichten des Bewußtseins, die nach und nach im Lauf der Jahre darüber gewachsen sind.

Der Mensch, pflegte Perazzetti zu sagen, wird, wenn man ihn an dieser oder jener Schicht des Bewußtseins anrührt, kitzelt, mit Verbeugungen antworten, mit Lächeln, er wird die Hand ausstrecken, guten Morgen oder guten Abend sagen, vielleicht auch dem anderen hundert Lire leihen; aber wehe, man stochert da unten herum, in der Höhle des Viehs: Da kommt dann der Dieb heraus, der Schuft, der Mörder. Allerdings muß man zugeben, daß nach so vielen Jahrhunderten der Zivilisation einige in ihrer Höhle nun schon ein allzu gedemütigtes, degeneriertes Vieh mit sich herumtragen: ein Schwein etwa, das jeden Abend einen Rosenkranz betet.

Im Wirtshaus studierte Perazzetti die gebremste Ungeduld der Gäste. Nach außen hin Wohlerzogenheit; drinnen wollte der Esel seinen Hafer, aber schnell. Und er unterhielt sich königlich, wenn er sich all die verschiedenen Tierarten ausmalte, die in den Höhlen seiner Bekannten verkrochen waren: Dieser hatte sicherlich drinnen einen Ameisenhaufen, jener ein Stachelschwein, der dritte dort einen Truthahn, und so fort.

Häufig hatten jedoch Perazzettis Lachanfälle einen, sagen wir, konstanteren Grund. Und der ließ sich nun wirklich nicht so einfach vor allen ausbreiten; wenn überhaupt, könnte man ihn höchstens dem einen oder anderen ins Ohr flüstern. Wenn man ihn so im Vertrauen erfuhr, dann, das versichere ich Euch, dann bewirkte er unvermeidlich den allerlärmendsten Lachanfall. Einmal vertraute er ihn einem Freund an, bei dem ihm daran lag, nicht als verrückt zu gelten.

Ich kann ihn Euch nicht laut nennen; ich kann ihn gerade eben andeuten; Ihr werdet versuchen, ihn solcherart zu erhaschen, denn, wenn er laut ausgesprochen würde, bestünde die Gefahr, daß das Ganze als vulgär empfunden würde, und das ist es nun wirklich nicht.

Perazzetti war alles andere als ein vulgärer Mensch; im Gegenteil, er behauptete stets, eine hohe Meinung von der Menschheit zu haben, von all dem, was die Menschheit, trotz des ursprünglichen Viehs in ihr, zu leisten vermocht hatte. Aber Perazzetti konnte andererseits auch nicht völlig vergessen, daß der Mensch, der imstande war, so viele schöne Dinge zu schaffen, doch auch ein Vieh ist, das frißt, und das infolgedessen gezwungen ist, tagtäglich gewissen intimen natürlichen Bedürfnissen Genüge zu tun, die ihm sicher nicht sonderlich zur Ehre gereichen.

Wenn er einen armen Mann, eine arme Frau, in einer demütigen und unterwürfigen Haltung sah, dann dachte Perazzetti nicht im geringsten daran; aber wenn er dagegen gewisse Frauen sah, die sich den Anschein von Gemütstiefe gaben, gewisse aufgeblasene Männer, die vor Stolz geradezu barsten, dann löste das in ihm sofort das Bild dieser intimen natürlichen Bedürfnisse aus, denen auch diese Leute zwangsläufig Tag für Tag gehorchen mußten; er sah sie bei dieser Verrichtung und brach in ein unaufhaltsames Lachen aus.

Weder der Adel eines Mannes noch die Schönheit einer Frau vermochten sich vor dieser Katastrophe in der Vorstellung Perazzettis zu retten. Im Gegenteil, je ätherischer und idealer eine Frau ihm erschien, je würdevoller und ernster ein Mann, desto eher drängte sich ihm plötzlich dieses verdammte Bild auf.

Nun denkt euch einmal Perazzetti mit dieser Schwäche als Verliebten.

Und er verliebte sich tatsächlich, der Unglückselige, er verliebte sich mit einer erschreckenden Leichtigkeit! Er dachte an nichts mehr, versteht sich, er war nicht mehr er selbst, kaum, daß er sich verliebt hatte; er wurde sofort ein ganz anderer, wurde der Perazzetti, den die anderen sich wünschten, so, wie ihn sich die Frau zu formen wünschte, der er in die Hände gefallen war, und sogar auch so, wie ihn sich die zukünftigen Schwiegereltern, die zukünftigen Schwäger, ja sogar die Hausfreunde der Braut zu formen wünschten.

Er war wenigstens zwanzigmal verlobt gewesen. Und man konnte bersten vor Lachen, wenn er die vielen Perazzettis beschrieb, die er solcherart schon einmal gewesen war, einer dümmer und idiotischer als der andere: der des Papageis der Schwiegermutter, der der Fixsterne der kleinen Schwägerin, der der Bohnen des Freundes von wer weiß wem.

Wenn die Glut der Flamme, die ihn sozusagen in den Zustand der Schmelze versetzt hatte, sich abzuschwächen begann, dann fand er sich allmählich in seiner gewohnten Form wieder. Dann gewann er auch das Bewußtsein seiner selbst zurück, empfand zunächst Staunen und Verblüffung bei der Betrachtung der Form, die man ihm gegeben, der Rolle, die man ihn spielen lassen, des Zustandes der Verblödung, in den man ihn versetzt hatte; und als er dann die Frau, die Schwiegermutter, den Schwiegervater ansah, dann begannen die schrecklichen Lachanfälle von neuem, und er mußte davonlaufen – es gab keinen Ausweg –, er mußte davonlaufen.

Das Schlimme war nur, daß man ihn dann nicht mehr laufen lassen wollte. Er war ja ein besonders netter junger Mann, dieser Perazzetti, wohlhabend und außerordentlich sympathisch: mit einem Wort, das, was man eben eine beneidenswerte Partie nennt.

Die Dramen, die er bei seinen zwanzig und mehr Verlöbnissen durchlebt hatte, würden, wenn man sie in einem Buch sammelte, wohl eine der erheiterndsten Lektüren unserer Tage abgeben. Aber was für die Leser Grund zum Lachen wäre, das waren doch leider ursprünglich Tränen, echte Tränen, und Zorn, Beklemmung und Verzweiflung für den armen Perazzetti.

Jedes Mal versprach er, schwor er heilige Eide, er würde nicht mehr rückfällig werden; er nahm sich vor, sich ein heldenhaftes, unerhörtes Mittel auszudenken, das ihn vor amourösen Rückfällen bewahren sollte. Ach was! Die Rückfälle kamen immer schon kurze Zeit später, und sie waren meist ärger als das Mal zuvor.

Eines Tages schließlich schlug wie eine Bombe die Nachricht ein, daß er sich verheiratet hätte. Und er hatte niemand Geringeren geheiratet als … Aber nein, das wollte anfangs nun wirklich keiner glauben! Verrücktheiten hatte Perazzetti ja wirklich jede Menge begangen; aber daß er so weit gehen würde, sich für das ganze Leben an eine Frau wie die da zu binden …

Sich binden? Wenn dieses Wort einem der vielen Freunde, die ihn zu Hause besuchten, entschlüpfte, dann war es ein Wunder, wenn Perazzetti ihn nicht gleich auffraß.

»Sich binden? Was heißt da sich binden? Wieso denn sich binden? Hohlköpfe, Idioten, Volltrottel seid ihr alle miteinander! Sich binden? Wer spricht denn davon? Hast du das Gefühl, ich wäre gebunden? Na, komm, hier herein … Das ist doch mein gewohntes Bett, ja oder nein? Glaubst du vielleicht, das wäre ein Ehebett? He, Celestino! Celestino!«

Celestino war sein alter treuer Diener.

»Sag einmal, Celestino: Komme ich nicht jeden Abend allein hierher zum Schlafen?«

»Ja, gnädiger Herr, allein.«

»Jeden Abend?«

»Jeden Abend.«

»Wo speise ich?«

»Dort drüben.«

»Mit wem speise ich?«

»Allein.«

»Kochst du mir das Essen?«

»Jawohl, ich, gnädiger Herr.«

»Und bin ich immer noch derselbe Perazzetti?«

»Immer noch derselbe, freilich, gnädiger Herr.«

Sobald er den Diener nach diesem Verhör wieder fortge-schickt hatte, schloß Perazzetti, die Arme ausbreitend: »So-mit…«

»Somit ist es nicht wahr?« fragte der andere.

»Aber natürlich ist es wahr! Ganz und gar wahr!« antwor-tete Perazzetti. »Ich habe sie geheiratet! In der Kirche hab' ich sie geheiratet und vor dem Standesamt auch! Aber was tut das schon? Hast du den Eindruck, daß das was Ernstes ist?«

»Nein, im Gegenteil, das ist vollkommen lächerlich.«

»Na eben!« schloß Perazzetti von neuem. »Dann rück mir doch endlich von der Pelle! Habt ihr noch nicht genug hinter meinem Rücken über mich zu lachen gehabt? Tot wolltet ihr mich haben, was? Ständig die Schlinge um den Hals gelegt? Nein, Schluß, Schluß, meine Lieben! Jetzt hab' ich mich für immer davon befreit! Da hat es dieses letzten Wirbelsturms bedurft, dem ich nur wie durch ein Wunder lebend entkom-men bin.«

Der letzte Wirbelsturm, auf den Perazzetti anspielte, war seine Verlobung mit der Tochter eines Sektionschefs im Fi-nanzministerium, des Commendatore Vico Lamanna; und er hatte wirklich recht, Perazzetti, wenn er davon sprach, daß er ihm nur wie durch ein Wunder lebend entkommen war. Er hatte sich auf Degen mit ihrem Bruder Lino Lamanna schla-gen müssen. Und da Lino einer seiner besten Freunde war und er das Gefühl hatte, nichts, aber auch gar nichts gegen ihn zu haben, hatte er sich großzügig aufspießen lassen wie ein Huhn.

Dabei sah es diesmal so aus – und jeder hätte die Hand dafür ins Feuer gelegt –, daß die Hochzeit wirklich stattfinden würde. Signorina Ely Lamanna, die eine englische Erziehung genossen hatte, wie man auch am Vornamen sehen konnte, war ehrlich, offen, ein solider Charakter, mit beiden Beinen auf der Erde stehend (sprich: sie trug amerikanische Schuhe). Und so war es ihr ohne Zweifel gelungen, die übliche Katastrophe in Perazzettis Phantasie zu überstehen. Freilich, das eine oder andere Lachen war ihm entschlüpft, wenn er seinen Schwiegervater, den Commendatore, betrachtete, der auch im Umgang mit ihm stets in den Wolken schwebte und zu ihm manchmal mit einer süßlichen Blumigkeit sprach ... Aber damit hatte es sich auch schon. Er hatte der Braut den Grund seiner Lachanfälle in liebenswürdiger Form enthüllt, sie hatte mitgelacht, und nachdem diese Klippe umschifft war, glaubte sogar er, Perazzetti, daran, daß er diesmal endlich den ruhigen Hafen der Ehe erreichen würde (wie man so schön sagt). Die Schwiegermutter war ein braves altes Weiblein, bescheiden und schweigsam, und Lino, sein Schwager, schien wie gemacht dafür, in allem und jedem mit ihm übereinzustimmen.

Tatsächlich wurden Perazzetti und Lino Lamanna vom ersten Tag des Verlöbnisses an unzertrennlich. Man konnte sagen, daß Perazzetti mit seinem zukünftigen Schwager mehr als mit der Braut zusammen war: Ausflüge, Jagdpartien, gemeinsame Ausritte, gemeinsame Bootsausflüge auf dem Tiber mit dem Ruderklub.

Alles konnte er sich ausmalen, der arme Perazzetti, nur das nicht, daß dieses Mal die »Katastrophe« gerade durch diese allzu große Intimität im Umgang mit dem zukünftigen Schwager zustande kommen sollte, durch einen weiteren Streich, den ihm seine krankhafte und spöttische Phantasie spielen sollte.

Plötzlich begann er nämlich an seiner Verlobten eine beunruhigende Ähnlichkeit mit ihrem Bruder zu bemerken.

Das war in Livorno, wohin er – natürlich mit den Lamannas – auf Badeurlaub gefahren war.

Perazzetti hatte Lino im Ruderklub so oft im Badetrikot gesehen, nun sah er die Braut im Badekostüm. Er bemerkte sofort, daß Lino wirklich etwas Feminines an sich hatte, im Bau der Hüften.

Wie Perazzetti reagierte, als er diese Ähnlichkeit bemerkte? Der kalte Schweiß trat ihm auf die Stirne, er begann einen unüberwindlichen Abscheu vor dem Gedanken zu empfinden, mit Ely Lamanna, die ihrem Bruder so ähnlich war, eheliche Intimitäten auszutauschen. Sofort erschienen ihm diese Intimitäten als etwas Monströses, geradezu Widernatürliches, da er in seiner Braut ihren Bruder sah. Und bei der geringsten Liebkosung ihrer Hand begann er sich unter den Blicken dieser bald aufstachelnden und fordernden, bald in dem Versprechen einer seufzenden Lust ermattenden Augen zu winden.

Konnte Perazzetti sie denn anschreien: »Ach Gott, hör doch auf, um Himmels willen! Lassen wir es sein! Ich kann der beste Freund Linos sein, weil ich ihn nicht heiraten muß, aber ich kann dich nicht mehr heiraten, weil ich das Gefühl hätte, deinen Bruder zu heiraten!«?

Die Folter, die Perazzetti diesmal auszustehen hatte, war bei weitem schlimmer als alle bisherigen. Es endete mit diesem Degenstoß, der ihn nur durch ein Wunder nicht ins Jenseits beförderte.

Und kaum war er von der Wunde genesen, fand er endlich das heldenhafte, unerhörte Mittel, das ihm den Weg der Heirat auf ewig versperren sollte.

Ja, wie denn, werdet Ihr fragen, indem er heiratete?

Freilich! Filomena: die mit dem Hund. Indem er Filomena heiratete, diese arme Schwachsinnige, die jeden Abend auf der Straße zu sehen war, aufgeputzt mit schrecklichen, mit zerzaustem Gemüse beladenen Hüten, gezogen von einem schwarzen Pudel, der ihr nie die Zeit ließ, ihre schneidenden Lachanfälle vor den Polizisten, den Halbwüchsigen und den Soldaten zu Ende zu bringen, weil er immer so große Eile hatte, der verdammte Hund, weiß Gott wo hinzukommen, in irgendeinen dunklen Winkel…

In der Kirche und auf dem Standesamt heiratete er sie; er las sie von der Straße auf, setzte ihr zwanzig Lire täglich als Kostgeld aus und schickte sie mit dem Hund weit fort aufs Land.

Die Freunde – das könnt ihr euch wohl denken – ließen ihm lange Zeit hindurch keine Ruhe. Aber Perazzetti war nun wirklich ruhig geworden, ganz ernsthaft, er schien gar nicht mehr er selbst zu sein.

»Ja«, sagte er und betrachtete seine Fingernägel. »Ich habe sie geheiratet. Aber das ist ja nichts Ernstes. Was das Schlafen betrifft, ich schlafe allein in meinem Haus. Was das Essen betrifft, ich esse allein in meinem Haus. Ich sehe sie nie. Sie stört mich nicht... Ihr sagt, es ist wegen des Namens? Na gut: ich habe ihr meinen Namen gegeben. Aber, Herrschaften, was ist schon ein Name? Das ist doch nichts Ernstes.«

Ernste Dinge im strengen Sinn gab es für Perazzetti nicht. Alles liegt an der Bedeutung, die man den Dingen zumißt. Eine überaus lächerliche Angelegenheit kann ganz und gar ernst werden, wenn man ihr Bedeutung zubilligt, und umgekehrt kann die ernsteste Angelegenheit sich plötzlich als lächerlich erweisen. Was könnte ernster sein als der Tod? Und doch, für so viele, die dem Tod keine Bedeutung zumessen...

Na gut; aber nach einiger Zeit, dann wollten ihn die Freunde mal sehen! Wer weiß, wie er die Sache dann bereuen würde!

»Schöne Prophezeiung!« entgegnete Perazzetti. »Natürlich werde ich es bereuen! Ich beginne es ja jetzt schon zu bereuen...«

Als ihm dieser Satz entschlüpfte, fielen die Freunde laut ein: »Na! Siehst du?«

»Ach ihr Schafsköpfe!« gab Perazzetti zurück. »Gerade dann, wenn ich es tatsächlich bereue, dann beginnt mein Heilmittel ja erst zu wirken, denn das bedeutet, daß ich mich wiederum verliebt habe, so sehr, daß ich von neuem dabei wäre, die größte, viehischste Dummheit zu begehen, die man begehen kann: mir eine Frau zu nehmen.«

Chor: »Aber du hast doch schon eine genommen!«

Perazzetti: »Die? Ach hört mir auf! Das ist doch nichts Ernstes.«

Schlußfolgerung: Perazzetti hatte geheiratet, um sich vor der Gefahr zu schützen, sich eine Frau zu nehmen.

Das Licht vom anderen Haus

Es war an einem Sonntagabend gewesen, bei der Rückkehr von einem langen Spaziergang. Tullio Buti hatte das Zimmer seit ungefähr zwei Monaten gemietet. Die Hauswirtin, Frau Nini, eine gute Alte mit dem Lebensstil der alten Zeit, und ihre unverheiratete, nun verwelkte Tochter bekamen ihn nie zu Gesicht. Er ging jeden Morgen frühzeitig weg und kehrte erst spät am Abend zurück. Sie wußten nur, daß er an einem Ministerium angestellt und zugleich Advokat war.

In dem ziemlich engen, bescheiden möblierten Zimmerchen ließ nichts auf seinen Bewohner schließen. Er schien es als ein Hotelzimmer zu betrachten, in dem er vorsätzlich ein Fremder bleiben wollte. Zwar hatte er die Wäsche in der Kommode aufgeschichtet und ein paar Anzüge in den Schrank gehängt, aber an den Wänden und auf den Möbeln nichts: kein Buch, kein Bild; niemals lag auf dem Tisch ein zerrissener Briefumschlag; niemals blieb auf einem Stuhl ein Wäschestück liegen, ein Kragen, eine Krawatte, um anzuzeigen, daß er sich dort zu Hause fühlte.

Mutter und Tochter Nini fürchteten, er werde nicht bleiben. Es hatte sie solche Mühe gekostet, das Zimmerchen zu vermieten! Manch einer war gekommen, um es in Augenschein zu nehmen; niemand hatte es haben wollen. Freilich war es weder sehr bequem noch sehr heiter, mit seinem einzigen Fenster, das auf ein enges privates Gäßchen hinausging, von dem es nie Licht und Luft empfing, da das Haus gegenüber es erdrückte.

Die beiden Frauen hatten den so lange erwarteten Mieter durch besondere Pflege und Aufmerksamkeit entschädigen wollen; sie hatten sich, bevor er kam, soviel überlegt und ausgedacht: – »Wir werden ihm das tun, ihm jenes sagen«; besonders Clotildina, die Tochter, hatte soviel liebe Feinheiten, soviel liebe »Artigkeiten«, wie die Mutter sich ausdrückte, vorbereitet – oh, aber ganz ohne Hintergedanken! Doch wie sollte sie sie jetzt anbringen, wenn er sich niemals sehen ließ?

Vielleicht hätten sie, wenn sie ihn öfter gesehen hätten, gleich begriffen, daß ihre Befürchtung unbegründet war. Das traurige, dunkle, vom gegenüberliegenden Haus erdrückte Zimmerchen war in Einklang mit der Seelenstimmung des Mieters.

Immer ging Tullio Buti allein auf der Straße dahin; selbst die beiden Begleiter der scheuesten Einsiedler, die Zigarre und den Spazierstock, verschmähte er. Die Hände in den Taschen des Mantels vergraben, den Kopf zwischen den Schultern, den Hut bis über die Ohren gezogen, schien er den düstersten Groll gegen das Leben zu hegen.

Niemals wechselte er im Büro ein Wort mit irgendeinem seiner Kollegen, die sich noch nicht entschieden hatten, ob sie ihn Nachteule oder Bär nennen sollten.

Niemand hatte ihn jemals am Abend ein Café betreten sehen; viele dagegen hatten beobachtet, wie er die belebteren Straßen mied, um in die Schatten der schnurgeraden und einsamen Alleen der oberen Stadtviertel einzutauchen, wie er sich jedesmal von der Mauer entfernte und einen Bogen um den Lichtkreis machte, den die Straßenlampen auf das Trottoir werfen.

Weder eine unfreiwillige Gebärde noch die geringste Veränderung der Gesichtszüge noch ein Zeichen der Augen oder der Lippen verrieten je die Gedanken, in die er versunken schien, die düstere Trauer, in die er sich völlig eingeschlossen hatte. Doch die Verheerung, die diese Gedanken, diese Trauer in seiner Seele angerichtet haben mußten, zeigte sich aufs deutlichste in de er krankhaften Starre der hellen und scharfen Augen, in der Blässe des leidenden Gesichts, in dem frühzeitig ergrauten, ungepflegten Bart.

Er schrieb nie und empfing nie Briefe; er las keine Zeitungen; er blieb niemals stehen und wandte sich, was auch auf der Straße geschah und die Neugier der anderen anlockte, niemals um; und wenn ihn manchmal der Regen überraschte, ging er gleichmäßigen Schrittes weiter, als wenn nichts geschehen wäre.

Warum er so lebte, wußte man nicht. Vielleicht wußte er es selbst nicht einmal. Er lebte ... Vielleicht vermutete er nicht einmal, daß man anders leben könne, oder daß man, wenn man anders lebte, weniger die Last der Langeweile und des Trübsinns fühlte.

Er hatte keine Kindheit gehabt, war niemals jung gewesen. Die wilden Szenen, deren Zeuge er vom zartesten Alter an im väterlichen Hause gewesen war, die Brutalität und grausame Tyrannei des Vaters hatten jeden Lebenskeim in ihm vernichtet.

Als die Mutter, noch jung, ein Opfer der unmenschlichen Mißhandlungen ihres Gatten, gestorben war, hatte sich die Familie aufgelöst: eine Schwester war ins Kloster gegangen, ein Bruder nach Amerika. Auch er war von daheim geflohen, war umhergeirrt und hatte sich unter unendlichen Mühen hinaufgearbeitet, bis er sich jene Stellung geschaffen hatte.

Jetzt litt er nicht mehr, es schien nur so; denn auch das Gefühl des Schmerzes war in ihm abgestumpft. Es schien, als sei er immer in Gedanken versunken; aber nein – er dachte nicht einmal mehr. Sein Geist war wie in einer mit Erstaunen gemischten Düsternis befangen, die ihn einen bitteren Geschmack im Halse spüren ließ, mehr nicht. Wenn er am Abend über die einsamen Straßen ging, zählte er die Laternen, sah seinem Schatten zu oder lauschte dem Widerhall seiner Schritte oder blieb manchmal vor den Gärten der Villen stehen, um die Zypressen zu betrachten, die verschlossen und düster waren wie er, dunkler als die Nacht.

An jenem Sonntag hatte er, müde vom langen Spaziergang auf der Via Appia Antica, den ungewöhnlichen Entschluß gefaßt, nach Hause zurückzukehren. Zum Abendessen war es noch zu früh; er wollte in seinem Kämmerchen warten, bis der Tag zur Neige ging.

Für Mutter und Tochter Nini war es eine höchst angenehme Überraschung. Clotildina klatschte vor lauter Zufriedenheit sogar in die Hände. Mit welcher der zahlreichen Aufmerksamkeiten, die sie sich ausgedacht, mit welcher der vielen feinen und besonderen »Artigkeiten« sollte sie's zuerst versuchen? Mutter und Tochter hielten Rat. Auf einmal stampfte Clotildina mit dem Fuß auf, schlug sich vor die Stirn. Oh Gott, das Licht! Man mußte ihm vor allem eine Lampe bringen, die gute, eigens beiseite gestellte aus Porzellan, mit dem glänzenden, mit Mohnblumen bemalten Schirm. Sie zündete sie an und klopfte behutsam an der Tür des Mieters. Dabei zitterte sie so sehr vor Erregung, daß der Schirm schwankte und gegen das Rohr schlug, so daß der Rauch es zu schwärzen drohte.

»Ist es gestattet? Das Licht.«

»Nein, danke«, antwortet Buti von drinnen. »Ich bin im Begriff auszugehen.«

Die Jungfer, das Gesicht verziehend und die Augen niederschlagend, als könnte der Mieter sie sehen, wiederholte dringend:

»Ich hab' es schon da. Damit Sie nicht im Dunkeln sitzen!«

Aber Buti entgegnete schroff:

»Danke, nein.«

Er hatte sich auf das kleine Kanapee hinter dem Tisch gesetzt und starrte mit träumerischen Augen ins Dunkel, das langsam dichter wurde, während am Fenster der letzte Schein der Dämmerung erstarb.

Wie lange blieb er so sitzen, reglos, mit aufgerissenen Augen, ohne zu denken, ohne die Finsternis wahrzunehmen, die ihn schon umhüllt hatte?

Plötzlich sah er.

Verdutzt wandte er die Augen umher. Ja. Es war auf einmal hell im Zimmerchen geworden, ein sanftes, gedämpftes Licht, wie von einer geheimnisvollen Hand entzündet.

Was war das? Wie war es zugegangen?

Ach so! Das Licht vom andern Haus. Ein Licht, das man soeben im gegenüberliegenden Haus angezündet hatte: der Hauch eines fremden Lebens, der hereinkam, um das Dunkel, die Leere, die Öde seines Daseins zu lichten.

Er betrachtete eine Weile diesen Schimmer wie ein Wunder. Eine tiefe Angst schnürte ihm die Kehle zu, als er bemerkte, mit welch sanfter Zärtlichkeit sich das Licht auf sein Bett, auf die Wand, und hier auf seine bleichen Hände legte, die auf dem Tisch ruhten. In dieser Angst stieg ihm die Erinnerung an seine bedrückte Kindheit auf, an seine Mutter. Und es schien ihm, als entzünde sich in der Nacht seines Geistes das Licht einer fernen Morgenröte.

Er erhob sich, ging zum Fenster und sah heimlich hinter dem Vorhang hinüber zu jenem Fenster, von dem das Licht kam.

Er sah eine kleine Familie um den Tisch versammelt: drei Kinder und der Vater saßen schon, die Mutter teilte das Essen aus, indem sie – wie er aus ihren Bewegungen schließen konnte – die Ungeduld der beiden Ältesten zu zügeln suchte, die den Löffel schwangen und auf ihren Stühlen rückten. Das Jüngste reckte den Hals, drehte das blonde Köpfchen hin und her: offenbar hatte man ihm die Serviette zu eng gebunden; aber wenn nur das Mütterchen sich beeilte, ihm die Suppe zu geben, würde das Unbehagen der allzu engen Fessel bald vergessen sein. Und siehe, in der Tat: mit welcher Gier es die Bissen hinunterschlang! Den ganzen Löffel ließ es im Mund verschwinden. Und der Vater lächelte inmitten des Dampfes, der von seinem Teller aufstieg. Jetzt nahm auch die Mutter Platz, gerade gegenüber. Tullio Buti wollte sich instinktiv zurückziehen, als er sah, daß sie die Augen auf das Fenster gerichtet hatte; aber dann dachte er, man könne ihn ja nicht sehen, da er im Dunkeln stand, und blieb dort, um dem Abendessen der Familie da drüben zuzuschauen, wobei er ganz sein eigenes vergaß.

Von diesem Tag an schlug er jeden Abend, wenn er aus dem Amt kam, anstatt wie sonst seine einsamen Spaziergänge zu machen, den Weg nach Hause ein; er wartete dann immer, bis sich das Dunkel in seinem Zimmerchen durch das Licht vom andern Haus sanft erhellte, und stand dann wie ein Bettler hinter den Fensterscheiben, um mit unbeschreiblichem Herzweh diese süße und liebe Traulichkeit, dieses Familienglück auszukosten, dessen sich die andern erfreuten und das auch er als Kind an den seltenen Abenden der Ruhe hatte genießen dürfen, als noch seine Mutter... seine Mutter... wie dort die andere...

Er weinte.

Ja, dieses Wunder vollbrachte das Licht vom andern Haus! Die schreckhafte Düsternis, in der sein Geist so viele Jahre gefangen war, löste sich in dieser sanften Helle.

Inzwischen dachte Tullio Buti nicht an all die seltsamen Vermutungen, die seine Vorliebe für das Dunkel bei seiner Wirtin und ihrer Tochter aufkommen lassen mußte.

Noch zweimal hatte Clotildina die Lampe angeboten – umsonst. Hätte er wenigstens eine Kerze angezündet! Aber nicht einmal das. Sollte er sich unwohl fühlen? Clotildina hatte ihn danach zu fragen gewagt, als sie das zweite Mal mit der Lampe vor der Tür stand. Doch er hatte geantwortet:

»Nein; es ist mir so am liebsten.«

Endlich – guter Gott, war es nicht entschuldbar – hatte Clotildina durch das Schlüsselloch gespäht und zu ihrer Verwunderung ebenfalls den hellen Schein bemerkt, den das Licht vom andern Haus im Zimmer des Mieters verbreitete: vom Haus der Masci nämlich; und sie hatte gesehen, wie er am Fenster stand und dort zum Haus der Masci hinüberschaute.

Clotildina war ganz aufgeregt zur Mutter gelaufen, um ihr die große Entdeckung zu verkünden:

»Verliebt in Margherita ist er! In Margherita Masci! Verliebt!«

Ein paar Abende später, während Tullio Buti wieder an seinem Beobachtungsplatz stand, sah er zu seiner Überraschung, wie im Zimmer gegenüber, wo wie gewöhnlich die kleine Familie – doch ohne den Vater diesmal – beim Abendessen saß, seine Wirtin und ihre Tochter eintraten und wie alte Freundinnen empfangen wurden.

Auf einmal sprang Tullio Buti verwirrt, atemlos zurück.

Die Mutter und die drei Kleinen hatten ihre Augen zu seinem Fenster erhoben. Ohne Zweifel hatten jene beiden über ihn gesprochen.

Und jetzt? Jetzt war vielleicht alles vorbei! Am nächsten Abend würde die Mutter oder ihr Mann, nun, da sie wußten, daß er dort drüben so geheimnisvoll im Dunkeln stand, die Fensterläden schließen; und so würde ihm von nun an nicht mehr jenes Licht scheinen, von dem er lebte, das Licht, das seine unschuldige Freude und sein einziger Trost war.

Aber es kam anders.

Am selben Abend, als das Licht drüben erloschen war und er, in Finsternis gehüllt, noch eine Weile gewartet hatte, bis die Familie zu Bett gegangen sein mochte, sah er, vorsichtig das Fenster öffnend, um die Luft zu erneuern, daß auch das Fenster drüben offenstand; er sah bald darauf (und schrak im Dunkeln zusammen), er sah, wie die Frau ans Fenster kam, vielleicht neugierig gemacht durch die Erzählungen von Mutter und Tochter Nini.

Die beiden hohen Gebäude, die aus so großer Nähe die Augen ihrer Fenster zueinander öffneten, ließen weder droben den hellen Streifen des Himmels noch drunten den dunklen Streifen Erde sehen, zu dem der Zugang durch ein Gittertor verschlossen war; niemals drang ein Sonnen- oder Mondesstrahl herein.

Sie konnte also nur seinetwegen gekommen sein, und das gewiß, weil sie bemerkt hatte, daß auch er an sein dunkles Fenster gekommen war.

Im Finstern konnten sie sich nur mühsam erkennen. Aber er wußte seit langem, daß sie schön war; er kannte die ganze Anmut ihrer Bewegungen, das Blitzen der schwarzen Augen, das Lächeln der roten Lippen.

Zutiefst aber empfand er jenes erste Mal, da die Überraschung ihn ganz verwirrte und ein fast unerträgliches Zittern der Unruhe ihm den Atem verschlug, eine unbestimmte Pein: er mußte sich Gewalt antun, um sich nicht zurückzuziehen, um zu warten, bis sie sich zuerst entfernte.

Jener Traum von Frieden, Liebe, süßer und treuer Traulichkeit, den diese Familie in seiner Vorstellung genoß und auch er im Abglanz genossen hatte – er mußte zusammenbrechen, wenn diese Frau, um eines Fremden willen, heimlich ans Fenster kam. Dieser Fremde, ja, das war er.

Und doch, bevor sie sich zurückzog, bevor sie das Fenster wieder schloß, lispelte sie ihm zu:

»Gute Nacht!«

Was für phantastische Dinge hatten die beiden Frauen, bei denen er wohnte, von ihm erzählt, um auf solche Weise die Neugier jener Frau zu erregen und zu entzünden? Was für eine seltsame, mächtige Anziehungskraft hatte das Geheimnis seines zurückgezogenen Lebens auf sie ausgeübt, wenn sie schon beim ersten Male ihre Kleinen verlassen hatte und zu ihm gekommen war, um ihm ein wenig Gesellschaft zu leisten?

Beide, obwohl sie es vermieden hatten, sich anzublicken, und vor sich selbst fast so getan hatten, als stünden sie ohne jede Absicht am Fenster, beide – dessen war er gewiß – hatten das gleiche Beben vor einer unbestimmten Erwartung empfunden, waren erschrocken über den Zauber, der sie im Dunkel vereinte.

Als er zu vorgeschrittener Stunde das Fenster schloß, wußte er, daß sie am nächsten Abend wieder das Licht löschen und zu ihm ans Fenster kommen würde. Und so war es auch.

Von diesem Tag an wartete Tullio Buti nicht mehr in seinem Zimmerchen auf das Licht vom andern Haus; er wartete statt dessen ungeduldig, daß dieses Licht verlösche.

Die nie empfundene Liebesleidenschaft flammte gierig, schrecklich im Herzen jenes Mannes auf, der so viele Jahre außerhalb des Lebens gestanden hatte, und fiel die Frau wie ein Wirbelsturm an, riß sie aus ihrem Leben los, stürzte sie um.

Am selben Tag, als Buti aus dem Zimmerchen der Nini auszog, schlug wie eine Bombe die Nachricht ein, daß die Frau aus dem dritten Stock des Nebenhauses, Frau Masci, ihren Gatten und die drei Kinder verlassen habe.

Das Zimmerchen, das über vier Monate Buti beherbergt hatte, stand leer, und ein paar Wochen blieb das gegenüberliegende Zimmer, wo die Familie sich allabendlich zur Mahlzeit zu versammeln pflegte, dunkel.

Dann wurde das Licht wieder über dem traurigen Tisch entzündet, an dem ein vom Unglück geschlagener Vater die erschrockenen Gesichtchen der drei Kinder anstarrte, die nicht die Blicke zur Tür zu lenken wagten, durch die am Abend die Mutter mit der dampfenden Suppenschüssel hereinzukommen pflegte.

Und das über dem traurigen Tisch entzündete Licht erhellte wieder, aber geisterhaft, das leere Kämmerchen auf der anderen Seite.

Erinnerten sich Tullio Buti und seine Geliebte nach ein paar Monaten ihrer grausamen Tollheit daran?

Eines Abends sahen die Nini zu ihrem Schrecken ihren seltsamen Mieter, verstört, in zuckender Erregung, wieder vor ihrer Türe stehen. Was wollte er denn? Das Zimmerchen, das Zimmerchen, wenn es noch nicht wieder vermietet war! Nein, nicht für sich, nicht um darin zu wohnen! Nur um eine einzige Stunde, einen einzigen Augenblick am Abend heimlich zu kommen! Oh, aus Mitleid, aus Mitleid mit jener armen Mutter, die aus der Ferne, ohne selbst gesehen zu werden, ihre Kinderchen wiedersehen wollte! Sie würden alle Vorsichtsmaßregeln anwenden; sich nötigenfalls sogar verkleiden; sie würde jeden Abend den Augenblick benützen, da niemand auf der Treppe wäre; er wolle den doppelten, den dreifachen Mietpreis zahlen, für diesen einzigen Augenblick.

Nein, die Nini wollten nichts davon wissen. Nur solange das Zimmerchen unvermietet blieb, seien sie ausnahmsweise damit einverstanden ... – oh um Gottes willen, aber nur unter der Bedingung, daß niemand sie entdeckte! Ausnahmsweise ...

Am folgenden Abend kamen sie wie zwei Diebe. Sie betraten keuchend im Dunkeln das Zimmerchen und warteten, warteten, daß es sich wieder vom Licht aus dem andern Haus erhelle.

Von jenem Licht mußten sie nun, so aus der Ferne, leben. Da war es!

Überleg's dir, Giacomino

SEIT DREI TAGEN hat Professor Agostino Toti zu Hause nicht den Frieden, nicht die Fröhlichkeit, die er seiner Meinung nach nunmehr beanspruchen darf.

Er ist an die siebzig Jahre alt, und man könnte beim besten Willen nicht sagen, er wäre ein gutaussehender älterer Herr: zu klein geraten ist er, mit einem dicken kahlen Kopf ohne Halsansatz, und mit einem viel zu großen Rumpf auf zwei Vogelbeinchen...

Jaja: Professor Toti weiß es sehr wohl und macht sich deshalb auch nicht die geringste Illusion, daß Maddalenina, seine hübsche junge Frau, die noch nicht einmal sechsundzwanzig ist, ihn um seiner selbst willen lieben könnte.

Die Wahrheit ist, daß er sie arm geheiratet und in seinen Stand emporgehoben hat: Von der Tochter des Schuldieners ist sie nun zur Gattin eines fest beamteten Professors der naturwissenschaftlichen Fächer aufgestiegen, dem in ein paar Monaten ein Ruhegehalt der höchsten Stufe zusteht; und nicht nur das; ihr Mann ist seit zwei Jahren reich, durch einen unerwarteten Glücksfall, ein wahres Geschenk des Himmels; eine Erbschaft von fast zweihunderttausend Lire, die von einem Bruder stammt, der vor langer Zeit nach Rumänien ausgewandert war und als Junggeselle dort gestorben ist.

Aber das alles ist es nicht, weshalb Professor Toti meint, daß er Anrecht auf Frieden und Fröhlichkeit hat. Er ist ein Philosoph und weiß, daß das alles nicht genug sein kann für eine junge und schöne Ehefrau.

Wenn die Erbschaft vor der Eheschließung gekommen wäre, dann hätte er meinetwegen von Maddalenina ein bißchen Geduld verlangen können und daß sie doch nur seinen nicht mehr fernen Tod abzuwarten brauchte, um sich für das Opfer, einen alten Mann geheiratet zu haben, zu entschädigen. Aber leider sind sie zu spät gekommen, diese zweihunderttausend Lire, zwei Jahre nach der Eheschließung, zu einem Zeitpunkt, als er schon … als Professor Toti, philosophisch denkend, schon zu der Erkenntnis gelangt war, daß für eine Wiedergutmachung des von seiner Frau gebrachten Opfers das kleine Ruhegehalt, das er ihr eines Tages hinterlassen würde, nicht ausreichend sein konnte.

Da er aber alles Erforderliche schon vorher zugestanden hat, meint Professor Toti, daß er jetzt, mit der Zugabe der ansehnlichen Erbschaft, mehr denn je allen Grund hat, Frieden und Fröhlichkeit zu verlangen. Um so mehr, als er – wirklich ein weiser und rechtschaffener Mensch – sich nicht damit begnügt hat, seiner Gattin etwas Gutes zu tun, sondern auch etwas Gutes für … ja, für ihn, seinen lieben Giacomino, der schon zu seinen besten Schülern im Gymnasium gehört hatte, einen schüchternen, anständigen, höchst liebenswürdigen Jüngling, blond und hübsch, mit Locken wie ein Engel.

Aber ja, aber ja – er hat wirklich alles getan, er hat an alles gedacht, der alte Professor Toti. Giacomino Delisi war ohne Beschäftigung, und das Nichtstun schmerzte und bedrückte ihn; nun gut, daraufhin hat er, Professor Toti, ihm eine Stelle bei der Landwirtschaftsbank verschafft, wo er die zweihunderttausend Lire aus seiner Erbschaft angelegt hat.

Es gibt auch ein Kind jetzt im Haus, ein Engelein von zweieinhalb Jahren, dem er sein ganzes Dasein gewidmet hat, wie ein verliebter Sklave. Täglich kann er es kaum erwarten, daß die Schulstunden vorbei sind, um nach Hause laufen und all den Launen seines kleinen Tyrannen nachkommen zu können. Eigentlich hätte er sich ja, nachdem die Erbschaft schon mal da war, zur Ruhe setzen können, unter Verzicht auf besagtes Ruhegehalt der höchsten Stufe, und seine Zeit ganz dem Jungen widmen. Aber nein! Das wäre geradezu eine Sünde gewesen: Da es nun einmal da ist, sein Kreuz, das für ihn immer so drückend gewesen ist, will er es auch bis zum Letzten tragen! Wo er doch gerade deshalb eine Frau genommen hat, gerade zu dem Zweck, daß jemandem ein Segen aus dem erwachsen sollte, was für ihn ein Leben lang eine Qual war!

Weil er sich mit der einzigen Absicht, einem armen Mädchen etwas Gutes zu tun, verehelichte, hat er seine Frau auch fast nur wie ein Vater geliebt. Und seine Liebe zu ihr ist noch väterlicherer Art geworden, seit dieses Kind zur Welt kam, von dem er fast lieber Großvater als Vater genannt werden möchte. Diese unbewußte Lüge auf den reinen Lippen des nichtsahnenden Kindes schmerzt ihn; es kommt ihm vor, als werde auch seine Liebe zu ihm dadurch verletzt. Aber was kann man da machen? Man kann doch wohl nicht umhin, diesen Namen aus dem Mündchen von Nini mit einem Kuß hinzunehmen, dieses »papà«, über das all die Böswilligen so lachen müssen, jene Leute, die seine zärtliche Zuneigung zu dem unschuldigen Kind nicht begreifen können, und auch nicht das Glück, das er empfindet aufgrund des Guten, das er seiner Frau, einem liebenswerten Jüngling und dem kleinen Jungen getan hat und noch immer tut, und auch sich selbst – natürlich! – auch sich selbst – das Glück, seine letzten Jahre in froher und lieber Gesellschaft zu verbringen und so dem Grab entgegenzugehen, mit einem Engelein an der Hand.

Sollen sie lachen, sollen sie doch über ihn lachen, all die bösen Menschen! Wie leicht ist es zu lachen! Und wie dumm! Weil sie es nicht begreifen ... Weil sie sich nicht an seine Stelle versetzen. Sie bemerken nur das Komische, besser gesagt: das Groteske seiner Lage, ohne daß sie fähig sind, zu seinem tieferen Gefühl vorzudringen! ... Aber was macht ihm das schon aus? Er ist glücklich.

Wenn nicht eben seit drei Tagen ...

Was ist bloß geschehen? Die Augen der jungen Frau sind vom Weinen geschwollen und gerötet; sie klagt über heftige Kopfschmerzen; sie will in ihrem Schlafzimmer bleiben.

»Ach, die Jugend ... die Jugend ...«, seufzt Professor Toti, wobei er den Kopf schüttelt, ein trauriges, hintergründiges Lächeln in den Augen und auf den Lippen. »Irgend so eine Wolke ... irgend so ein kleines Gewitter ...«

Und er wandert mit Nini gedrückt, unruhig und auch leicht verärgert im Haus herum, weil ... na, weil er das wirklich nicht verdient hat, er nicht, weder von seiner Frau noch von Giacomino. Die jungen Leute zählen die Tage nicht: sie haben noch so viele davon vor sich... aber für einen armen alten Mann ist ein einziger Tag ein schwerer Verlust! Und nun sind es schon drei Tage, daß seine Frau ihn so durch das Haus irren läßt, wie eine Fliege ohne Kopf, daß sie ihn nicht mehr mit ihren kleinen Arien und Liedchen erfreut, die sie sonst mit ihrem glasklaren, warmen Stimmchen gesungen hat, drei Tage, an denen sie sich nicht so um ihn kümmert, wie er es inzwischen gewohnt ist.

Auch Nini ist bitterernst, als merke er, daß seine Mama nicht den Kopf für ihn hat. Der Professor führt ihn von einer Stube in die andere, und er braucht sich kaum zu bücken, um ihm die Hand zu geben, so klein ist er selbst; er geht mit ihm ans Klavier, schlägt hier und dort eine Taste an, schnaubt, gähnt, setzt sich dann nieder, läßt Nini ein bißchen auf seinen Knien galoppieren, steht dann wieder auf: er fühlt sich wie auf glühenden Kohlen. Fünf- oder sechsmal hat er versucht, sein Frauchen zum Reden zu bringen.

»Schlecht, nicht wahr? Du fühlst dich sehr schlecht?«

Maddalenina bleibt dabei, ihm nichts sagen zu wollen: sie weint; sie bittet ihn, die Blenden am Balkon herunterzuziehen und Nini mitzunehmen: Sie will allein sein und im Dunkeln.

»Der Kopf, nicht wahr?«

Die Ärmste, der Kopf tut ihr so weh... na, der Streit muß wirklich heftig gewesen sein!

Professor Toti begibt sich in die Küche und versucht mit dem Dienstmädchen zu reden, um von ihr etwas zu erfahren; aber er redet um die Sache herum, weil er weiß, daß das Dienstmädchen ihm feindlich gesonnen ist, daß sie schlecht von ihm redet draußen, wie alle anderen, und sich vor den Leuten über ihn lustig macht, die dumme Gans! Es gelingt ihm auch bei ihr nicht, irgend etwas in Erfahrung zu bringen.

Und da faßt Professor Toti einen heroischen Entschluß. Er bringt Nini zur Mama und bittet sie, ihn ordentlich anzuziehen.

»Warum?« fragt sie.

»Ich gehe mit ihm ein bißchen spazieren«, antwortet er. »Heute ist Feiertag ... hier langweilt er sich doch, der arme Kleine!«

Die Mama möchte das nicht. Sie weiß, daß die widerwärtigen Leute lachen, wenn sie den alten Professor mit dem Kleinen an der Hand sehen; sie weiß, daß so ein frecher Lümmel sich sogar herausgenommen hat, zu ihm zu sagen: »Wie ähnlich er Ihnen doch sieht, Herr Professor, Ihr kleiner Sohn!«

Professor Toti besteht jedoch darauf.

»Nein, spazieren, ein bißchen spazieren ...«

Und er geht mit dem Kleinen zu Giacomino Delisis Haus. Der wohnt mit der unverheirateten Schwester zusammen, die ihn an Mutterstatt großgezogen hatte. Da sie von dem Grund des großzügigen Verhaltens nichts wußte, war Signorina Agata Professor Toti anfangs sehr dankbar; jetzt indessen – überaus fromm, wie sie nun einmal ist – jetzt hält sie ihn für den Teufel in Person, weil er ihren Giacomino zur Todsünde verführt hat.

Professor Toti muß eine gute Weile – mit dem Kleinen – vor der Tür warten, nachdem er geläutet hat. Signorina Agata hat durch das Guckloch geschaut und ist dann wieder weggelaufen. Zweifellos erzählt sie jetzt ihrem Bruder von dem Besuch, und gleich wird sie zurückkommen und sagen, daß Giacomino nicht zu Hause ist.

Da ist sie schon, schwarzgekleidet, bleich, mit bläulichen Rändern um die Augen, hager, mürrisch; kaum hat sie die Tür geöffnet, fährt sie den Professor wutentbrannt an.

»Wieso ... entschuldigen Sie ... wieso kommen Sie ihn jetzt schon zu Hause aufsuchen? ... Und was muß ich sehen! Sogar mit dem Kind? Sie haben sogar das Kind mitgebracht?«

Professor Toti ist auf einen derartigen Empfang nicht vorbereitet, er ist wie betäubt; er schaut Signorina Agata an, blickt auf den Kleinen, lächelt, stottert:

»Wa ... warum? Was ist denn? ... darf ich nicht ... nicht ... darf ich nicht zu ...«

»Der ist nicht da!« beeilt sich sein Gegenüber trocken und hart zu entgegnen. »Giacomino ist nicht da.«

»Gut« – sagt, mit einer Verneigung des Kopfes, Professor Toti. »Aber Sie, Signorina … entschuldigen Sie … Sie behandeln mich in einer Weise, daß … ich weiß nicht! Ich glaube nicht, daß ich Ihrem Bruder oder Ihnen etwas getan…«

»Hören Sie, Herr Professor«, unterbricht ihn, ein wenig sanfter geworden, die Signorina Agata. »Wir sind, das müssen Sie glauben… wir sind Ihnen überaus dankbar; aber Sie müßten doch verstehen…«

Professor Toti machte die Augen halb zu, beginnt wieder zu lächeln, hebt die eine Hand und berührt mit den Fingerspitzen mehrmals seine Brust, um ihr zu bedeuten, daß sie das Verstehen doch besser ihm überlassen solle.

»Ich bin alt, Signorina«, sagt er, »und ich verstehe… so vieles verstehe ich! Und sehen Sie, vor allem dies: daß man gewisse Wutanfälle sich austoben lassen muß und daß, wo Mißverständnisse auftauchen, es am besten ist, alles aufzuklären… aufzuklären. Signorina, offen, rückhaltlos, ohne sich aufzuregen, alles aufklären… Meinen Sie nicht?«

»Sicher, ja…«, gibt, wenigstens im Abstrakten, Signorina Agata zu.

»Und deshalb«, fährt Professor Toti fort, »lassen Sie mich bitte herein und rufen Sie mir Giacomino.«

»Wenn er doch nicht da ist!«

»Sehen Sie? Nein. Das dürfen Sie mir nicht sagen, daß er nicht da ist. Giacomino ist zu Hause, und Sie müssen ihn mir rufen. Wir werden alles in Ruhe aufklären… Sagen Sie ihm das: in Ruhe! Ich bin alt und verstehe alles, weil ich auch jung gewesen hin, Signorina. In Ruhe sagen Sie ihm das. Lassen Sie mich eintreten.«

In den einfachen Salon eingelassen, sitzt Professor Toti mit Nini zwischen seinen Beinen. Er hat sich damit abgefunden, auch hier ein Weilchen warten zu müssen, damit die Schwester Giacomino überreden kann.

»Nicht, hierher, Nini … sei brav!« ermahnt er ab und zu den Kleinen, der gern zu einem Tischchen möchte, wo ein paar Nippsachen aus Porzellan glänzen; und dabei zerbricht er sich den Kopf darüber, was zum Teufel so Schlimmes in seinem Haushalt vorgefallen sein mag, ohne daß er irgend etwas davon bemerkt hätte. Maddalenina ist so anständig. Was kann sie Böses getan haben, um einen derart erbitterten und heftigen Groll auszulösen, sogar hier bei Giacominos Schwester?

Professor Toti, der bis jetzt an einen vorübergehenden Anfall von Eigensinn geglaubt hat, fängt an, sich ernstlich Gedanken und Sorgen zu machen.

Na, da ist Giacomino endlich! Mein Gott, wie ist sein Gesicht verändert! Wie verwirrt sieht er aus! Wieso denn? O nein, das nicht! Er schiebt kaltherzig den Kleinen beiseite, der ihm mit ausgestreckten Armchen entgegengelaufen ist und schreit: »Giami, Giami!«

»Giacomino!« ruft betroffen und in ernstem Ton Professor Toti aus.

»Was haben Sie mir zu sagen, Herr Professor?« fragt dieser schnell, wobei er es vermeidet, ihm in die Augen zu schauen. »Mir geht es schlecht... Ich war im Bett... Ich bin nicht in der Lage zu sprechen oder auch nur den Anblick eines Menschen zu ertragen...«

»Aber der Kleine?!«

»Ach ja«, sagt Giacomino; und er bückt sich hinunter, um Nini zu küssen.

»Du fühlst dich nicht wohl?« versetzt Professor Toti, den dieser Kuß ein wenig getröstet hat. »Ich dachte mir das schon. Und deshalb bin ich gekommen. Der Kopf, nicht wahr? Setz dich, setz dich... Laß uns darüber reden. Komm her, Nini... Merkst du, daß Giami Wehweh hat? Ja, Liebling, Wehweh... hier, armer Giami... Sei lieb; wir gehen gleich wieder. Ich wollte dich fragen«, fügt er, an Giacomino gewandt, hinzu, »ob der Direktor der Landwirtschaftsbank dir etwas gesagt hat.«

»Nein, wieso?« versetzt Giacomino, noch stärker verstört.

»Weil ich gestern mit ihm über dich gesprochen habe«, entgegnet, geheimnisvoll lächelnd, Professor Toti. »Dein Lohn ist nicht besonders üppig, mein Junge. Und du weißt, daß ein Wörtchen von mir...«

Giacomino windet sich auf seinem Stuhl, er ballt seine Fäuste so kräftig, daß ihm die Fingernägel in die Handflächen dringen.

»Herr Professor, ich danke Ihnen«, sagt er, »aber haben Sie die Güte, die Barmherzigkeit, sich nicht mehr für mich zu bemühen, ja?«

»Ach so?« antwortet Professor Toti, immer noch mit seinem leisen Lächeln auf den Lippen. »Bravo! Wir brauchen also niemand mehr? Aber wenn ich's zu meinem Vergnügen tun möchte? Mein Lieber, wenn ich mich nicht mehr um dich kümmern darf, um wen soll ich mich denn deiner Meinung nach kümmern? Ich bin alt, Giacomino! Und den Alten – wenn sie nicht egoistisch sind, wohlgemerkt –, den Alten, die sich so abgerackert haben wie ich, um eine Stellung zu erlangen, gefällt es zu sehen, wenn die Jungen, die das so verdienen wie du, aus eigener Kraft im Leben vorankommen; und sie freuen sich über ihr Fröhlichsein, ihre Hoffnungen, über den Platz, den sie sich langsam, aber sicher in der Gesellschaft erobern. Ich habe für dich ... aber das weißt du ja ... ich betrachte dich wie einen Sohn. Was ist denn? Du weinst?«

Giacomino hat tatsächlich sein Gesicht hinter den Händen verborgen und zuckt, als wolle er einen Tränenausbruch zurückhalten.

Nini sieht ihn erschrocken an und sagt dann zum Professor:

»Giami, Wehweh ...«

Der Professor steht auf und will Giacomino eine Hand auf die Schulter legen; der aber springt auf, als verspüre er einen Widerwillen dagegen, er zeigt sein Gesicht, das wie von einem trotzigen unerwarteten Entschluß entstellt ist, und schreit ihn erbittert an:

»Kommen Sie mir nicht zu nahe! Herr Professor, gehen Sie fort, ich beschwöre Sie, gehen Sie! Sie lassen mich Höllenqualen ausstehen! Ich verdiene Ihre Zuneigung nicht, und ich will sie nicht ... Um Gottes willen, gehen Sie, nehmen Sie das Kind mit und vergessen Sie, daß es mich gibt!«

Professor Toti ist starr vor Staunen; er fragt:

»Aber weshalb denn?«

»Das sage ich Ihnen auf der Stelle!« versetzt Giacomino. »Ich bin verlobt, Herr Professor! Haben Sie verstanden? Ich bin verlobt!«

Professor Toti wankt, wie von einem Keulenschlag auf den Kopf getroffen. Er reißt die Arme in die Luft; er stammelt:

»Du? Ver… verlobt?«

»Jawohl, verlobt«, sagt Giacomino. »Und deshalb ist Schluß jetzt, Schluß für immer! Jetzt verstehen Sie wohl, daß ich Sie nicht mehr… nicht mehr hier empfangen kann…«

»Du wirfst mich also hinaus?« fragt Professor Toti, dem fast die Stimme versagt.

»Nein!« entgegnet Giacomino rasch mit betrübtem Ausdruck. »Aber es ist besser, wenn Sie… wenn Sie gehen, Herr Professor…«

Weggehen? Der Professor sinkt auf den Stuhl. Es ist ihm, als wären ihm die Beine unter dem Rumpf abhanden gekommen. Er nimmt den Kopf in beide Hände und stöhnt:

»O Gott! Ach, was für eine Katastrophe! Deshalb also? Ach, ich Ärmster! Ach, ich Ärmster! Aber seit wann? Wie nur? Ohne etwas zu sagen? Mit wem hast du dich verlobt?«

»Hier, Herr Professor … es ist schon eine Weile her …«, sagt Giacomino. »Mit einer armen Waise, so wie ich… einer Freundin meiner Schwester…«

Professor Toti sieht ihn benommen an, mit erloschenen Augen und offenem Mund, er vermag einfach nichts zu sagen.

»Und… und… und so läßt man alles im Stich… einfach so … und … und man denkt an … an nichts … man nimmt auf nichts mehr Rücksicht…«

Giacomino fühlt, wie ihm mit diesen Worten Undankbarkeit vorgeworfen wird, und er begehrt, mit finsterem Blick, dagegen auf:

»Entschuldigen Sie mal! Wollten Sie mich vielleicht als Sklaven halten?«

»Ich, dich als Sklaven?« stößt da, mit gebrochener Stimme, Professor Toti heraus. »Ich? Das sagst du? Ich, der ich dich zum Herrn in meinem Haus gemacht habe? Also, das ist wirklich der Gipfel des Undanks! Und habe ich dir vielleicht um meinetwillen Gutes getan? Was habe ich davon gehabt, außer dem Spott der Schwachköpfe, die nicht begreifen können, was ich fühle? Dann begreifst du also nicht, dann hast auch du nicht begriffen, was dieser arme Alte fühlt, der unmittelbar vor seinem Aufbruch steht und ruhig und zufrieden bei dem Gedanken war, alles geordnet zu hinterlassen, eine kleine Familie, die so gut begonnen hatte, gut abgesichert… glücklich? Ich bin siebzig Jahre alt, ich gehe morgen dahin, Giacomino! Was hast du dir nur dabei gedacht, mein Junge? Ich hinterlasse euch alles hier … Was suchst du eigentlich? Ich weiß noch nicht, ich will es auch nicht wissen, wer deine Verlobte ist; wenn du sie dir ausgesucht hast, mag es meinetwegen ein rechtschaffenes Mädchen sein; denn du bist ein guter Mensch … aber überlege mal, überleg's dir, du kannst unmöglich etwas Besseres gefunden haben, in jeder Hinsicht … Das sage ich dir nicht nur wegen des gesicherten Wohlstandes … Du hast doch schon deine kleine Familie, in der einzig ich überzählig bin, noch ein Weilchen… Was für Unannehmlichkeiten bereite ich euch eigentlich? Ich bin doch so was wie der Vater … Ich kann auch, wenn ihr wollt… damit ihr Frieden habt… Aber sag' mir doch, wie das zugegangen ist? Was ist geschehen? Was hat dir so ganz plötzlich den Kopf verdreht? Sag es mir…«

Und Professor Toti geht auf Giacomino zu, will seinen Arm fassen und ihn schütteln; aber der versteift sich am ganzen Körper, als schauderte ihn, und wehrt sich.

»Herr Professor!« schreit er. »Können Sie denn nicht begreifen, daß Ihre ganze sogenannte Güte…«

»Was denn?«

»Lassen Sie mich in Ruhe! Lassen Sie es mich doch nicht aussprechen! Wieso begreifen Sie denn nicht, daß man gewisse Dinge nur im Verborgenen tun kann und daß sie bei Tageslicht unmöglich sind, vor Ihnen, der weiß, was vorgeht, vor allen Leuten, die darüber lachen?«

»Ah, ist es wegen der Leute?« ruft der Professor aus. »Und du…«

»Lassen Sie mich in Ruhe!« wiederholt Giacomino, der vor Erregung kocht und mit hocherhobenen Armen in der Luft herumfuchtelt. »Schauen Sie! Es gibt so viele andere junge Männer, die Hilfe nötig haben, Herr Professor.«

Toti fühlt sich bis in die Seele verletzt durch diese Worte, die eine ungeheuerliche und ungerechte Beleidigung seiner Frau darstellen; er wird bleich, leichenblaß, und sagt, am ganzen Körper zitternd:

»Maddalenina ist jung, aber sie ist, bei Gott, grundanständig; das weißt du! Es könnte Maddaleninas Tod sein ... weil ihr Schmerz hier sitzt, hier drinnen, in ihrem Herzen ... wo denkst du, daß er sonst säße? Hier ist er, hier ist er, du undankbarer Mensch! Ach, und jetzt verunglimpfst du sie auch noch? Und schämst du dich nicht dabei? Und hast auch kein schlechtes Gewissen mir gegenüber? Du kannst mir das ins Gesicht sagen? Du? Glaubst du etwa, daß sie von einem Mann, einfach so, zum nächsten weitergereicht werden kann, mir nichts, dir nichts? Sie als Mutter dieses kleinen Jungen? Was redest du nur? Wie kannst du nur so reden?«

Giacomino sieht ihn ganz verwundert und betroffen an.

»Ich?« sagt er, »doch vielmehr Sie, Herr Professor, entschuldigen Sie, wie können Sie nur so reden? Meinen Sie das im Ernst?«

Professor Toti preßt sich beide Hände auf den Mund, drückt die Augenlider zusammen, schüttelt den Kopf und bricht in verzweifeltes Schluchzen aus. Da fängt auch Nini zu weinen an. Der Professor hört es, läuft zu ihm hin und drückt ihn an sich.

»Ach, mein armer Nini ... was für ein Unheil, mein Nini, was für eine Katastrophe! Und was soll jetzt aus deiner Mamma werden? Und was aus dir, mein Nini, mit einer Mammina wie deiner, die so unerfahren ist, ohne jemanden, der sie führt ... Oh, was für ein Abgrund!«

Er hebt den Kopf und sagt zu Giacomino, ihn mit Tränen in den Augen anblickend:

»Ich weine, weil ich es bin, der sich Vorwürfe zu machen hat; ich habe dich protegiert, ich habe dich bei uns aufgenom-

men, ich habe zu ihr immer so gut von dir gesprochen, ich...
ich habe ihr alle Skrupel, dich zu lieben, ausgeredet... und
jetzt, wo sie dich wirklich liebt... als Mutter dieses Kleinen...
da willst du...«

Er unterbricht sich und sagt stolz, entschlossen, in höchster Erregung: »Paß auf, Giacomino! Ich bin imstande und
stelle mich mit diesem Kind an der Hand im Haus deiner Verlobten vor.«

Giacomino, dem der kalte Schweiß ausbricht, obwohl er
auf glühenden Kohlen sitzt, wenn er ihn so reden und weinen
hört, legt bei dieser Drohung die Hände ineinander, tritt vor
ihn hin und beschwört ihn:

»Herr Professor, Herr Professor, wollen Sie sich denn wirklich ganz und gar lächerlich machen?«

»Lächerlich?« schreit der Professor, »was meinst du, macht
mir das aus, wenn ich das Verderben einer armen jungen
Frau, dein Verderben, das Verderben dieses unschuldigen
kleinen Geschöpfes vor Augen habe? Komm, komm, gehen
wir, los, Nini, gehen wir!«

Giacomino stellt sich ihm in den Weg:

»Herr Professor, das werden Sie nicht tun!«

»Das werde ich wohl tun!« schreit ihn mit entschlossener
Miene Professor Toti an. »Und um deine Eheschließung zu
verhindern, bin ich auch imstande, dich aus deiner Bank hinauswerfen zu lassen. Ich gebe dir drei Tage Zeit.«

Und sich auf der Schwelle umwendend, mit dem Kleinen
an der Hand: »Überleg's dir, Giacomino! Überleg's dir!«

Die Reise

SEIT DREIZEHN JAHREN hatte Adriana Braggi das alte, schweigsame, klosterartige Haus nicht mehr verlassen, in das sie in ihrer Jugend als Neuvermählte eingezogen war. Hinter den Fenstern blieb sie selbst den wenigen Fußgängern verborgen, die dann und wann die steile, schlüpfrige, halbverfallene Straße emporstiegen, auf der das Unkraut in Büscheln zwischen den Pflastersteinen wucherte.

Mit zweiundzwanzig Jahren, nach kaum vierjähriger Ehe, war mit dem Tode des Gatten auch sie für die Welt so gut wie gestorben. Sie war jetzt fünfunddreißig und trug noch immer schwarze Kleider wie am ersten Tag des Unglücks. Ein schwarzes Seidentuch verbarg ihre schönen, kaum mehr gepflegten kastanienfarbenen Haare, die in zwei Strähnen zusammengefaßt und im Nacken geknotet waren. Dennoch leuchtete in ihrem blassen und zarten Gesicht eine stille, sanfte Heiterkeit.

Niemand in dem Bergstädtchen des sizilianischen Inneren wunderte sich über ihre strenge Abgeschlossenheit, denn es fehlte nicht viel, daß die Sitten dort der Frau vorschrieben, dem Mann ins Grab nachzufolgen. Bis zu ihrem Tode hatten die Witwen so in ewiger Trauer dahinzuleben.

Auch sonst waren die Frauen der wenigen Familien von Stand nur selten auf der Straße zu sehen, mochten sie noch ledig oder bereits vermählt sein; nur des Sonntags verließen sie ihre Häuser, um zur Messe zu gehen, und noch dann und wann bei den gelegentlichen Besuchen, die sie einander wechselweise abstatteten. Dann trugen sie um die Wette die reichsten Kleider letzter Mode aus den ersten Schneiderateliers von Palermo oder Catania, Edelsteine und kostbaren Goldschmuck. Ernsten und geröteten Gesichtes, mit niedergeschlagenem Blick, wandelten sie bei solchen Anlässen unsicher einher und blieben dicht an der Seite des Gatten, des Vaters oder des älteren Bruders. Dergleichen Aufwand war sozusagen vorgeschrieben, diese Besuche und die paar Schritte bis zur Kirche bedeuteten für die Frauen richtige Expeditionen, die schon am Vortag sorgfältig vorbereitet werden wollten. Das Ansehen der Familie stand dabei auf dem Spiel, und auch den Männern durfte dies nicht gleichgültig sein; sie waren die Allerheikelsten, wollten sie doch zeigen, wieviel sie für ihre Frauen auszugeben bereit und in der Lage seien.

Unterwürfig und gehorsam wie immer, schmückten sich die Frauen so, wie die Männer es wünschten, um ihnen keine Schande zu bereiten; nach jenen kurzen Auftritten in der Öffentlichkeit aber kehrten sie ruhig zu ihren häuslichen Obliegenheiten zurück. Waren sie verheiratet, so brachten sie Kinder zur Welt, so viele Gott ihnen eben schickte (das war nun einmal das ihnen auferlegte Kreuz); waren sie ledig, so warteten sie, bis die Eltern ihnen eines Tages sagen würden: »Da, den heirate!« Dann heirateten sie eben; und die Männer gaben sich mit ihrer restlosen Treue ohne Liebe zufrieden.

Nur der blinde Glaube an einen Lohn jenseits dieses Lebens konnte sie dahin bringen, ohne Verzweiflung die langsame, schwere Öde ihrer Tage zu ertragen, dieser Tage, von denen jeder genau so ablief wie der vorausgegangene, in jenem schweigsamen, gleichsam ausgestorbenen Bergstädtchen unter dem intensiven, brennenden Blau des Himmels, mit den schmalen, schlecht gepflasterten Gäßchen zwischen roten Häusern aus Stein und Mörtel, mit den Wasserrinnen aus Lehm und den offenen Blechröhren.

Wagte man sich bis dorthin vor, wo die Gäßchen endeten, so bot sich ein trostloser Blick über das wellige, von Schwefeldämpfen verbrannte Gelände. Wasserlos der Himmel, wasserlos die Erde, von der in dem unbewegten Schweigen, eingeschläfert durch das Summen der Insekten, das Zirpen einer Grille, das ferne Krähen eines Hahnes oder das Bellen eines Hundes, im blendenden Mittagslicht der Geruch verwelkter Blumen und des Düngers in Schwaden aus den Ställen aufstieg.

In keinem der Häuser gab es Wasser, auch in den wenigen herrschaftlichen nicht; in den weiten Höfen, wie auch an den Ausgängen der Wege, standen alte Zisternen, angewiesen auf die Freigiebigkeit des Himmels; aber auch im Winter regnete es selten, und wenn es regnete, so war dies ein Fest: dann stellten alle Frauen Schalen und Kufen, Krüge und Tönnchen ins Freie und standen in den Türen, die Hauskleider zwischen den Beinen gerafft, um zuzusehen, wie das Regenwasser in Sturzbächen durch die steilen Gäßchen rauschte und gurgelnd in den Mündungen der Zisternen verschwand. Da wurden die Pflastersteine gewaschen, gewaschen wurden die Mauern der Häuser, und alles schien freier zu atmen in der duftenden Frische der feuchten Erde.

Für die Männer gab es die eine oder andere Zerstreuung in den Wechselfällen der Geschäfte, im Kampf der kommunalen Parteien, im Café oder im Kasino; die Frauen aber waren gezwungen, von der Kindheit an jede Eitelkeit in sich abzutöten; ohne Liebe wurden sie verheiratet, und nachdem sie wie Dienerinnen die ewig gleichen häuslichen Pflichten geübt, verbrachten sie ihre Stunden trübsinnig, mit einem Kind auf dem Schoß oder dem Rosenkranz in der Hand, auf die Heimkehr des Mannes oder Gebieters wartend.

Adriana Braggi hatte ihren Mann ganz und gar nicht geliebt.

Von sehr schwächlicher Konstitution und in ständiger Erregung infolge seiner Kränklichkeit, hatte dieser Mann sie vier Jahre lang unterdrückt und gequält; er war selbst auf seinen älteren Bruder eifersüchtig, an dem er, wie er wohl wußte, mit seiner Heirat ein schweres Unrecht, ja geradezu einen Verrat begangen hatte. Noch galt dort der Brauch, daß von allen Söhnen einer Familie nur einer, meist der älteste, heiraten durfte, um das Vermögen des Geschlechts nicht unter zu viele Erben zu zerstreuen.

Cesare Braggi, der ältere Bruder, hatte es sich nie anmerken lassen, daß er diesen Verrat als solchen empfand; vielleicht darum, weil der Vater auf dem Totenbett, kurz vor der Hochzeit, verfügt hatte, daß Cesare das Familienoberhaupt bleibe und der Zweitgeborene ihm auch nach seiner Vermählung vollen Gehorsam schulde.

Als Adriana in das alte Haus der Braggi eintrat, hatte sie es gewissermaßen als Erniedrigung empfunden, dem Schwager unterstellt zu sein. Ihre Lage war doppelt peinlich und aufreizend geworden, als ihr eigener Mann in seiner Eifersucht ihr zu verstehen gab, Cesare habe sich mit dem Gedanken getragen, sie zu heiraten. Sie hatte nicht mehr gewußt, wie sie sich dem Schwager gegenüber betragen sollte, und ihre Unsicherheit hatte um so mehr zugenommen, je weniger der Schwager seine Autorität geltend gemacht hatte, behandelte er sie doch vom ersten Tage an mit herzlicher Offenheit, mit Sympathie und wie eine echte Schwester.

Er war ein Mann von angenehmen Umgangsformen und in seiner Art zu sprechen und sich zu kleiden wie in allen andern Zügen von vollendeter natürlicher Würde, die weder durch die Berührung mit dem derben Landvolk noch durch die Geschäfte, denen er oblag, noch durch die Gewöhnung an eine laxe Faulheit, zu der das leere, armselige Provinzleben während so vieler Monate des Jahres verführte, jemals beeinträchtigt oder auch nur im mindesten überschattet wurde.

Im übrigen verließ er jedes Jahr für einige Zeit das Städtchen mit seinen Beschäftigungen und fuhr nach Palermo, nach Neapel, nach Rom, nach Florenz, nach Mailand, um sich in das Leben zu stürzen, um – wie er sich ausdrückte – ein Bad in der Zivilisation zu nehmen. An Leib und Seele verjüngt kehrte er von solchen Reisen heim.

Jedesmal, wenn Adriana, die nie einen Schritt aus dem Heimatort getan, ihn in das große, alte Haus zurückkommen sah, wo die Zeit in Todesschweigen zu verdämmern schien, empfand sie eine heimliche, undefinierbare Verwirrung.

Der Schwager brachte die Luft einer Welt mit sich, die sie sich nicht einmal vorzustellen vermochte.

Und die Verwirrung nahm zu, wenn sie aus dem Nebenzimmer das grelle Gelächter ihres Mannes hörte, der sich von seinem Bruder dessen saftige Abenteuer erzählen ließ. Verachtung und Ekel wurde daraus, sobald der Gatte des Abends, nach jenen Erzählungen des Bruders, in einem Zustand wütender Überreiztheit ihr Schlafzimmer betrat. Die Verachtung und der Ekel galten dem Gatten und waren um so heftiger, je mehr Respekt, ja Verehrung der Schwager ihr entgegenbrachte.

Nach dem Tode ihres Mannes hatte Adriana eine schreckhafte Beklemmung bei dem Gedanken empfunden, mit dem Schwager allein in diesem Haus leben zu müssen. Gewiß, sie hatte zwei Kinder, die sie in diesen vier Jahren zur Welt gebracht hatte; aber auch in ihrer Würde als Mutter gelang es ihr nicht, dem Schwager gegenüber die angeborene Mädchenschüchternheit zu überwinden. Diese Schüchternheit war zuvor nie bis zur Störrigkeit gewachsen, wurde aber jetzt dazu; sie gab die Schuld daran dem Gatten, der sie in seiner Eifersucht mit mißtrauischer und hinterhältiger Wachsamkeit gequält hatte.

Feinsinnig und zuvorkommend hatte Cesare Braggi alsbald Adrianas Mutter eingeladen, mit der verwitweten Tochter zusammenzuleben; und mit der Zeit gewann Adriana, befreit von der Tyrannei des Mannes und in Gesellschaft der Mutter, wenn auch nicht vollen Frieden, so doch eine gewisse Ruhe des Geistes. Mit ganzer Hingabe widmete sie sich den Kindern und häufte auf sie all die Liebe und Zärtlichkeit, die in einer unglücklichen Ehe keine Betätigungsmöglichkeit gefunden hatten.

Cesare reiste weiterhin jedes Jahr für einen Monat nach dem Festland und brachte stets Geschenke für Adriana, die Großmutter und die Enkel mit, deren er sich immer mit väterlicher Sorge annahm.

Ohne die schützende Gegenwart eines Mannes flößte das Haus, besonders des Nachts, den Frauen Angst ein. In der Zeit von Cesares Abwesenheit war es Adriana, als sei die Stille noch tiefer, finsterer und hielte über dem Haus ein großes, unbekanntes Unglück in der Schwebe. Mit unendlicher Bestürzung horchte sie auf, wenn der Wind den Strick der Zisterne am Ende des Gäßchens bewegte und das Zugrad zum Knirschen brachte. Aber konnte Cesare sich aus Rücksicht auf die zwei Frauen und die Kinder, die ihm im Grunde nicht angehörten, seiner einzigen Zerstreuung nach einem Jahr der Langeweile berauben? Er hätte sich ja ebensogut überhaupt nicht um sie kümmern und frei sein eigenes Leben leben können, da der Bruder ihn daran gehindert hatte, sich eine Familie zu schaffen; statt dessen – wie hätte man dies nicht anerkennen sollen? – widmete er sich, von jener kurzen Urlaubszeit abgesehen, ganz dem Hause und den verwaisten Neffen.

Mit der Zeit war alle Bitterkeit in Adrianas Herzen eingeschlummert. Die Kinder wuchsen heran, und sie freute sich, sie unter der Leitung eines solchen Onkels groß werden zu sehen. Ihre Hingebung war nun so vollständig geworden, daß sie sich wunderte, wenn der Schwager oder die Kinder sich manch übermäßiger Fürsorge widersetzten. Ihr war, als täte sie nie genug. Und woran hätte sie denken sollen, wenn nicht an die Ihren?

Einen großen Schmerz bedeutete für sie der Tod der Mutter. Sie verlor damit ihre einzige Gesellschaft. Seit längerem hatte sie mit ihr wie mit einer Schwester gesprochen; dennoch konnte sie sich, solange sie die Mutter zur Seite hatte, noch für jung halten, wie sie es ja auch in Wirklichkeit war. Jetzt war die Mutter nicht mehr, die beiden Söhne waren zu Jünglingen herangewachsen, der eine sechzehn, der andere vierzehn, und beide fast so groß wie der Onkel geworden; da begann sie sich als alte Frau anzusehen und zu fühlen.

In dieser Gemütsverfassung geschah es ihr, daß sie zum ersten Mal ein unbestimmtes Mißbehagen verspürte, eine Müdigkeit, einen Druck, bald in einer Schulter, bald in der Brust; es war ein gewisser dumpfer Schmerz, der manchmal den ganzen linken Arm befiel und plötzlich so schneidend wurde, daß ihr der Atem stockte.

Sie ließ keinerlei Klage laut werden, und vielleicht hätte niemand etwas davon erfahren, wenn nicht einer dieser krampfartigen Anfälle sie eines Tages bei Tisch überkommen hätte.

Man rief den alten Hausarzt, der von allem Anbeginn über das Zusammentreffen der Symptome in Bestürzung geriet. Diese Bestürzung steigerte sich noch nach einer langen, aufmerksamen Untersuchung der Kranken.

Das Übel saß am Rippenfell. Aber welcher Art war es? Mit Hilfe eines Kollegen versuchte es der alte Arzt mit einer Punktur, doch diese blieb ergebnislos. Dann stellte er eine gewisse Verhärtung der Achseldrüsen fest und gab Cesare Braggi den Rat, die Schwägerin sofort nach Palermo zu bringen, wobei er deutlich durchblicken ließ, er befürchte einen vielleicht unheilbaren Tumor.

Sofort zu reisen war unmöglich. Nach einer Klausur von dreizehn Jahren besaß Adriana nicht die Garderobe, die es ihr gestattete, sich öffentlich blicken zu lassen und zu reisen. Es mußte also nach Palermo geschrieben werden, damit man ihr das Notwendigste schicke.

Auf jede Art suchte sie sich zu widersetzen und versicherte dem Schwager und den Söhnen, sie fühle sich nicht mehr so schlecht. Eine Reise? Wenn sie bloß daran dachte, überlief es sie kalt. Auch war es gerade die Zeit, zu der Cesare gewöhnlich seinen einmonatigen Urlaub nahm. Wenn sie mit ihm reiste, raubte sie ihm damit seine Freiheit, jedes Vergnügen. Nein, nein, das wollte sie unter gar keinen Umständen! Und dann – wem sollte sie die Kinder überlassen? Wem das Haus anvertrauen? Aber Schwager und Söhne lachten nur über diese Bedenken. Sie versteifte sich darauf zu erklären, die Reise werde ihr bestimmt nur schaden. O Gott, sie wußte doch gar nicht mehr, wie die Straßen aussahen! Nicht einen Schritt würde sie gehen können! Man möge sie doch nur um Himmels willen zu Hause lassen!

Es war ein Hauptspaß für die Jungen, als aus Palermo die Kleider und Hüte ankamen.

Jubelnd brachen sie mit den großen, in Wachstuch gepackten Schachteln in das Zimmer der Mutter ein und schrien, was sie nur konnten, die Mutter müsse die Sachen sofort, sofort anprobieren. Sie wollten ihre Mutter schön sehen, wie sie sie noch nie gesehen hatten. Und so lange redeten sie und bettelten, bis die Mutter nachgeben mußte.

Es waren schwarze Trauerkleider, auch diese, aber sehr reich und mit wunderbarer Meisterschaft gearbeitet. In ihrer Unkenntnis und Unerfahrenheit in Dingen der Mode wußte sie gar nicht, wie sie mit dem Ankleiden beginnen sollte. Wo und wie diese vielen Häkchen schließen, die sie da und dort fand? Dieses Krägelchen – o Gott, so hoch? Und diese Ärmel mit den vielen Falten … Trug man das jetzt so?

Hinter der Tür tobten unterdessen die ungeduldigen Jungen: »Bist du so weit, Mutter? Noch nicht?«

Als wäre die Mutter dort drin im Begriff gewesen, sich für ein Fest zurechtzumachen! Sie dachten nicht mehr an den Anlaß, für den diese Kleider gekommen waren; um die Wahrheit zu sagen, dachte nicht einmal sie in diesem Augenblick daran.

Als sie, ganz verwirrt und erhitzt, die Augen hob und sich im Spiegelschrank erblickte, befiel sie eine äußerst heftige Empfindung, die beinahe Scham war. Dieses Kleid, das in dreister Eleganz ihre Hüften und den Busen nachzeichnete, gab ihr die Schlankheit und die Haltung eines jungen Mädchens. Sie hatte sich bereits alt gefühlt, und jetzt sah sie sich in diesem Spiegel plötzlich jung und schön – als eine andere – wieder.

»Nein, nein! Unmöglich!« rief sie, wandte den Kopf und hob die Hand, um sich dem Anblick zu entziehen.

Die Kinder hörten diesen Ausruf und trommelten noch heftiger an die Tür, mit den Fäusten, mit den Füßen, suchten sie aufzubrechen und schrien dabei, die Mutter möge aufmachen und sich sehen lassen.

Aber wie denn? Nein! Sie schämte sich. Eine Karikatur war sie! Nein, nein!

Doch die Jungen drohten ernsthaft, die Türe aufzusprengen. So mußte sie schließlich öffnen.

Zuerst standen auch die Kinder wie erstarrt vor der plötzlichen Verwandlung. Die Mutter suchte sich ihnen zu entziehen und wiederholte: »Nein, laßt mich doch! Unmöglich! Seid ihr verrückt?« Jetzt kam der Schwager hinzu. Guter Gott! Sie wollte fliehen, sich verstecken, als hätte er sie nackt überrascht. Aber die Kinder hielten sie fest und zeigten sie dem Onkel, der über ihre Schamhaftigkeit lachte.

»Es steht dir wirklich gut!« sagte er schließlich, wobei er wieder ernst wurde. »Komm, laß dich ansehen!«

Sie versuchte, den Kopf zu heben.

»Ich komme mir vor wie auf einem Maskenball…«

»Ach wo! Warum denn? Es steht dir sogar vorzüglich! Drehe dich ein wenig… so, nach der Seite…«

Sie gehorchte und zwang sich, ruhig zu erscheinen; doch ihr von dem Kleid so deutlich gezeichneter Busen hob sich unter den raschen Atemzügen, die ihre innere Erregung verrieten, während er, der erfahrene Kenner, sie so aufmerksam und ruhig betrachtete.

»Wirklich ausgezeichnet. Und die Hüte?«

»Körbe sind das!« rief Adriana in einer Art von Entsetzen.

»Ja, freilich, man trägt jetzt ganz große.«

»Wie soll ich so etwas überhaupt aufsetzen? Ich muß mich anders frisieren.«

Cesare betrachtete sie von neuem ruhig und lächelnd.

»Du hast ja so viel Haar…« sagte er.

»Ja, ja, Mama! Frisiere dich gleich!« pflichteten die Jungen bei. Adriana lächelte traurig.

»Seht ihr, was ihr aus mir macht?« sagte sie, auch an den Schwager gewendet.

Die Abreise wurde für den folgenden Morgen festgesetzt.

Allein mit ihm!

Sie begleitete ihn auf eine der Reisen, an die sie früher mit so viel Unruhe gedacht hatte. Und jetzt empfand sie nur die eine Angst: unruhig zu erscheinen, vor ihm, der vor ihr stand, ganz ihr gewidmet, doch ruhig wie immer.

Diese völlig natürliche Ruhe hätte ihre Erregtheit in ihren eigenen Augen unwürdig und beschämend erscheinen lassen, hätte sie nicht mit einer fast bewußten Fiktion, eben um sich nicht schämen zu müssen und ihr Selbstvertrauen wiederzuerlangen, ihm gegenüber einen anderen Grund dafür hervorgekehrt: die Neuheit dieser Reise, den Ansturm so vieler seltsamer Eindrücke auf ihre abgeschlossene, scheue Seele. Und sie schob die Anstrengung, mit der sie ihre Erregtheit zu bemeistern suchte, auf die Notwendigkeit, sich nicht allzu hilflos und überrascht zu geben, was er, der das alles seit vielen Jahren gewohnt war und immer völlig Herr über sich selbst blieb, wohl als lästig und ärgerlich empfunden hätte. Geradezu lächerlich hätte sie in ihrem Alter wirken mögen, so kindlich war das Staunen, das in ihren Augen brannte.

So zwang sie sich dazu, die heiter-fiebrige Gier des Auges zu bezähmen und nicht dauernd den Kopf von einem Fenster zum anderen zu wenden, wie sie sich versucht fühlte, um nur ja nichts von den vielen Dingen zu versäumen, auf die ihr Blick sekundenschnell zum ersten Male fiel. Sie bezähmte ihre Verwunderung, jene Neugier, die sie doch besser hätte wachhalten sollen, um mit ihrer Hilfe den betäubenden Schwindel zu überwinden, den das rhythmische Rollen der Räder und das flüchtende Vorüberjagen von Hecken, Bäumen und Hügeln in ihr wachrief.

Sie saß zum erstenmal in einem Eisenbahnzug. Jeden Augenblick, bei jeder Drehung der Räder, war es ihr, als dränge sie tiefer in eine unbekannte Welt ein; diese Welt erstand in ihr selber, mit Erscheinungen, die, so nahe sie ihr waren, doch zugleich äußerst fern schienen und ihr im Verein mit der Freude des Anblicks auch ein äußerst feines, undefinierbares Gefühl von Schmerz verursachten: Schmerz darüber, daß es alles das immer schon gegeben hatte, außerhalb ihrer Existenz, ja sogar ihrer Phantasie; Schmerz darüber, zwischen diesen Dingen nur eine Fremde auf der Durchreise zu sein, und daß alles das auch ohne sie sein eigenes Dasein weiterführen würde.

Da flitzten die demütigen Häuser eines Dorfes vorüber – Dächer und Fenster und Türen und Treppen und Straßen. Die Menschen, die hier lebten, waren, so wie Adriana es so lange Jahre in ihrem Städtchen gewesen war, eingeschlossen auf diesem Fleck Erde, mit seinen Gewohnheiten und Beschäftigungen. Über das hinaus, was ihr Blick erreichte, gab es für sie nichts mehr; die Welt war ein Traum! In Mengen wurden sie da geboren und wuchsen da auf und starben, ohne etwas gesehen zu haben von alledem, was Adriana jetzt auf ihrer Reise sehen sollte; und diese ihre Reise war doch so wenig, gemessen an der ganzen großen Welt, und dennoch schien sie ihr bereits etwas Ungeheures.

Wenn sie den Blick wandte, sah sie dann und wann den lächelnden Schwager neben sich, der sie ansah und fragte:

»Wie fühlst du dich?«

Sie antwortete ihm mit einem Nicken: »Gut.«

Mehr als einmal setzte sich der Schwager neben sie, um ihr einen fernen Flecken zu zeigen und dessen Namen zu nennen, wo er gewesen war, oder diesen Berg mit dem drohenden Profil, mit einem Wort alles das, von dem er annahm, es werde ihre Aufmerksamkeit in besonderem Maße erwecken. Er begriff nicht, daß auch die kleinsten Dinge, die für ihn ohne jede Bedeutung waren, in ihr einen Sturm neuer Empfindungen entfesselten; daß seine Erläuterungen das glühende, fließende Bild von Größe nicht verstärkten, sondern abkühlten, das sie in ihrer Verwirrung und mit jenem Gefühl undefinierbaren Schmerzes beim Anblick so viel unbekannter Welt in sich schuf.

Statt Helligkeit zu verbreiten, verursachte seine Stimme im Chaos ihrer Gefühle gleichsam ein plötzliches, gewaltsames, stechendes Stocken; dann wurde jenes Gefühl des Schmerzes in ihr noch schärfer und bewußter. Sie sah sich in ihrer kläglichen Unwissenheit und fühlte etwas wie ein dunkles und beinahe feindseliges Bedauern beim Anblick all dieser Dinge, die jetzt, zu spät für sie, mit solcher Plötzlichkeit in ihren Blick und in ihre Seele hereinbrachen.

Als sie am nächsten Tag in Palermo nach einer sehr langen Untersuchung das Haus des Primarius verließ, verstand sie die Anstrengung wohl zu deuten, mit der ihr Schwager seine tiefe Bestürzung zu verbergen suchte; sie verstand den gekünstelten Eifer, mit dem er sich noch einmal den Gebrauch der verordneten Medizin hatte erklären lassen, und die Art, in der der Arzt dies getan; sie verstand sehr wohl, daß jener ihr Todesurteil gesprochen hatte und daß das Gemisch von Giften, die sie sorgfältig in Tropfen zweimal am Tag vor den Mahlzeiten einnehmen sollte, nichts anderes war als eine fromme Täuschung, die letzte Wegzehrung auf einer langen Agonie.

Und doch – kaum trat sie, noch ein wenig benommen und angewidert von dem Äthergeruch im Haus des Arztes, aus dem Schatten des Treppenhauses in die leuchtende Sonne des Abends hinaus unter einen ganz zur Flamme gewordenen Himmel, der von der See her gleichsam eine Feuerzunge über den langen Korso warf, kaum sah sie in diesem goldigen Leuchten zwischen den Wagen das Wimmeln der lärmenden Menge, deren Gesichter und Kleider in purpurnen Reflexen schimmerten, sah sie die gleich Edelsteinen funkelnden Lichtblitze und Farbenspritzer der Verkaufsläden, der Reklameschilder, der Spiegel – da fühlte sie nichts als Leben, Leben, das durch alle ihre bewegten, aufgestachelten Sinne tumultuarisch in sie einbrach gleich göttlicher Trunkenheit. Keine Angst, nicht einmal ein flüchtiger Gedanke in ihr war dem nahen, dem unvermeidlichen Tode zugewandt, der doch bereits in ihr saß, zusammengekauert unter dem linken Schulterblatt, dort, wo das Stechen am stärksten war. Nein, nein, Leben, das Leben! Und dieser innere Aufruhr faßte sie jetzt an der Kehle, wo etwas Unbekanntes, vielleicht ein uralter, aus den Gründen ihres Seins aufgestörter Schmerz sich festsetzte und ihr mitten in ihrer Freude Tränen abnötigte.

»Es ist nichts – nichts ...«, sagte sie zu dem Schwager mit einem Lächeln, das durch die Tränen in ihren Augen aufstrahlte. »Mir ist, als wäre ich ... ich weiß selbst nicht, wie ... Gehen wir ...«

»Ins Hotel?«

»Nein ... nein ...«

»Wollen wir im ›Chalet‹ am Meer zu Abend essen? Ist dir das recht?«

»Ja, wo du willst.«

»Ausgezeichnet! Fahren wir also! Dann sehen wir uns das Menschengewoge auf dem Foro an, hören die Musik ...«

Sie bestiegen einen Wagen und fuhren der blendenden Feuerzunge entgegen.

Was war das für ein Abend für sie, im »Chalet« am Meer, im Mondschein, vor sich das erleuchtete Foro mit seinem lärmenden Strom funkelnder Wagen, dazu der Geruch der Algen vom Meer und der Duft der Blumen aus den Gärten! Wie in einem übermenschlichen Zauber verloren, dem ganz sich hinzugeben sie durch die Angst gehindert wurde, am Ende sei alles das nicht wahr, fühlte sie sich weit, weit entfernt auch von sich selbst, ohne Erinnerung, ohne Bewußtsein, ohne Gedanken, in unendlicher Traumferne.

Noch mächtiger befiel sie dieses Gefühl des Entrücktseins am folgenden Morgen, als sie im Wagen durch die endlosen Wege des Favorita-Parks fuhren; an einem Punkt gelang es ihr, mit einem tiefen Atemzug aus dieser Ferne zu sich selber zurückzukommen und sie zu ermessen, ohne dabei den Zauber zu brechen und die Trunkenheit dieses Sonnentraumes inmitten jener gleichfalls in endlosem Traum befangenen Pflanzen zu zerstören.

Unwillkürlich wandte sie sich dem Schwager zu, sah ihn an und lächelte vor Dankbarkeit.

Gleich darauf freilich weckte dieses Lächeln in ihr eine lebhafte und tiefe Zärtlichkeit für ihre eigene Person, für sie, die jetzt zum Tode verurteilt war, in einem Augenblick, da sich ihren staunenden Augen so viel Schönheit erschloß – ein Leben, das auch für sie hätte bestimmt sein können wie für so viele andere Kreaturen, die hier lebten. Und ihr war, als sei es vielleicht doch eine Grausamkeit gewesen, daß man sie auf diese Reise geschickt hatte.

Kurz darauf hielt der Wagen am Ende eines abgelegenen Fahrweges, und sie stieg an seinem Arme aus, um den Herkulesbrunnen aus der Nähe zu besehen. Dort, vor diesem Brunnen, unter dem Kobaltblau des Himmels, das so tief war, daß es rings um die leuchtende Marmorstatue des Halbgottes auf seiner hohen, aus der weiten Schale aufragenden Säule beinahe schwarz erschien, beugte sie sich dann nach dem gläsernen Wasser herab, auf dem Blätterwerk und Algen schwammen und das ihren Schatten grünlich widerspiegelte. Bei jedem leichten Kräuseln des Wassers ging es wie ein Nebeldampf über die unbewegten Gesichter der Sphinxe, die in die Schale blicken; dann fühlte auch Adriana auf ihrem Antlitz einen frischen, von diesem Wasser aufsteigenden Hauch; gleich darauf weitete ein großes, betroffenes Schweigen ihre Seele. Und als entzündete in dieser unermeßlichen Leere sich in ihr ein

Licht von anderen Sternen, war ihr, als reichte sie hier beinahe an die Ewigkeit, als gewänne sie eine leuchtende, unbe-
grenzte Kenntnis von allem, ein Wissen um das Grenzenlose,
das sich in den Tiefen der geheimnisvollen Seele verbirgt. Sie
hatte gelebt, und das mochte genug sein, denn sie war einen
Augenblick lang und in diesem Augenblick ewig gewesen.

Sie schlug dem Schwager vor, noch am selben Tage heim-
zureisen. Sie wollte in ihr Haus zurück, um ihn nach diesen
vier Tagen, die sie seinem Urlaub entzog, nunmehr freizuge-
ben. Noch einen Tag würde er verlieren, indem er sie zurück-
begleitete; dann mochte er sich aufmachen, sein gewohntes
Leben wieder beginnen, mit seinen Reisen nach ferneren
Ländern, jenseits dieses grenzenlosen, türkisfarbenen Meeres. Er konnte das ohne Sorge tun, denn bestimmt würde sie
nicht so schnell sterben, während der Wochen seiner Abwesenheit.

All das sagte sie nicht; sie dachte es bloß. Und sie bat ihn,
sie heimzubringen.

»Aber nein, warum denn?« erwiderte er. »Jetzt sind wir
nun einmal dabei; du kommst mit mir nach Neapel. Wir wollen, um ganz sicher zu gehen, noch einen anderen Arzt konsultieren.«

»Nein, nein, ich bitte dich, Cesare! Laß mich nach Hause
fahren! Es hat keinen Zweck!«

»Warum? Keineswegs! Es wird besser sein. Der Sicherheit
halber.«

»Genügt das nicht, was wir hier erfahren haben? Mir fehlt
nichts. Ich fühle mich ganz wohl. Siehst du es nicht? Ich werde die Kur machen, das ist alles.«

Er sah sie ernst an und sagte:

»Adriana, ich wünsche es.«

Da konnte sie nicht mehr widersprechen. Sie war wieder
die Frau ihres Städtchens, die niemals dem widersprechen
darf, was der Mann für recht und angemessen hält; sie dachte,
er wolle für sich die Befriedigung, sich nicht mit einer Konsul-
tation begnügt zu haben, die Befriedigung, daß die Leute daheim bei ihrem Tode sagen würden: »Er hat alles getan, um

sie zu retten; nach Palermo, ja sogar nach Neapel hat er sie gebracht.« – Oder lebte vielleicht in ihm wirklich die Hoffnung, ein anderer Arzt in weiterer Ferne, ein tüchtigerer, werde ihre Krankheit für heilbar befinden, ein letztes Mittel zu ihrer Rettung entdecken? Oder vielleicht… ja, das war es wohl: Da er wußte, daß sie verloren war, wollte er, wenn sie sich schon mit ihm auf der Reise befand, ihr diese letzte und außerordentliche Zerstreuung verschaffen, als schwache Entschädigung für die Grausamkeit ihres Loses.

Aber sie empfand Abscheu – ja, das war es – vor diesem großen Meer, über das sie fahren sollte. Wenn sie es bloß ansah, stockte ihr der Atem bei diesem Gedanken, als hätte sie es schwimmend überqueren sollen.

»Keine Angst«, beruhigte er sie lächelnd. »Du wirst davon gar nichts merken, in dieser Jahreszeit. Siehst du, wie ruhig es ist? Und dann der Dampfer… Du wirst überhaupt nichts spüren.«

Konnte sie ihm das dunkle Vorgefühl gestehen, das sie beim Anblick dieses Meeres bedrückte? Wenn sie abfuhr, wenn sie sich von der Küste der Insel ablöste, die ihr schon so weit von ihrer Heimat und so neu erschien, wo sie schon so seltsame Erregungen verspürt hatte – wenn sie sich noch weiter wagte, verloren mit ihm in der ungeheuren, geheimnisvollen Ferne dieses Meeres, dann würde sie, so sagte ihr das Vorgefühl, nicht wieder lebend den Weg zurück über dieses Wasser nach ihrem Hause finden. Nicht einmal sich selber konnte sie dieses Gefühl eingestehen, und so glaubte auch sie, das Meer schrecke sie einfach darum, weil sie es früher nicht einmal von ferne gesehen hatte und sich jetzt darauf wagen sollte …

Noch am selben Abend schifften sie sich nach Neapel ein.

Der Dampfer löste sich von der Reede und verließ den Hafen; die Betäubung durch den Lärm, das Durcheinander der kommenden und gehenden Menschen mit ihrem Geschrei, das Rasseln der Kräne und Ketten wich allmählich von Adriana; sie sah, wie alles sich langsam entfernte und kleiner wurde, die Leute auf dem Kai, die noch immer grüßend ihre Tücher schwenkten, die Reede, die Häuser, bis zuletzt die ganze Stadt zu einem weißen, duftigen, da und dort mit matten Lichtern besetzten Streifen unter dem weiten Rund der rötlichgrauen Berge wurde. Da fühlte sie sich von neuem in einem Traum befangen, in einem wunderbaren Traum, der ihr jedoch zugleich die Augen vor Schrecken aus den Höhlen trieb; drang sie doch jetzt auf diesem Schiff, das zwar groß, aber doch wohl gebrechlich war – es bebte ja unter den rhythmischen Schlägen der Schrauben – in die zwei grenzenlosen Weiten des Meeres und des Himmels ein.

Er belächelte ihren Schrecken, forderte sie auf, sich zu erheben und schob mit einer Vertraulichkeit, die er sich bis dahin noch nie gestattet hatte, den Arm unter den ihren, um sie zu stützen. So führte er sie dorthin, wo die blinkenden, mächtigen Kolben zu sehen waren, die die Schrauben drehten. Sie aber, schon verwirrt durch die ungewohnte Berührung, war diesem Anblick und mehr noch dem von dort unten aufsteigenden heißen Fettgeruch nicht gewachsen; ihr schwindelte. Halt suchend war sie im Begriff, den Kopf auf seine Schulter zu legen, doch sie beherrschte sich sogleich wieder, bestürzt über dieses instinktive Bedürfnis nach Hingabe, dem sie beinahe nachgegeben hätte.

Noch fürsorglicher als sonst fragte er:

»Fühlst du dich schlecht?«

Sie brachte kein Wort hervor, schüttelte nur verneinend den Kopf. Arm in Arm suchten beide das Hinterschiff auf, um das lange, glühend phosphoreszierende Kielwasser anzusehen, das sich durch das bereits schwarze Meer hinzog. Der riesige Schornstein entließ dichten, heißen Rauch in den mit Sternenstaub übersäten Himmel. Schließlich, um den Zauber vollzumachen, stieg der Mond aus dem Meere auf: erst zwischen den Dünsten des Horizonts wie eine traurige Feuermaske, die sich drohend anschickte, in furchtbarem Schweigen über ihr Wasserreich hinzuspähen, dann allmählich immer heller, immer präziser umschrieben in seinem schneeigen Leuchten, das einen bebenden Silberschein ohne Ende über die See breitete. Mehr denn je fühlte Adriana jetzt angesichts dieser Herrlichkeit Beklemmung und Angst in sich wachsen, die sie hinriß und sie unwiderstehlich drängte, erschöpft das Haupt an seiner Brust zu bergen.

Es geschah in Neapel, in einem Augenblick, während sie ein Konzert-Café verließen, in dem sie gegessen und den Abend verbracht hatten. Er war es gewohnt, auf seinen jährlichen Reisen des Nachts Lokale dieser Art am Arm einer Frau zu verlassen; indem er ihr jetzt den Arm bot, fing er unvermutet unter ihrem großen schwarzen Federhut einen flammenden Blick auf, und fast ohne es zu wollen, drückte er mit seinem Arm den ihren rasch und heftig gegen seine Brust. Das war alles. Die Feuersbrunst war entfacht.

Im Dunkel des Wagens, der sie in das Hotel zurückbrachte, sagten sie einander alles in wenigen Minuten, eng umschlungen, Mund auf unersättlichem Mund, was er eben zuvor im Aufblitzen jenes Blickes erraten hatte: ihr ganzes Leben in all den Jahren schweigenden Martyriums. Sie sagte ihm, wie sie ihn immer, immer geliebt habe, ohne es zu wollen, ohne es zu wissen; und er sagte ihr, wie er sie schon als Mädchen begehrt und davon geträumt hatte, sie sein eigen zu nennen, sein, sein!

Es war ein Fieberrausch, eine Raserei, angefacht durch die Gier, in den wenigen Tagen, die ihr Todesurteil ihnen übrigließ, alle diese verlorenen Jahre unterdrückter Leidenschaft und verborgenen Fiebers wettzumachen. Sie wollten blind sein, sich verlieren, einander nicht mehr als das sehen, was sie so viele Jahre lang in der gesetzten Wohlanständigkeit ihres Städtchens gewesen waren – jenes Städtchens, dessen strenger Sitte ihre Vermählung wie ein unerhörtes Sakrileg erschienen wäre.

Vermählung? Nein! Warum sollte sie ihn zu diesem in den Augen aller beinahe frevlerischen Schritt nötigen? Warum sollte sie, die nur mehr so kurze Zeit zu leben hatte, ihn an sich binden? Nein, nein! Liebe, diese frenetische, hinreißende Liebe, auf einer Reise von wenigen Tagen! Liebesreise ohne Rückkehr! Liebesreise in den Tod!

Sie konnte nicht mehr zurückkehren und den Kindern gegenübertreten. Sie hatte es wohl gefühlt, als sie abfuhr; sie wußte, es würde zu Ende sein mit ihr, sobald sie sich übers Meer wagte. Und jetzt, vorwärts, vorwärts, weiter, weiter in die Ferne, in seinen Armen, blind bis zum Tode.

So fuhren sie nach Rom, dann nach Florenz, dann nach Mailand, fast ohne etwas zu sehen. Der Tod, in ihr eingenistet, geißelte sie mit seinen Stichen und trieb sie zu immer wilderer Glut an.

»Es ist nichts!« sagte sie ihm bei jedem Anfall der Schmerzen. »Nichts…«

Und sie reichte ihm ihren Mund, Todesblässe im Antlitz.

»Adriana, du leidest!«

»Nein, es ist nichts! Was kümmert es mich!«

Am letzten Tag in Mailand, kurz vor der Abreise nach Venedig, sah sie ihr verfallenes Gesicht im Spiegel; und als sich ihr dann nach nächtlicher Fahrt in der Stille der Dämmerung die stolze und melancholische Traumvision der aus dem Wasser aufsteigenden Stadt darbot, da wußte sie, daß sie an ihrer Bestimmung angelangt war. Hier mußte die Reise ihr Ende finden.

Ihren Tag in Venedig wollte sie noch haben. Bis zum Abend, bis zur Nacht, fuhr sie in der Gondel durch schweigende Kanäle, und sie durchwachte die ganze Nacht mit einem seltsamen Eindruck von jenem Tage: Es war ein Tag von Samt gewesen.

Der Samt der Gondel! Der samtene Schatten gewisser Kanäle? Vielleicht der Samt des Sarges.

Während er am nächsten Morgen das Hotel verließ, um einige Briefe nach Sizilien aufzugeben, trat sie in sein Zimmer. Auf dem Tisch fand sie einen aufgerissenen Umschlag, erkannte die Schrift ihres älteren Sohnes. Sie führte das Blatt an die Lippen und küßte es verzweifelt. Dann kehrte sie in ihr Zimmer zurück, entnahm der ledernen Handtasche das noch unbenützte Fläschchen mit der giftigen Medizin; erschöpft ließ sie sich auf das Bett sinken und leerte es in einem Zuge.

Mahnung zur Pflicht

PAOLINO LOVICO ließ sich wie tot auf einen Hocker vor der Apotheke Pulejo auf der Piazza Marina fallen. Er schaute hinein zum Ladentisch und fragte Saro Pulejo, indem er sich den Schweiß abwischte, der ihm von den Haaren in das gerötete Gesicht lief:

»Ist er dagewesen?«

»Gigi? Nein. Aber er muß gleich kommen. Warum?«

»Warum? Weil ich ihn brauche. Weil... Was du alles wissen willst!«

Er behielt das Taschentuch auf dem Kopf, stützte die Ellenbogen auf die Knie, das Kinn in die Hände und blickte zu Boden, düster, mit gerunzelten Brauen.

Sie kannten ihn alle, dort auf der Piazza Marina. Ein Freund ging vorüber:

»He, Paolí?«

Lovico hob die Augen, senkte sie aber gleich wieder und murmelte:

»Laß mich in Ruhe!«

Ein anderer Freund:

»Paolí, was hast du?«

Diesmal riß sich Lovico das Taschentuch vom Kopf und setzte sich anders hin, so daß sein Gesicht fast die Wand berührte.

»Paolí, ist dir nicht gut?« fragte ihn darauf Saro Pulejo hinter dem Ladentisch.

»Herrgott noch mal!« fuhr Paolino Lovico los und stürzte in die Apotheke. »Was zum Dreck kümmerst du dich um mich, kannst du mir das vielleicht sagen? Frage ich dich etwa, ob es dir schlechtgeht, ob es dir gutgeht, was du hast, was du nicht hast? Laßt mich gefälligst in Ruhe!«

»Herrje«, sagte Saro. »Hat dich die Tarantel gestochen? Du hast nach Gigi gefragt, und ich dachte...«

»Gibt es denn keinen andern als mich auf Erden?« schrie Lovico mit fuchtelnden Händen und funkelnden Augen. »Kann ich nicht einen kranken Hund haben, einen Truthahn mit Husten? Kümmert euch doch um eure eigenen Angelegenheiten, bei allen Heiligen – ich weiß nicht, bei wem noch!«

»Ah, da kommt Gigi!« sagte Saro lachend.

Gigi Pulejo trat eilig ein und ging stracks auf das Wandschränkchen zu, um nachzusehen, ob sich in seinem Brieffach Mitteilungen für ihn befänden.

»Grüß dich, Paolí!«

»Hast du's eilig?« fragte ihn Paolino Lovico stirnrunzelnd, ohne den Gruß zu erwidern.

»Ja, sehr«, seufzte Doktor Pulejo, indem er sich den Hut in den Nacken schob und sich mit dem Taschentuch die Stirn fächelte. »In diesen Tagen gibt's nichts zu spaßen, mein Lieber.«

»Hab ich's nicht gesagt?« grinste nun Paolino ärgerlich mit vorgestreckten Fäusten. »Was für eine Epidemie ist ausgebrochen? Cholera? Beulenpest, Krebs, der euch alle wegrafft? Du mußt mich anhören! Sieh mal, der eine Tote ist nicht mehr wert als der andere, ich aber lebe und bin hier. Ich habe das Vorrecht. He, Saro, hast du nichts im Mörser zu zerstoßen?«

»Nein – warum?«

»Na, dann gehen wir!« begann Lovico von neuem, packte Gigi Pulejo beim Arm und zog ihn mit sich fort. »Hier kann ich nicht reden.«

»Langer Diskurs?« fragte ihn der Doktor auf der Straße.

»Endlos!«

»Tut mir leid, mein Lieber, ich habe keine Zeit.«

»Du hast keine Zeit? Weißt du, was ich dann tue? Ich werfe mich unter die Straßenbahn, breche mir ein Bein und zwinge dich, einen halben Tag bei mir zu verbringen. Wo mußt du hin?«

»Zuerst in die Via Butera, hier in der Nähe.«

»Ich begleite dich«, sagte Lovico. »Du gehst hinauf und machst deinen Besuch; ich erwarte dich unten, und dann sprechen wir weiter.«

»Was fehlt dir denn eigentlich, zum Teufel?« fragte ihn Doktor Pulejo, indem er einen Augenblick stehenblieb, um ihn zu betrachten.

Unter den Blicken des Arztes breitete Paolino Lovico die Arme aus, bekam weiche Knie, und all seine Gereiztheit fiel in sich zusammen, als er erwiderte:

»Liebster Gigino, ich bin ein toter Mann!«

Und seine Augen füllten sich mit Tränen.

»Sprich dich aus«, drängte der Arzt, »aber gehen wir weiter. Was ist mit dir los?«

Paolino tat ein paar Schritte, dann blieb er wieder stehen. Und während er Gigi Pulejo am Ärmel zurückhielt, bereitete er ihn in geheimnisvollem Tone vor:

»Schau, ich spreche zu dir wie zu einem Bruder. Oder nein. Der Arzt ist doch wie ein Beichtvater, nicht wahr?«

»Natürlich. Auch wir haben unser Berufsgeheimnis.«

»In Ordnung. Ich spreche also zu dir unter dem Siegel der Beichte wie zu einem Priester.«

Er legte eine Hand auf den Magen und fügte mit einem Blick des Einverständnisses feierlich hinzu:

»Wie das Grab, verstanden?«

Während er nun die Augen weit aufriß und Zeigefinger und Daumen aneinanderhielt, wie um die Worte abzuwägen, die er auszusprechen im Begriffe war, sagte er mit Nachdruck auf jeder Silbe:

»Petella unterhält zwei Familien.«

»Petella?« fragte Gigi Pulejo verwundert. »Wer ist Petella?«

»Petella, der Kapitän, zum Teufel!« stieß Lovico hervor. »Petella von der Allgemeinen Schiffahrtsgesellschaft.«

»Den kenne ich nicht«, sagte Doktor Pulejo.

»Du kennst ihn nicht? Um so besser! Aber trotzdem: wie das Grab, verstanden? Zwei Familien«, wiederholte er mit der gleichen finster gewichtigen Miene. »Eine hier und eine in Neapel.«

»Na und?«

»Ach so. Das scheint dir nicht der Rede wert?« fragte Paolino Lovico, der sich ganz vom Zorn hinreißen ließ, der ihn verzehrte. »Ein verheirateter Mann, der seinen Seemannsberuf in der übelsten Weise ausnützt und anderswo ein zweites Heim gründet, das scheint dir nicht der Rede wert. Das sind krumme Touren, verflucht noch mal!«

»Höchst krumme – wer bezweifelt das? Aber was geht das dich an? Was hast du damit zu schaffen?«

»Was mich das angeht? Was ich damit zu schaffen habe?«

»Entschuldige, ist Petellas Frau eine Verwandte von dir?«

»Nein!« rief Paolino Lovico mit blutunterlaufenen Augen. »Es ist ein armes Wesen, das Höllenqualen leidet! Eine anständige Frau, verstehst du? Die in gemeiner Weise betrogen wird, verstehst du? Vom eigenen Mann! Muß da einer erst verwandt sein, um sich aufzuregen?«

»Aber entschuldige, was kann ich dabei tun?« fragte Gigi Pulejo achselzuckend.

»Wenn du mich nicht zu Ende reden läßt! Schweinerei, dreckige! Eine Schweinewelt! Ein Schweineleben!« schnaubte Lovico. »Eine Hitze zum Verrecken! – Doch nicht genug: Dieser liebe Petella, dieser Herzens-Petella betrügt nicht nur seine Frau, unterhält nicht nur eine zweite Familie in Neapel, nein, er hat von der andern dort auch drei oder vier Kinder und bloß eins von seiner Frau hier. Er will keine weiter haben! Doch die dort, verstehst du, sind unehelich! Bekommt er noch ein paar andere und sie fallen ihm lästig, dann kann er sie rausschmeißen, ohne Umstände. Aber ein eheliches Kind von seiner Frau hier, das könnte er nicht einfach im Stich lassen. Und wie zieht er sich aus der Affäre, der Widerling? (Oh, das geht schon seit zwei Jahren, weißt du, diese Geschichte!) Er zieht sich aus der Affäre, indem er an den Tagen, wenn er hier an Land geht, den geringsten Vorwand zu einem Streit mit seiner Frau benutzt, sich nachts einschließt und allein schläft. Am Tag darauf fährt er wieder ab – und weg ist er. Und das seit zwei Jahren!«

»Arme Frau!« meinte Gigi Pulejo mitleidig, ohne freilich ein Lächeln unterdrücken zu können. »Aber ich – entschuldige, ich verstehe noch nicht ganz.«

»Hör mal, liebster Gigino«, nahm Lovico das Gespräch in einem andern Ton wieder auf und faßte ihn unter dem Arm, »seit vier Monaten gebe ich dem Jungen, Petellas Sohn, der zehn Jahre alt ist und in die erste Klasse des Gymnasiums geht, Lateinstunden.«

»Ah, so!« sagte der Arzt.

»Wenn du wüßtest, was für Mitleid ich mit der unglücklichen Frau empfunden habe!« fuhr Lovico fort. »Wieviel Tränen hat die Ärmste schon vergossen, wieviel Tränen ... Und wie gut sie ist! Auch hübsch ist sie, weißt du! Wenn sie häßlich wäre, würde ich es begreifen ... Aber sie ist hübsch! Und sich so behandelt zu sehen, betrogen, mißachtet und in die Ecke geworfen, so wie ein nutzloser Lappen ... Ich möchte sehen, wer da hätte stark bleiben können! Wer sich da nicht empört hätte! Und wer möchte den ersten Stein auf sie werfen? Sie ist eine anständige Frau, eine Frau, die unbedingt verdient, daß man sich um sie kümmert, liebster Gigino! Hast du verstanden? Sie befindet sich in einer schrecklichen Lage, gegenwärtig ... Sie ist ganz verzweifelt.«

Gigi Pulejo blieb stehen und blickte Lovico streng an:

»O nein, mein Lieber!« sagte er zu ihm. »Solche Sachen mache ich nicht. Ich möchte nicht mit dem Strafgesetzbuch zu tun haben – ich nicht.«

»Blödsinn!« fuhr Paolino Lovico los. »Was stellst du dir so vor jetzt? Was stellst du dir vor, daß ich von dir will? Für wen hältst du mich eigentlich? Meinst du, ich bin ein Mensch ohne moralische Grundsätze, ein Schuft? Daß ich deine Hilfe für ... nein, ich finde den bloßen Gedanken abscheulich, einfach widerwärtig!«

»Was zum Kuckuck willst du denn dann von mir? Ich verstehe dich nicht!« rief Doktor Pulejo voll Ungeduld.

»Ich will, was recht ist!« rief nun seinerseits Paolino Lovico. »Die Moral will ich! Ich will, daß Petella sich als guter Ehemann beträgt und der Frau nicht die Tür vor der Nase zuschlägt, wenn er hier an Land geht.«

Gigi Pulejo brach in ein schallendes Gelächter aus.

»Und was ... und was ver ... und was verlangst du ... hi hi hi

… ha ha ha … du ver … du verlangst, daß ich … ar … arm …
armer Pet … ha ha ha … dem Esel … dem Esel etwas eingebe,
damit … hi hi hi …«

»Was lachst du, was lachst du denn, du Rindvieh?« brüllte
Paolino Lovico wütend und mit geballten Fäusten. »Eine Tra-
gödie droht – und du lachst darüber? Ehre und Leben einer
Frau stehen auf dem Spiel – und du lachst? Und von mir will
ich gar nicht reden! Ich bin ein toter Mann, ich gehe ins Wasser, wenn du mir deinen Beistand verweigerst, ist dir das
klar?«

»Aber wie kann ich dir denn helfen?« fragte Pulejo und
konnte sich das Lachen noch immer nicht verkneifen.

Paolino Lovico blieb entschlossen mitten auf der Straße
stehen und drückte heftig den Arm des Arztes.

»Weißt du, was passiert?« sagte er grimmig. – »Petella
kommt heute abend, morgen früh fährt er weiter in die Le-
vante, geht nach Smyrna und bleibt etwa einen Monat aus. Da
ist keine Zeit zu verlieren. Sofort – oder alles ist verloren. Um
Himmels willen, rette mich, Gigino, rette das arme Opfer. Du
hast sicher ein Mittel, du hast eine Medizin … Lach nicht,
zum Donnerwetter, oder ich dreh dir die Luft ab! Oder lach
meinetwegen, lach, wenn's dir Spaß macht, über meine Verzweiflung – aber hilf mir … ein Pulver … irgendein Mittel …
irgendeine Medizin …«

Gigi Pulejo war an dem Haus in der Via Butera angelangt,
wo er den Besuch machen mußte. Mit Mühe verbiß er sich immer noch das Lachen und sagte:

»Du willst also, mit einem Wort, verhindern, daß der Kapitän heute abend einen Vorwand zum Streit mit seiner Frau
findet?«

»Genau das.«

»Aus Gründen der Moral, nicht wahr?«

»Aus Gründen der Moral. Nimmst du die Sache noch immer nicht ernst?«

»Doch, doch, diesmal spreche ich im Ernst. Hör zu. Ich
gehe hinauf; du kehrst um und erwartest mich in der Apotheke bei Saro. Ich komme gleich.«

»Was willst du tun?«

»Das überlaß nur mir«, beruhigte ihn der Arzt. »Geh zu Saro und warte auf mich.«

»Mach rasch, he!« rief ihm Lovico mit gefalteten Händen nach.

Bei Sonnenuntergang fand sich Paolino am Hafen ein, um bei der Ankunft des Kapitäns Petella auf der ›Segesta‹ zugegen zu sein. Er wollte ihn wenigstens von ferne sehen, er wußte selbst nicht weshalb; er wollte seine Miene sehen und ihm eine Flut von Schimpfworten nachrufen.

Er hatte gehofft, daß die überreizte Gemütsverfassung, die ihn seit dem Morgen in Bann hielt, nach dem Überfall auf Doktor Pulejo und durch die Hilfe, die ihm dieser gewährt hatte, sich wenigstens ein wenig legen würde. Weit gefehlt! Nachdem er Frau Petella ein geheimnisvolles Päckchen mit Kremtörtchen (denn der Kapitän aß so gern Süßigkeiten) ausgehändigt und ihr Haus wieder verlassen hatte, war er ruhelos umhergewandert, und seine Erregung war von Sekunde zu Sekunde gestiegen.

Und nun? Jetzt war es Abend geworden. Er hatte so spät wie möglich zu Bett gehen wollen. Doch das Umherstreifen in der Stadt ermüdete ihn bald, zumal ihn eine gereizte Angst befiel, er könne womöglich mit einem seiner zahlreichen Bekannten einen Streit vom Zaun brechen, falls jemand den schlechten Einfall haben sollte, ihm nahezutreten.

Denn er besaß die unselige Eigenschaft, ›transparent‹ zu sein. Tatsache! Und diese Transparenz war ein Quell der höchsten Heiterkeit für alle Lügner und Heuchler. Es schien, als reizte der Anblick einer klaren, offenen Leidenschaft, und wäre sie noch so traurig, noch so bedrückend, jedermann zum Lachen, der niemals eine Leidenschaft erlebt hatte oder – gewohnt, sie bei sich selbst zu maskieren – sie bei einem armen Teufel wie ihm nicht mehr zu erkennen vermochte – bei ihm, welcher die unselige Gabe besaß, seine Gefühle nicht verbergen noch beherrschen zu können.

Er verkroch sich daheim; er warf sich angekleidet aufs Bett.

Wie war sie blaß gewesen, wie blaß, die Ärmste, als er ihr das Kuchenpaket übergeben hatte! So blaß und mit ihren verängstigten Augen war sie wahrhaftig nicht schön...

»Du mußt heiter dreinschauen, Liebling!« hatte er ihr mit Tränen in der Kehle geraten. »Frisier dich bitte ja recht ordentlich! Zieh die Bluse aus Japanseide an, die dir so gut steht ... Aber vor allen Dingen – ich beschwöre dich! – keine Leichenbittermiene – keine Angst, bloß keine Angst! Hast du alles nett hergerichtet? Daß er ja keinen Grund zur Klage hat! Tapfer sein, Liebling, und bis morgen! Hoffentlich klappt alles ... Vergiß um Gottes willen nicht, an der Leine da vor deinem Schlafzimmerfenster ein Taschentuch herauszuhängen, als Zeichen. Als erstes werde ich morgen früh herkommen und nachschauen ... Sorg dafür, daß ich das Taschentuch vorfinde, Liebling, sorg bitte dafür!«

Und bevor er fortging, hatte er mit dem Blaustift eine Reihe von ›Sehr gut‹ und ›Vorzüglich‹ in das Übersetzungsheft dieses Oberesels von Sohn gemalt, der, wenn er Latein lernen sollte, wie vom bösen Geiste besessen war.

»Nonò, zeig Papa das Heft ... Du weißt, wie sich Papa darüber freut! Mach so weiter, mein lieber Junge, immer schön weiter so, und in ein paar Jahren kannst du besser Latein als die Gänse auf dem Kapitol, Nonò, weißt du, die Gänse, welche die Gallier in die Flucht schlugen. Hoch Papirius, hoch soll er leben! Und lustig müssen wir heute abend sein, alle fein lustig, Nonò! Papa kommt! Lustig und artig! Sauber, anständig! Zeig deine Nägel her ... Sind sie sauber? Brav! Paß auf, daß du sie nicht schmutzig machst! Hoch Papirius, Nonò, hoch soll er leben!«

Die Törtchen ... Ob der Dummkopf von Pulejo sich etwa einen Scherz mit ihm erlaubt hatte? Nein, nein, gewiß nicht. Er hatte ihm ja den Ernst der Lage klargemacht. Es wäre eine unglaubliche Schweinerei, wenn er ihn betrogen hätte. Jedoch ... jedoch ... jedoch ... wenn das Mittel nun nicht so wirksam wäre, wie er ihm versichert hatte?

Die Vernachlässigung, ja die Mißachtung der eigenen Frau durch diesen Kerl brachte sein Blut nun wieder in Wallung, gerade als gälte die Beleidigung ihm persönlich. Und in der Tat! Wie konnte es angehen, daß die Frau, mit der er, Paolino Lovico, sich nicht nur begnügte, die ihm vielmehr dafür geschaffen schien, geliebt und begehrt zu werden, daß diese Frau von dem Schuft für nichts erachtet wurde? Das sah ja gerade so aus, wie wenn er, Paolino Lovico, sich mit etwas begnügte, was ein anderer übrigließ, mit einer Frau, die einem andern nichts wert war. War die andere in Neapel vielleicht besser? Hübscher als die eigene? Er hätte sie einmal sehen mögen! Die beiden nebeneinanderstellen, sie ihm vorführen und ihm mitten ins Gesicht schreien:

»Also, die andere gefällt dir besser? Weil du ein Barbar bist, ohne Feingefühl und ohne Geschmack! Nicht etwa, weil deine Frau nicht hundertmal mehr wert wäre! Schau sie dir nur an! Schau sie dir richtig an! Wie kannst du es übers Herz bringen, sie nicht anzurühren! Du hast keinen Sinn für Feinheit ... Du hast keinen Sinn für zarte Schönheit ... für die reizende Anmut der Melancholie! Du bist ein Vieh, ein Unflat bist du und nicht imstande, solche Dinge zu begreifen; deswegen mißachtest du sie. Und dann – was willst du? Lieber ein gewöhnliches Weibsbild als eine wirkliche Dame, eine ehrbare Frau?«

Was für eine schreckliche Nacht für ihn! Nicht eine Minute Ruhe ...

Als ihm dann endlich der Morgen zu dämmern schien, konnte er seine Ungeduld nicht länger zügeln.

Frau Petella schlief getrennt von ihrem Mann in einem anderen Zimmer. Sie hätte also auch nachts das Taschentuch an die Schnur am Fenster hängen können, um ihn sogleich von der schrecklichen Last zu befreien. Sie konnte sich ja vorstellen, daß er in der Nacht kein Auge zugetan hatte und beim ersten Morgengrauen kommen würde, um nachzuschauen.

So dachte er, als er zu Petellas Haus eilte. Von dem glühenden Wunsche beseelt, das Zeichen am Fenster vorzufinden, war er so fest von der Erfüllung seines Wunsches überzeugt, daß er wie vom Schlag gerührt stand, als er das Taschentuch nicht erblickte. Er fühlte, wie ihm die Beine versagten. Nichts, gar nichts! Die geschlossenen Fensterläden aber erweckten den Eindruck eines Sterbehauses...

Eine unmenschliche Lust überfiel ihn plötzlich: hinauf, sich in Petellas Zimmer stürzen und ihn im Bett erwürgen!

Und wie wenn er tatsächlich hinaufgegangen wäre und das Verbrechen begangen hätte, fühlte er sich mit einem Male erschöpft, kraftlos, wie ein leerer Sack. Er versuchte sich zu trösten; er meinte, es sei vielleicht noch zu früh; er verlange vielleicht zu viel, wenn er damit rechnete, daß sie des Nachts aufstehen und das Zeichen hinaushängen werde, damit er es bei Sonnenaufgang vorfinde; auch habe sie es vielleicht nicht tun können... wer weiß!

Geduld, noch bestand kein Grund zur Verzweiflung... Er würde warten. Aber nicht hier... Hier würde jede Minute zur Ewigkeit... Doch die Beine... er spürte sie nicht mehr, seine Beine.

Zum Glück war in der ersten Seitengasse, in die er einbog, schon ein elendes Café geöffnet, ein kleines Café für die Arbeiter, die sich frühzeitig zur nahen Werft begaben. Er trat ein; er ließ sich auf die Holzbank fallen.

Niemand war da; nicht einmal der Wirt ließ sich blicken. Man hörte jedoch, wie sich jemand drüben zu schaffen machte und vor sich hinsprach, da in dem dunklen Nebenraum, wo wohl gerade der Herd in Gang gebracht wurde.

Als dann bald darauf ein großer Kerl in Hemdsärmeln erschien und nach seinen Wünschen fragte, warf ihm Paolino Lovico einen bestürzten, finsteren Blick zu und sagte dann:

»Ein Taschen... ich wollte sagen... eine Tasse Kaffee! Stark, recht stark! Verstanden?«

Der Kaffee wurde umgehend serviert. Natürlich: Halb goß er ihn über die Hosen, halb prustete er ihn aus dem Munde. Er sprang auf. Verdammt noch mal! Der war kochendheiß.

»Was haben Sie denn gemacht, junger Mann?«

»Ooooh«, hauchte Lovico mit weit geöffneten Augen und offenem Mund.

»Etwas Wasser, ein wenig Wasser...«, redete ihm der Wirt zu. »Hier, trinken Sie ein wenig Wasser!«

»Und die Hosen?« seufzte Paolino, sich betrachtend.

Er zog ein Taschentuch heraus, tauchte einen Zipfel ins Glas und begann, den Fleck kräftig zu reiben. Wie angenehm frisch jetzt am Schenkel!

Er breitete das nasse Taschentuch aus, schaute es an, wurde blaß, warf ein Viersoldistück auf das Tablett und machte sich rasch davon. Doch kaum um die Straßenecke, bums – stieß er auf den Kapitän Petella.

»Nanu! Sie hier?«

»Jawohl... ich... ich...«, stotterte Paolino Lovico, dem das Blut in den Adern gerann. »Ich... ich bin zeitig aufgestanden ... und...«

»Einen kleinen Spaziergang in frischer Luft?« vollendete Petella den Satz. »Sie Glücklicher! Keinen Ärger ... keine Scherereien... Ungebunden! Junggeselle!«

Lovico durchbohrte ihn mit den Blicken, um herauszufinden, ob... Doch allein die Tatsache, daß das Untier zu dieser Stunde draußen war, dazu die aufgewühlte, Unheil verkündende Miene... Der Schuft! Auch gestern abend hatte er sich bestimmt wieder mit seiner Frau gestritten! (Ich bringe ihn um! dachte Lovico, Ehrenwort, ich bringe ihn um!) Und mit einem zaghaften Lächeln:

»Aber auch Sie, sehe ich...«

»Ich?« grunzte Petella. »Was?«

»Ich meine... zu dieser Stunde...«

»Ach so, weil Sie mich zu dieser Stunde draußen antreffen? Eine schlimme Nacht, lieber Professor! Die Hitze vielleicht... ich weiß nicht!«

»Sie... Sie haben... Sie haben nicht gut geschlafen?«

»Ich habe überhaupt nicht geschlafen«, sagte Petella gereizt. »Und wissen Sie, wenn ich nicht schlafe... wenn ich keinen Schlaf finden kann... dann werde ich wütend.«

»Und was ... verzeihen Sie ... was können ...«, stammelte Lovico, am ganzen Leibe zitternd und dennoch freundlich lächelnd, »was können die andern dafür? Verzeihen Sie...«

»Die andern?« fragte Petella verblüfft. »Was haben andere damit zu tun?«

»Aber... wenn Sie sagen, daß Sie wütend werden? Auf wen werden Sie denn wütend? Mit wem sind Sie böse, wenn es heiß ist?«

»Ich bin mit mir selber böse, ich bin mit dem Wetter böse, ich bin mit allen böse!« fuhr Petella los. »Ich will Luft... Ich bin das Meer gewohnt... und das Land, lieber Professor, besonders im Sommer, das Land, das kann ich einfach nicht vertragen... das Haus... die Wände... die Scherereien... die Frauen.«

(Ich bringe ihn um! Ehrenwort, ich bringe ihn um! dachte Lovico wütend.) Und mit demselben zaghaften Lächeln:

»Auch die Frauen?«

»Ach, wissen Sie, bei mir – die Frauen... nein, nein... Man reist, man ist so lange unterwegs... Ich meine nicht jetzt, wo ich alt bin... Aber wenn man jung ist... Die Frauen! Ich habe allerdings immer das eine Gute an mir gehabt, wissen Sie, wenn ich will, will ich... und wenn ich nicht will, dann will ich nicht. Kommandiert habe ich noch immer!«

»Immer?« (Ich bringe ihn um.)

»Immer – wenn ich gewollt habe, versteht sich! Sie nicht, was? Sie lassen sich leicht rumkriegen? Da lacht eine... flirtet ein bißchen... tut zaghaft ein bißchen verschämt... Sagen Sie mal, hm? Seien Sie mal ehrlich...«

Lovico blieb stehen und schaute ihn an.

»Wollen Sie die Wahrheit hören? Ich, wenn ich verheiratet wäre...«

Petella brach in Lachen aus.

»Aber wir sprechen doch jetzt nicht von Ehefrauen! Was haben denn die damit zu tun? Die Frauen meine ich! Die Frauen!«

»Sind Ehefrauen keine Frauen? Was sind sie denn dann?«

»Vielleicht sind sie auch Frauen... manchmal«, meinte Petella. »Sie haben freilich keine, lieber Professor, und zu Ihrem eigenen Besten wünsche ich Ihnen, daß Sie nie eine haben möchten. Denn die Ehefrauen, wissen Sie...«

Bei diesen Worten faßte er ihn unter dem Arm und fuhr fort zu schwätzen und zu schwätzen. Lovico tobte. Er sah ihm ins Gesicht, betrachtete seine geschwollenen, umränderten Augen – aber vielleicht… ach, vielleicht sahen sie so aus, weil er nicht hatte schlafen können. Und glaubte er einmal, aus einem Satz schließen zu können, die Ärmste sei gerettet, so stürzte ihn der nächste Satz wieder in Ungewißheit und Verzweiflung. Und diese Qual dauerte eine Ewigkeit, denn es hatte einen Drang zu laufen, zu laufen, das Untier, und schleppte ihn mit am Strand entlang. Schließlich machte er kehrt, um heimzugehen.

(Er kommt mir nicht davon, dachte Lovico bei sich. Ich steige mit ihm hinauf, und wenn er seine Pflicht nicht getan hat, ist heute der letzte Tag für alle drei.)

Er hatte sich derart in seine düstere Vorstellung hineingelebt, hatte seine ganze nervöse Willenskraft mit solch bebendem Zorn darauf konzentriert, daß er nun zu fühlen meinte, wie sich ihm die Glieder einzeln lösten und stückweise herabfielen, als er – kaum in der Straße angelangt und die Augen zum Fenster an Petellas Hause erhoben – an der Schnur – o du lieber Gott! – ein… zwei… drei… vier… fünf Taschentücher baumeln sah!

Er rümpfte die Nase, öffnete den Mund, der Kopf schwindelte ihm – er konnte nur in einem gepreßten »Ach« der Freude Ausdruck verleihen, die ihn zu ersticken drohte.

»Was haben Sie?« fragte Petella und hielt ihn aufrecht.

Und Lovico:

»Lieber Kapitän, o lieber Kapitän, danke, herzlichen Dank! Oh… es war ein besonderes Vergnügen für mich… dieser… dieser herrliche Spaziergang… Aber nun bin ich müde… todmüde… ich sinke um, ich sinke einfach um… Danke, von ganzem Herzen Danke, lieber Kapitän! Auf Wiedersehen! Und gute Reise, ja? Auf Wiedersehen! Danke, danke…«

Und kaum war Petella hinter der Tür verschwunden, da rannte er die Straße entlang, frohlockend, jauchzend, aus vollem Halse lachend, mit glänzenden Augen, aus denen die helle Freude blitzte, und streckte einem jeden, dem er begegnete, die fünf Finger seiner Hand entgegen.

Nachweise

Gewisse Pflichten (Certi obblighi), erschienen im ›Corriere della sera‹ vom 11. März 1912, im Band *Le due maschere*, Florenz 1914, in *Tu ridi*, Mailand 1920, und im achten Band der *Novelle per un anno* von 1925. Übersetzt von Lisa Rüdiger.

Die drei Gedanken des Buckelchens (I tre pensieri della sbiobbina), erschienen in der Zeitschrift ›Il Campo‹ vom 5. Februar 1906, im Novellenband *La trappola*, Mailand 1915, und im dritten Band der *Novelle per un anno* von 1922. Übersetzt von Hans Hinterhäuser.

Limonen aus Sizilien (Lumìe di Sicilia), erschienen in der Zeitschrift ›Il Marzocco‹ vom 20. und 27. Mai 1900, im Band *Quand'ero matto...*, Turin 1902 und Mailand 1919, und im zehnten Band der *Novelle per un anno* von 1926. Übersetzt von Michael Rössner.

Antwort (Risposta), erschienen im ›Corriere della Sera‹ vom 4. Februar 1912. Übersetzt von Michael Rössner.

Bitterwasser (Acqua amara), erschienen in der Zeitschrift ›Il Ventesimo‹ vom 15. und 22. Oktober 1905, im Novellenband *La vita nuda*, 1910, und im zweiten Band der *Novelle per un anno* von 1922. Übersetzt von Michael Rössner.

Mitten hinein (Nel segno), erschienen in der Zeitschrift ›Il Marzocco‹ vom 14. Februar 1904, im Novellenband *La vita nuda*, 1910, und im zweiten Band der *Novelle per un anno* von 1922. Übersetzt von Marjana Blaha.

Einem oder keinem (O di uno o di nessuno), Erstveröffentlichung des ersten Teils der Novelle in *Roma. Rassegna illustrata dell'Esposizione del 1911*, 25. April 1912, in vollständiger Form im Novellenband *La trappola*, Mailand 1915, und im dritten Band der *Novelle per un anno* von 1922. Übersetzt von Michael Rössner.

Eine Stimme (Una voce), erschienen in der Zeitschrift ›Regina‹ vom 20. September 1904, im Novellenband *Erma bifronte*, 1906, und im sechsten Band der *Novelle per un anno* von 1923. Aus dem Italienischen von Michael Rössner.

Das ist doch nichts Ernstes (Non è una cosa seria), erschienen im ›Corriere della sera‹ vom 7. Januar 1910, im Band *Terzetti...*, Mailand 1912, und im elften Band der *Novelle per un anno* von 1928. Übersetzt von Michael Rössner.

Das Licht vom anderen Haus (Il lume dell'altra casa), erschienen im ›Corriere della sera‹ vom 12. Dezember 1909, im Band *Terzetti…*, Mailand 1912, und im zwölften Band der *Novelle per un anno* von 1928. Übersetzt von Hans Hinterhäuser.

Überleg's dir, Giacomino (Pensaci, Giacomino!), erschienen im ›Corriere della sera‹ vom 23. Februar 1910, im Band *Terzetti…*, Mailand 1912, und im elften Band der *Novelle per un anno* von 1928. Übersetzt von Hans-Ludwig Scheel.

Die Reise (Il viaggio), erschienen in der Zeitschrift ›La lettura‹ vom Oktober 1910, im Band *Terzetti…*, Mailand 1912, und im zwölften Band der *Novelle per un anno* von 1928. Aus dem Italienischen von Percy Eckstein.

Mahnung zur Pflicht (Richiamo all'obbligo), erschienen in der Zeitschrift ›Il Ventesimo‹ vom 10. Juni 1906, im Band *Terzetti…*, Mailand 1912, und im elften Band der *Novelle per un anno* von 1928. Übersetzt von Lisa Rüdiger.

Lesen Sie weiter in:

Luigi Pirandello
Feuer ans Stroh
Sizilianische Novellen
Dieser Band stellt die schönsten Geschichten Pirandellos über seine Heimat und ihre Bewohner vor.

WAT 282. 240 Seiten

Luigi Pirandello
Gesammelte Werke in 16 Bänden

Herausgegeben von Michael Rössner

Propyläen Verlag